DANIELA ARNOLD

DEINE PERFEKTEN FREUNDE

W0465760

DANIELA ARNOLD

DEINE ~~PERFEKTEN~~ FREUNDE

THRILLER

© 2024 Daniela Arnold

86179 Augsburg, Almenrauschstr. 6a

www.daniela-arnold.com

Umschlaggestaltung: Kristin Pang

Collage mit Motiven von Shutterstock.com und Stock.adobe.com

Shutterstock: 2173356735 (Haus mit Bäumen) DariaGa, 1244579575 (Frau) FotoDuets, 1173486373 (Riss) STILLFX,

Stock.adobe.com: 236413379 (Struktur und Typo) Chris Tefme, 306418338 (See mit Kirchturm) Wolfgang Hauke.

Lektorat: Inca Vogt

Korrektorat: Ilka Bredemeier

Buchsatz/Innendesign: Inca Vogt

Motive von Depositphotos: 175283090 (Schneelandschaft/Skizze), 665251266 (Hütte), 47251515 (Spitzhacke, Schaufel) 230646318 (Schneeflocke)

ISBN: 9798872660965

Imprint: Independently published

Das Werk einschließlich aller Inhalte ist urheberrechtlich geschützt. Alle Rechte vorbehalten. Nachdruck oder Reproduktion (auch auszugsweise) in irgendeiner Form (Druck, Fotokopie oder anderes Verfahren) sowie die Einspeicherung, Verarbeitung, Vervielfältigung und Verbreitung mithilfe elektronischer Systeme jeglicher Art, gesamt oder auszugsweise, ist ohne ausdrückliche schriftliche Genehmigung des Urhebers untersagt. Alle Übersetzungsrechte vorbehalten.

Trotz sorgfältigem Lektorat und Korrektorat können sich Fehler einschleichen. Die Autorin ist deshalb dankbar für diesbezügliche Hinweise.

Jegliche Haftung ist ausgeschlossen, alle Rechte bleiben vorbehalten. Dies ist ein fiktives Werk. Ähnlichkeiten mit lebenden oder verstorbenen Personen sind nicht beabsichtigt und rein zufällig.

ÜBER DIE AUTORIN

Die Thriller-Autorin Daniela Arnold wurde 1974 geboren und lebt mit ihrer Familie im schönen Bayern. Daniela Arnold hat Journalismus studiert und viele Jahre als freie Autorin für zahlreiche und namhafte Zeitschriften gearbeitet.

Sie schrieb mit ***Lügenkind*** und ***Scherbenbrut*** zwei Kindle-Top 1 Bestseller und Bild-Bestseller.

Mit ihrem Thriller ***Die Nacht gehört den Schatten*** schaffte es die Autorin unter die Finalisten des Kindle Storyteller Award 2020.

Deine perfekten Freunde ist der 45. Thriller der Bestseller-Autorin.

Graun am Reschensee

Das beschauliche Dorf im tiefsten Vinschgau zieht Jahr für Jahr Tausende Touristen an.

Doch der winzige Ort hat eine dunkle Vergangenheit. Bis heute glauben die Einwohner noch an die unheilvollen Legenden längst vergangener Tage.

Auch Rosi und Killian sind fasziniert von diesem Ort. Sie mieten eine abgeschiedene Luxus-Lodge in den Bergen oberhalb des Reschensees, um dort mit alten Freunden Silvester und ihren Junggesellenabschied zu feiern. Doch bereits am ersten Abend kippt die fröhliche Stimmung und schafft Platz für tiefen Groll, verborgenen Hass und nie vergessene Rachegelüste.

Die Situation eskaliert, als eine Lawine herunterbricht und die Gäste der Lodge auf sich allein gestellt sind. Fernab jeder Hilfe von außen. Ohne Handyempfang. Allein mit ihrer grenzenlosen Wut aufeinander ...

Für Tim

PROLOG

DAMALS …

Ihr war schwindelig und es fühlte sich an, als verlöre sie jeden Augenblick die Kontrolle über ihr Denken und Handeln. Keuchend atmete sie gegen die Schwere auf ihrer Brust an, blinzelte, weil etwas Feuchtes auf ihren Augen ihr die Sicht nahm.

Was war das, zu Hölle?

Es war glibberig.

Speichel? Erbrochenes? Vielleicht sogar Blut?

Übelkeit schwappte in ihr hoch.

Sie versuchte weiter, gegen den Schmerz zu atmen und ihre linke Hand freizubekommen, die eingequetscht unter der Last des schweren Körpers lag und bereits anfing zu kribbeln.

Als sie es endlich geschafft hatte, öffnete sie ihre Rechte, vernahm das leise Scheppern des Messers auf den Küchenfliesen. Sie bündelte ihre restlichen Kraftreserven, packte den reglosen Scheißkerl, der sie mit seinem Gewicht fast erstickte, an den Schultern. Stumm zählte sie von drei rückwärts und stieß ihn mit einem schmerzerfüllten Schrei von sich herunter.

Gierig schnappte sie nach Luft, schloss für einen Augenblick die Augen.

Um sie herum drehte sich alles.

Erst jetzt bemerkte sie, dass ihre Unterseite sich nass anfühlte, dass sie in einer Pfütze lag.

Sie tastete mit den Fingern neben sich, spürte warme Klebrigkeit.

Dann roch sie es …

Metallisch.

Dunkel.

Widerwärtig.

Blut.

War es das ihre?

Schon immer hatte sie den Geruch und Geschmack von Blut gehasst.

Allein der Anblick von jemandem, der sich nach einer Verletzung den blutenden Finger in den Mund steckte, verursachte bei ihr einen Würgereiz.

Doch das hier … das ging weit darüber hinaus.

Sie lag in einer riesigen Blutlache. Wieder fragte sie sich, wessen Blut das war.

Zugleich tauchten wieder diese schrecklichen Bilder in ihrem Kopf auf. Sie riss die Augen auf, zwang sich, an etwas anderes zu denken.

Vergeblich.

Lenkte sich ab mit sachlichen Fragen.

Wie viel Liter Blut flossen durch die Adern eines Menschen?

Soweit sie sich erinnerte, waren es fünf bis sechs Liter.

Sie zuckte zusammen, als vor ihrem geistigen Auge die Spitzhacke erschien und auf sie zuraste.

Als der spitze Stahl zuerst ihr Fleisch und dann ihr Schultergelenk durchdrang, spürte sie die Wucht, hörte sie das Splittern des Knochens. Das Geräusch war noch immer allgegenwärtig, genau wie der atemberaubende Schmerz, der sich nur Sekunden später durch jede Faser ihres Körpers fraß.

Aufstehen! Du musst hoch und Hilfe rufen, sofort!

Die Stimme in ihrem Innern erschreckte sie.

Aber das war ihre einzige Chance.

Sie musste sich hochhieven, zum Telefon gelangen, den Notruf wählen.

Sie stemmte ihren rechten Unterarm auf den Boden neben sich, richtete ihren Oberkörper auf.

Der unerträgliche Schmerz in ihrer Schulter raubte ihr die Luft zum Atmen, dennoch schaffte sie es irgendwie, sich in eine sitzende Position zu hieven. Einen Augenblick lang blieb sie keuchend sitzen, dann winkelte sie ihre Beine seitlich an, stemmte sich mit Hilfe ihres unversehrten Armes in die Hocke, stand schließlich auf. Ihre Muskeln zitterten, der Schweiß lief ihr in Strömen den Rücken hinab und vor ihren Augen drehte sich alles.

Du musst bei Bewusstsein bleiben, es zum Telefon schaffen!

Langsam machte sie einen Schritt vor den anderen, spürte, wie ihre Füße auf dem klebrigen Boden rutschten, versuchte krampfhaft, das Gleichgewicht zu halten und nicht zu fallen.

Nur nicht stürzen, schon gar nicht auf ihre verletzte Schulter. Einfach weitergehen ...

Sie zwang sich dazu, langsamer zu gehen, obwohl alles in ihr danach schrie, zu rennen.

Plötzlich nahm sie die Umrisse eines Körpers vor sich auf dem Fußboden wahr.

Sie stieß mit ihrer großen Zehe dagegen.

Nichts. Kein Lebenszeichen mehr.

Kein leises Ächzen.

Kein Schmerzenslaut.

Nur erdrückende Stille.

Sie zwang sich, wegzusehen, wankte vorsichtig weiter.

Als sie vor sich endlich die kleine Kommode erkannte, auf der das Telefon stand, seufzte sie erleichtert.

Sie riss den Hörer aus der Station, wählte den Notruf.

Als nur Sekunden später die Stimme einer Frau aus dem

Lautsprecher drang, konnte sie sich nicht länger beherrschen. Ein Schluchzen brach aus ihrer Kehle hervor.

»Mit wem spreche ich? Von wo aus rufen Sie an?«, fragte die Stimme am anderen Ende der Leitung erneut, diesmal eindringlicher. Dann: »Was genau ist passiert?«

Sie riss sich zusammen, schnappte nach Luft. »Er hat sie alle getötet«, stieß sie keuchend hervor. »Meine Eltern ... meine Geschwister. Dieses Dreckschwein hat meine ganze Familie abgeschlachtet.«

EINS
MÜNCHEN
NOVEMBER 2022

Viviane

»Haben Sie vielleicht irgendwas angefasst?«, fragte Viviane Grosbusch den völlig verstört dreinblickenden Mann, dessen Personalien sie soeben aufgenommen hatte.

Max Kugler schüttelte den Kopf.

»Wissen Sie noch ungefähr, wo Sie überall hingetreten sind?«

Kugler sah sie panisch an. »Sie meinen wegen meiner Fußabdrücke?«

Viviane kannte das. Zeugen waren oft starr vor Schreck. Sie lächelte ihm beruhigend zu. »Es ist nicht schlimm, wenn Sie sich nicht mehr erinnern können. Ich sage meinen Kollegen von der Spurensicherung Bescheid. Die nehmen sicherheitshalber Abdrücke von Ihren Sohlen, okay?«

Kugler nickte zwar, sah aber aus, als müsse er sich gleich übergeben.

»Fühlen Sie sich dazu bereit, meinem Kollegen Kai Heinken und mir einige Fragen zu beantworten?«

Der Mann nickte steif und bemühte sich sichtlich, nicht auf den Leichnam zu seiner Linken zu blicken.

Viviane winkte eine ihrer Kolleginnen heran. »Das ist

Sabine Lautner«, stellte sie die junge Frau vor. »Sie wird sich Ihrer annehmen, bis die Psychologin vor Ort ist, in Ordnung? Und sobald mein Kollege und ich hier fertig sind, fahren wir gemeinsam ins Präsidium, um Ihre Aussage aufzunehmen.«

»Stecke ich in Schwierigkeiten?«, fragte Kugler panisch zwischen den Polizisten hin und her blickend.

»Um Himmels willen, nein«, stieß sie aus. »Aber Sie haben den Leichnam gefunden und uns angerufen. Deswegen ist es wichtig, dass wir alles aufnehmen, woran Sie sich erinnern können.«

Kugler stieß die Luft aus, schien sich endlich etwas zu entspannen.

»Was wollten Sie eigentlich hier draußen?«, fragte Kai, der sich bis jetzt zurückgehalten hatte. »Noch dazu bei diesem Sauwetter.«

Der Mann räusperte sich, lief rot an. Druckste kurz herum.

»Was? Ich hab sie nicht verstanden«, bohrte Kai nach.

Ein Ruck ging durch Kuglers Körper. »Ich war beim Suchen.«

»Beim Suchen?« Viviane und Kai wechselten einen irritierten Blick. »Was haben Sie gesucht?«

Max Kugler errötete noch mehr. »Na ja … Zeugs eben.«

»Wie bitte?« Kai musterte ihn misstrauisch. »Von was reden Sie, verdammt? Was für Zeug suchen Sie? Haben Sie etwas verloren?«

Kugler holte Luft, blickte wild umher, als müsse er sich die Antwort erst zurechtlegen. »Ich bin Schatzsucher«, stieß er schließlich hervor.

»Aha, Schatzsucher«, warf Kai ein und wechselte mit Viviane einen weiteren ungläubigen Blick.

Kugler brummelte irgendwas, was keiner von ihnen verstand. »Mann, ich weiß ja, dass das eigentlich nicht legal ist, deswegen gehe ich auch nicht auf Bodendenkmäler, sondern suche im Wald.«

»Und was genau suchen Sie?«, fragte Kai.

Kugler schaute unter sich, scharrte mit den Füßen über den Boden, bevor er den Blick wieder hob und Viviane ansah, als erhoffe er sich von ihr mehr Verständnis. »Ich suche nach Artefakten aus der Vergangenheit. Münzen aus der Zeit des römischen Reiches. Schmuck, den irgendjemand damals im Wald versteckt hat.«

»Ist das Ihr Ernst?« Viviane lachte ungläubig.

Kugler nickte, wirkte dabei vollkommen aufrichtig und schien ein schlechtes Gewissen zu haben.

So hanebüchen seine Erklärung klang, Viviane glaubte ihm. »Haben Sie denn schon etwas gefunden?«

Kugler seufzte, zog ein Stück undefinierbaren Metalls aus der Hosentasche, reichte es ihr.

»Was ist das?«, fragte Kai stirnrunzelnd.

»Das war mal eine Fibel«, erklärte Kugler an beide gerichtet. »Damit hielten die Menschen damals ihre Gewänder zusammen.«

»Okay.« Viviane gab ihm das Gebilde zurück. »Und als Sie hier im Wald nach … vergrabenen … Schätzen suchten, sahen Sie plötzlich den Leichnam?«

Kuglers Gesichtsfarbe wechselte abermals. Jetzt zu aschgrau. Er schluckte, nickte, grummelte ein »Ja.«.

»Verstehe«, sagte Viviane und nickte ihm aufmunternd zu. »Vorerst lassen wir es damit gut sein. Alles Weitere besprechen wir im Präsidium. Vielleicht geht es Ihnen bis dahin ein klein wenig besser.«

Als Sabine den Zeugen ein paar Meter weg vom Ort des Geschehens geführt hatte, blickte Viviane ihm nach. Dann wandte sie sich an Kai. »Ich denke nicht, dass Kugler etwas mit dem Tod des Opfers zu tun hat.«

Kai nickte nur und folgte ihrem Blick, als sie zu dem Leichnam hinübersah.

»Komm, schauen wir uns das mal näher an«, forderte sie Kai auf und trat auf die Abgrenzungen der Spurensicherung zu. »Dürfen wir?«, fragte sie Jens Sahler, den Chef der Truppe.

Sahler blickte prüfend zu ihren von Einmalfüßlingen bedeckten Schuhen und nickte zufrieden.

Viviane stieg über die Absperrbänder, ging neben dem nackten Körper in die Hocke, gefolgt von Kai. »Können Sie uns schon was sagen?«, fragte sie den diensthabenden Arzt, der etwas in einen Notizblock schrieb.

Der Arzt blickte auf. »Ihm wurde mit einer wuchtigen und zugleich schweren Waffe ein Loch in die Brust gehackt«, sagte er. »Wahrscheinlich eine Axt oder etwas Ähnliches.«

»Lebte er noch, als man ihn so zugerichtet hat?«, fragte Viviane.

Der Arzt nickte schwer. »Als ihm diese Verletzung zugefügt wurde, war er sicherlich noch bei Bewusstsein«, erklärte er. »Was den Kopf des Mannes angeht ...« Er brach ab, schnappte nach Luft. »Nach Augenschein gehe ich davon aus, dass man ihm den Kopf erst nach Todeseintritt entfernt hat. Genaueres wird die gerichtsmedizinische Untersuchung ergeben.«

»Wie alt schätzen Sie das Opfer?«

»Ende zwanzig bis Mitte vierzig.«

»Und wie lange liegt er schon hier?«

»Eine Woche … mindestens. Es ist wohl der Temperatur der letzten Tage geschuldet, dass die Verwesung nicht weiter fortgeschritten ist.«

Viviane betrachtete den aufgetriebenen und blau-violett angelaufenen Körper des Toten, nickte bedächtig.

»Danke schon mal«, sagte sie knapp. Anschließend zog sie ihr Smartphone aus der Tasche, klickte auf den Kamerabutton, beugte sich weiter nach vorne, um die ausgefransten Ränder des Halses so gut wie möglich aufs Foto zu bekommen. Danach machte sie noch ein paar Aufnahmen von der Wunde im Brustkorb, ehe sie sich auf den Fundort selbst konzentrierte.

»Wer übernimmt die Obduktion?«, fragte Kai.

Viviane legte den Kopf in den Nacken, seufzte. »Ich bin dran, richtig?«

»Eigentlich ja, doch wenn es dir zu viel ist ...«

»Schon gut«, unterbrach sie ihn. »Ich mach's, keine Sorge.«

Sie stieg aus der Absperrung, wartete auf Kai. »Schöne Scheiße, mhm?«

Er grunzte leise, sah sie ernst an. »Was meinst du? Was zum Teufel hat der arme Kerl angestellt, um jemanden derartig wütend zu machen?«

Viviane zuckte mit den Schultern. »Schwer zu sagen, ob Wut und Rachsucht das Motiv waren, ich denke ...

Weiter kam sie nicht.

»Vivi, kannst du mal kommen?«, bat Torsten Schneider von der Spurensicherung und winkte sie herbei.

Mit zwei Schritten war sie bei ihm. »Was gefunden?«

»Kann man wohl sagen.« Er verzog das Gesicht, drehte die Hand des Toten so, dass sie die Innenseite sehen konnte. »Kannst du es erkennen?«

Sie blinzelte verwirrt, trat noch näher heran.

»Scheiße, verdammt«, knurrte Kai, der neben sie getreten war.

»Was?«, fragte sie irritiert.

»Die Fingerkuppen des Opfers …«, kam ihr Kai zu Hilfe. »Sie sind verätzt worden.«

»Verdammt!«, fluchte sie leise. »Das war es dann ja wohl mit Fingerabdrücken.«

»Kein Kopf, keine Fingerabdrücke«, bestätigte Kai.

»Da will es uns jemand so schwer wie möglich machen, die Identität des Toten herauszufinden.«

ZWEI
LODGE

31. DEZEMBER 2022

Anna

Anna Pfennig wischte sich den Schweiß von der Stirn, holte tief Luft. Hatte sie wirklich nichts vergessen?

Gedanklich ging sie ihre Auftragsliste noch einmal durch, dann nickte sie sich entschlossen zu. Ja, alles war vorbereitet. Sie schlüpfte in ihren dicken Anorak, machte sich auf den Weg nach draußen. Es schneite noch immer, was der Himmel über ihr hergab, sodass sie mit ihren Stiefeln fast komplett einsank. Der Wetterdienst hatte über Silvester und Neujahr sechzig Zentimeter Neuschnee vorhergesagt und Anna schätzte, dass die Hälfte davon schon heruntergekommen war. Aber es half nichts. Sie musste noch einmal das Nebengebäude überprüfen, bevor die Gäste eintrafen. Aiden, ihr Boss, hatte darauf bestanden.

Tapfer kämpfte sie sich Schritt für Schritt durch den Schnee zu dem raffinierten Konstrukt aus edlem Holz und Glas, in dem sich das beheizte Hallenbad, ein Solarium und das Fitnesscenter befanden.

Im Inneren angekommen, schlüpfte sie aus ihren Stiefeln, um keinen Schmutz auf dem hellen Marmorfußboden zu hinterlassen. Im Hallenbad überprüfte sie noch einmal die Wassertemperatur des Schwimmbeckens und eilte weiter zum Fitnesscenter und Solarium, das wie beauftragt vor weniger als einer Stunde komplett desinfiziert und gesäubert worden war. Noch immer roch es durchdringend nach Reinigungsmitteln, was auch die zahlreichen Duftstäbchen, die angeblich nach Rosmarin und Eukalyptus riechen sollten, nicht völlig übertünchten. Es war alles, wie Aiden es angeordnet hatte, und den Gästen würde es an nichts fehlen. Immerhin zahlten sie einen mehr als stolzen Preis pro Nacht für dieses Anwesen, das über jeden erdenklichen Luxus verfügte.

Obwohl sie sicher war, dass alles blitzte und blinkte, überprüfte Anna ein weiteres Mal jede Liegefläche, jede Ecke, bevor sie zum Eingangsbereich zurückkehrte, wo sie wieder in ihre Stiefel schlüpfte und nach draußen ging.

Auf dem Weg zurück zum Haus verharrte sie einen kleinen Augenblick auf der Anhöhe, von der aus man den Zufahrtsweg zur Lodge sehen konnte. Erleichtert atmete sie aus, als sie sah, dass er endlich geräumt worden war. Sie hatte ihre liebe Not damit gehabt, jemanden zu finden, der diesen Job am letzten Tag des Jahres übernahm, nachdem Toni kurzfristig erkrankt war.

Levi, seine Vertretung, hatte das am Ende übernommen. Er war zudem dafür zuständig, die anreisenden Gäste samt Gepäck zur Lodge hochzukarren, falls sie mit ihren eigenen Fahrzeugen die steile Auffahrt nicht hinauf schaffen sollten.

Anna ließ ihren Blick über die schneebedeckte Landschaft schweifen, sog gierig die klare Bergluft ein, genoss es, wie die herabrieselnden Schneeflocken auf ihrer warmen Haut schmolzen.

Es war so still hier oben.

So friedlich.

Kein Motorengeräusch weit und breit, kein aufgeregtes Gebrabbel von geschäftig herumwuselnden Menschen. Zumindest im Moment noch nicht.

Seufzend warf sie einen Blick auf die Uhr.

Die Anreisezeit rückte unerbittlich näher und sie hatte noch eine Menge zu tun. Trotzdem schloss sie die Augen, um die Ruhe noch einen Augenblick auszukosten.

In weniger als zwei Stunden wäre es damit vorbei.

Insgesamt hatten sich neun Gäste angemeldet. Eine Gruppe alter Freunde, die hier oben den Jahreswechsel verbringen und einen Junggesellenabschied feiern wollte.

Fünf Frauen, vier Männer hatte Aiden ihr angekündigt.

Seiner Ansicht nach würden die Frauen die nächsten Tage dazu nutzen, sich vom Alltagsstress in der Stadt zu erholen, während die Männer ihre Sucht nach Adrenalin auf der Skipiste befriedigten.

Ob ihr Boss recht behalten sollte, würde sie schon bald erfahren. Er hatte sie gebeten, während des gesamten Buchungszeitraums hier oben zu bleiben, um die Gäste rund um die Uhr betreuen und verwöhnen zu können.

Ganz wohl war ihr bei dem Gedanken nicht. Noch nie war sie über Nacht von zu Hause weggeblieben. Aber Aiden hatte darauf bestanden und ihr einen stolzen Lohn versprochen, sodass sie am Ende zugesagt hatte.

Hinzu kam, dass Lina, ihre beste Freundin über die Feiertage mit ihren Eltern weggefahren war, sie also niemanden hatte, zu dem sie heute Abend hätte gehen können, um Silvester zu feiern. Sie wäre dazu verdammt gewesen, bei ihren Eltern zu bleiben. Etwas, was an sich für sie okay gewesen wäre, wenn Mama nicht …

Sie zuckte erschrocken zusammen, als ihr bewusst wurde, dass sie mal wieder weinte.

In letzter Zeit kam es oft vor, dass ihr die Tränen unvermittelt aus den Augen schossen, ohne dass sie etwas dagegen hätte tun können.

Mama litt seit Jahren unter ALS. Doch in den letzten Monaten war die Krankheit erschreckend schnell fortgeschritten. Dr. Singer hatte mit ihr und ihrem Vater geredet und erklärt, dass es nun nicht mehr lange dauern würde.

Dass sie langsam daran denken müssten, Abschied zu nehmen.

Das war es, warum sie letztendlich Aidens Angebot, hier oben zu bleiben, angenommen hatte. Sie konnte sich einfach nicht vorstellen, ihre geliebte Mutter auf dem Weg auf die andere Seite zu begleiten.

Dass Papa seit dem Gespräch mit dem Arzt am Boden zerstört war und oft neben sich stand, verschlimmerte alles. Doch er war immer noch ihr Papa, ein Fels in der Brandung, der weit besser mit der Situation fertig wurde als sie.

Wie feige es war, ihn mit seinem Schmerz und der Verantwortung für Mamas vielleicht letzte Augenblicke auf Erden alleinzulassen, wusste sie. Doch sie konnte einfach nicht anders.

Am Ende war der Gedanke, den Jahreswechsel mit Fremden zu verbringen, recht verlockend gewesen. Zumal die hübsche Angestelltenwohnung, die sich direkt am Haupthaus befand, einen eigenen Eingang hatte. Sie würde ihr eigenes Badezimmer mit Wanne haben, ein winziges, aber tolles Schlafzimmer mit einem dieser topmodernen Boxspringbetten und ein Wohnzimmer mit offenem Kamin und Fernseher bewohnen. Sie konnte sogar Netflix schauen, sofern die Gäste sie nicht zu sehr scheuchten und das Internet funktionierte.

Aiden hatte ihr schon vor ein paar Tagen einen Batzen Geld überwiesen, mit dem sie im Großmarkt einkaufen gehen sollte, damit es den Gästen an nichts mangelte.

Sie hatte drei Kisten Champagner erstanden, alles für ein edles Silvestermenü und ein ausgiebiges Katerfrühstück am nächsten Morgen besorgt sowie unzählige weitere Leckerbissen, von denen sie hoffte, dass sie den Gästen munden würden.

Aiden hatte sie genau instruiert und ihr eingetrichtert, wie wichtig es war, dass sie sich absolut professionell verhielt. Dazu gehörte auch, dass sie selbst nicht einen Tropfen Alkohol trank.

Als ob das nötig gewesen wäre, dachte sie auch jetzt noch ein wenig verärgert. Sie hatte noch nie in ihrem Leben auch nur einen Tropfen von dem Zeug angerührt.

Mit Aidens Erlaubnis hatte sie stattdessen ein paar Euro vom Einkaufsbudget abgezweigt und sich davon eine edle Schachtel Pralinen gekauft.

Ob sie überhaupt dazu käme, es sich gemütlich zu machen und die Leckerbissen zu schlemmen, war allerdings fraglich. Immerhin hatte sie rund um die Uhr für die Gäste da zu sein. Die Fremden könnten sie auch mitten in der Nacht herausklingeln, sollte ihnen der Sinn nach einer heißen Milch mit Honig oder einem frisch aufgebrühten Tee stehen.

Aber das würde sie schon überstehen, tröstete sie sich mit dem Gedanken an den hohen Stundenlohn. Er lag weit über dem, was sie verdiente, wenn sie nur die Gästezimmer reinigte und für Ordnung im Wellnessbereich sorgte.

Vielleicht konnte sie sich von dem Extragehalt einen kurzen Urlaub im Sommer leisten. Immerhin war sie schon fünfundzwanzig. Höchste Zeit, dass sie endlich mehr von der Welt sah als nur Graun und die nähere Umgebung ihres Geburtsortes.

Nicht dass sie etwas gegen ihre Heimat hatte …

Sie liebte die Berge, die klare Luft hier oben, die strengen Winter und die warmen Sommer, die Menschen, die hier lebten, das deftige Essen, das sich von dem im Rest des Landes deutlich unterschied.

Sogar die düstere Seite ihres Heimatortes mochte sie und konnte nicht genug bekommen von den Geschichten und dunklen Legenden, die die Leute sich über die Jahre und Jahrzehnte hinweg erzählten.

Die Geschichte vom Untergang Altgrauns …

Fast glaubte sie, das Leid der damaligen Bewohner des Ortes in ihrem Innern wahrnehmen zu können.

Die armen Menschen hatten damals so viel verloren.

Ihre Existenzen, ihre Häuser, mit denen lieb gewonnene Erinnerungen verknüpft waren, ihren Lebensmittelpunkt.

Sie hatte diese furchtbare Geschichte von ihren Eltern gehört, die wiederum von ihren Eltern davon wussten.

Heute erinnerte nur noch der denkmalgeschützte Kirchturm von Altgraun, der wie ein Mahnmal mitten im Reschensee thronte, an diese schlimme Zeit.

Der Rest des Ortes war gegen den Willen der Bewohner vor seiner Überflutung dem Erdboden gleichgemacht worden und heutzutage ein regelrechter Touristenmagnet. Seit Jahrzehnten kamen die Menschen von weit her, um den Kirchturm von Altgraun im Reschensee zu bewundern. Der Hype war noch schlimmer geworden, seit Netflix eine Horrorserie über diesen Ort produziert und gesendet hatte.

Die sensationslüsternen Touristen hofften wohl darauf, während ihres Besuchs das Glockenläuten zu hören. Dass sich die Drehbuchautoren dieses gruslige Läuten, das stets ein entsetzliches Unheil ankündigte, nur ausgedacht hatten, um ihrer Story Spannung zu verleihen, ignorierten sie völlig.

Anna schmunzelte, als sie ihren Blick über die Landschaft schweifen ließ. Ob die neuen Gäste auch davon anfangen würden? Sollte sie ihnen wirklich gestehen, dass der Kirchturm von Altgraun überhaupt keine Glocke mehr hatte? Dass das Gerede vom unheilvollen Läuten nur Fantasie war …

Weder ihre Eltern noch sie selbst hatten jemals dieses angebliche Läuten gehört.

Wobei …

Anna erinnerte sich an eine Begebenheit vor vielen, vielen Jahren, als sie gerade erst sechs Jahre alt gewesen war. Damals hatte die alte Frau Kohler, eine längst verstorbene Nachbarin ihrer Eltern, nachts tatsächlich ein Läuten vernommen.

Vollkommen aufgelöst hatte sie am nächsten Morgen jedem davon erzählt und ausgesehen, als machte sie sich schreckliche Sorgen, dass bald ein furchtbares Unglück über sie hereinbrechen würde.

Tatsächlich war nur wenige Wochen später ihr Enkelsohn schwer mit seinem Motorrad verunglückt. Doch während der Rest des Ortes den Unfall in keiner Weise mit dem angeblichen Läuten der Glocke in Verbindung gebracht hatte, war die alte Frau Kohler davon überzeugt gewesen, dass der Turm sie hatte warnen wollen.

Anna fröstelte es bei der Erinnerung daran. Sie zog die Schultern hoch, lief zum Haus. Als ihr die warme Luft entgegenschlug, fiel ihr ein, dass sie noch ein wenig Holz reinholen sollte.

Zwar hatte sie die Box neben dem Kamin bereits bis oben hin gefüllt. Doch schadete es sicher nicht, auch noch das Fach unterhalb des Brennraumes zu befüllen.

Sie trat den Rückzug nach draußen an. Stapelte dort so viele Scheite, wie sie tragen konnte, auf ihren Armen und trug sie ins Haus.

Warum konnte Aiden nicht einfach einen neuen Korb besorgen, nachdem der alte nicht mehr zu reparieren war? Das war doch nur kleine Anschaffung gegenüber all dem Luxus in der Lodge. Sie beschloss, es ihm vorzuschlagen.

Anschließend überlegte sie, was sie als Nächstes tun sollte.

Sie war seit den frühen Morgenstunden hier, hatte die Gästezimmer hergerichtet, das Haus auf Vordermann gebracht, sich des Wellnessbereichs angenommen, die Sauna im Keller und den Whirlpool startklar gemacht. Es fehlten nur noch der Tisch für den Sektempfang und ein paar Canapés zur Begrüßung der Gäste sowie die Vorbereitungen für das Essen heute Abend.

Die Vorspeisen hatte sie aus dem Feinkostladen im Nachbarort besorgt, genau wie das frische Brot, was bedeutete, dass sie nur noch den Fisch marinieren und die Beilagen schnippeln musste.

Anschließend würde sie sich um das Special kümmern,

um das Aiden sie gebeten hatte, um die Gäste zu beeindrucken.

Es war fast sechzehn Uhr, als Anna endlich alle Laternen und Fackeln am Eingangsbereich sowie rechts und links der Auffahrt positioniert und angezündet hatte, um den Gästen von der ersten Sekunde ihres Aufenthaltes an ein gemütliches Hüttenflair zu vermitteln.

Sie sah sich um, freute sich an dem Anblick, zog ihr Smartphone hervor und schoss ein paar Fotos für Aiden. Das würde ihm gefallen.

Das beste Foto schickte sie ihm via WhatsApp. Nur Sekunden später erhielt sie als Antwort das Icon eines erhobenen Daumens, gefolgt von einem Herzchensmiley.

Sie grinste, wollte ihr Handy gerade wegstecken, als ihr einfiel, dass sie ihrem Vater versprochen hatte, sich zu melden, wenn sie Zeit fand.

Sie suchte den Kontakt, drückte auf Wählen. Als er sich meldete, erkannte sie an seinem Tonfall, wie erschöpft er war.

»Alles klar bei euch?«, fragte sie bang.

»Sie schläft, heute scheint ein guter Tag zu sein.« Er stieß die Luft aus, als wollte er seinen Worten Gewicht verleihen. »Und bei dir? Hast du alles im Griff? Wie sind die Leute so?«

»Sie sind noch nicht da«, gab Anna zurück. »Zum Glück. Ich bin eben erst mit allem fertig geworden.«

»Hast du schon etwas gegessen?«

Anna schmunzelte. »Ziemlich viel sogar. Schon vergessen? Ich bin auch fürs Kochen zuständig und das Probieren des Essens gehört nun mal dazu.«

»Du klingst aufgeregt, Schatz. Ist wirklich alles in Ordnung?«

Ihr Vater kannte sie in- und auswendig, das wurde Anna jetzt schmerzlich bewusst.

»Mach dir keine Sorgen, Paps, okay? Mir geht's gut. Es ist nur so: Aiden setzt so große Erwartungen in mich und ich bin mir nicht sicher, ob ich diese erfüllen kann. Ich hab alles sauber gemacht, das Haus blinkt und strahlt. Optisch ist wirklich alles perfekt, aber ich weiß nicht, ob ich das ebenfalls bin.«

»Wieso nicht?«

»Ich weiß nicht, ob ich wirklich eine perfekte Gastgeberin bin.«

»Ach Kind, warum zweifelst du?«

»Ich weiß nicht, ob ich den Ansprüchen der Gäste genügen werde, ob ihnen mein Essen schmeckt, ob sie am Ende ihres Aufenthaltes zufrieden nach Hause fahren und planen, wiederzukommen.«

»Schatz«, die Stimme ihres Vaters klang liebevoll, »du wirst alles richtig machen. Ich weiß es und dein Boss weiß es auch. Du bist die Beste für diesen Job, deswegen hat er dich damit betraut und niemanden von deinen Kollegen.«

»Aiden hat mich nur gefragt, weil es sonst niemand machen wollte. Er musste mich quasi dazu zwingen.«

»Zweifle nicht an dir, Anna. Dazu hast du keinen Grund. Du bist das tollste Mädchen, das ich kenne, und das sage ich nicht nur, weil du meine Tochter bist.«

Anna schloss die Augen, sog die Worte ihres Vaters in sich auf, spürte, wie sich ihr Innerstes zusammenzog.

Jede Faser ihres Körpers sehnte sich danach, jetzt zu Hause zu sein. Dennoch war sie dankbar, weit weg von dem Ort zu sein, an dem ihre Mutter heute zwar einen ihrer wenigen guten Tage hatte, ansonsten aber alles schrecklich traurig war.

Ein leises Knirschen riss sie aus ihrer Erstarrung. »Ich glaube, jetzt kommt jemand«, flüsterte sie.

»Gut, Schatz, dann machen wir erst mal Schluss. Meldest du dich, wenn du Zeit findest?«

»Versprochen.«

Sie steckte das Handy weg, lief zur Eingangstür, stellte sich gerade hin, legte einen professionell freundlichen Gesichtsausdruck auf.

Doch dann passierte etwas Seltsames.

Für den Bruchteil einer Sekunde schien die Zeit stillzustehen. Es war, als habe die Kälte den letzten Augenblick der Ruhe eingefroren, um ihn festzuhalten. Dann war alles wieder wie zuvor.

Sie hörte das Knirschen von vorhin.

Autoreifen, die langsam über Schnee fuhren.

Aber das war nicht das einzige Geräusch. Da war noch etwas, was die Idylle störte.

Anna runzelte die Stirn.

Was war das?

Es hörte sich an wie …

Wie das Läuten einer Kirchenglocke in der Ferne …

Nur dass es außer dem alten Turm im See kein anderes Gotteshaus gab, dessen Glockenspiel hier oben noch zu hören war.

Ein Lachen brach aus ihrer Kehle.

Das sind nur die Nerven …

Anna holte tief Luft, konzentrierte sich auf die Geräusche der Umgebung.

Nein!

Das bildete sie sich nicht ein …

Da war tatsächlich ein Läuten, das von Sekunde zu Sekunde lauter wurde.

Genau wie das Knirschen des näher kommenden Autos.

Ein Lichtkegel erfasste Anna.

Sie blinzelte, schluckte vor Aufregung, während sie alle Kraft aufbot, sich nichts anmerken zu lassen.

Was sie hörte, war das Läuten des Kirchturms von Altgraun!

DREI
LODGE

Lotte

»Hatten Sie eine gute Anreise?« Der junge Mann auf dem Fahrersitz, der sich ihnen als Levi vorgestellt hatte, warf Lotte einen prüfenden Seitenblick zu.

Sie nickte, obwohl es eine Lüge war. Nichts an der Fahrt hierher oder an dieser Reise würde sie als gut bezeichnen. Sie wollte weder hier im SUV dieses Fremden sitzen, noch wollte sie in diese Luxuslodge, die ihre Freunde für die nächsten Tage gemietet hatten.

Am liebsten würde sie auf der Stelle umkehren, zurück nach Hause flüchten, sich in ihrem Schlafzimmer vergraben, bis der Betriebsurlaub vorüber war und sie sich wieder in ihre Arbeit stürzen konnte.

Ihr Job war momentan das Einzige, was sie noch davon abhielt, vollends durchzudrehen.

Wieder spürte sie den Blick des Fahrers auf sich.

»Sie sehen aus, als sei Ihnen übel. Soll ich kurz anhalten?«, fragte er.

»Mir geht's gut«, gab sie schroffer als beabsichtigt zurück.

Er nahm es schweigend hin, richtete seinen Blick wieder

auf die steile Auffahrt, die von brennenden Fackeln beleuchtet war.

Der Anblick der Lodge im Fackellicht hätte romantisch anmuten können, doch Lotte hatte im Moment einfach keinen Sinn für derlei Schnickschnack.

Im Gegenteil. Alles, was auch nur romantisch anmutete, hinterließ bei ihr diesen bitteren Beigeschmack.

Das war nicht immer so gewesen. Aber seit ihr Ehemann und Geschäftspartner Paul sie mit einer Neunundzwanzigjährigen betrogen hatte, war nichts mehr so wie früher. Sie musste nicht nachrechnen. Das Datum ihrer Entdeckung war ihr ständig bewusst. Es lag fast auf den Tag genau acht Monate hinter ihr.

Acht miese Monate, die sie einer jungen Frau namens Lexi verdankte, deren Markenzeichen übertrieben lange Fingernägel waren, mit denen sie wahrscheinlich nicht einmal tippen, geschweige denn irgendeine andere Arbeit verrichten konnte.

Paul hatte sie in der Praxis kennengelernt, als sie sich von ihm die Lippen mit Hyaluron hatte aufspritzen lassen. Nicht, dass sie das nötig gehabt hätte.

Lexi war schon zuvor äußerst attraktiv gewesen und hatte sicher keine Probleme gehabt, sich jeden Mann zu angeln, der ihr gefiel. Dass es am Ende ihren Paul getroffen hatte, war bitter gewesen.

Über Wochen hinweg hatte Paul sie mit Lexi betrogen, sie hinter ihrem Rücken sogar in ihrem Ehebett gevögelt, was sie ihrerseits dazu bewogen hatte, Paul achtkantig aus dem Haus zu werfen.

Natürlich hatte sie gehofft, dass er um sie und ihre Ehe kämpfen würde, doch nichts dergleichen war geschehen. Ohne ein Widerwort hatte er seine sieben Sachen gepackt, war in ein Hotel in der Innenstadt gezogen, wo er Lexi fortan ohne schlechtes Gewissen vögeln konnte. Soweit Lotte wusste, waren Paul und Lexi inzwischen sogar auf der Suche nach einer gemeinsamen Bleibe.

Lotte stieß die Luft aus, zwang sich, ihren beschissenen Ex aus dem Kopf zu bekommen. Schlimm genug, dass sie ihm ab dem sechsten Januar wieder täglich in der Praxis begegnen und mit seiner Untreue konfrontiert werden würde.

Ein Schluchzer entfuhr ihr, was ihr einen misstrauischen Blick von dem jungen Mann auf dem Fahrersitz einbrachte.

Als Levi endlich anhielt, fummelte Lotte ihr Portemonnaie hervor, während er ihr Gepäck aus dem Kofferraum hievte und es vor der Haustür abstellte. Ohne hinzusehen, zog sie einen Schein heraus und reichte ihn dem Fahrer.

Levi nahm ihn, nickte ihr knapp zu, stieg wieder in den SUV und wendete, um wieder hinunterzufahren.

Lotte sah ihm kurz nach, bevor sie sich an den aufgestellten Fackeln vorbei auf die Lodge zu bewegte. Dabei war sie so in Gedanken versunken, dass sie beinahe die junge und in professionelles Schwarz gekleidete Frau übersah, die an der Treppe stand und ihr strahlend entgegenblickte.

»Herzlich willkommen«, sagte die Frau und streckte ihr in formvollendeter Höflichkeit die Hand entgegen. »Ich bin Anna Pfennig. Wenn Sie irgendetwas brauchen oder einen Wunsch haben, sagen Sie mir einfach Bescheid, egal wann. Ich bin während Ihres Aufenthaltes rund um die Uhr für Sie da.«

Lotte schluckte, ergriff die Hand der jungen Frau, drückte sie.

»Hab ich das richtig verstanden? Sie sind für die Gästebetreuung zuständig?«

Anna nickte freundlich.

»Das wusste ich nicht«, sagte Lotte perplex. »Ich dachte, außer uns ist niemand hier.«

Anna lächelte. »Das stimmt auch. Sie werden mit Ihren Freunden unter sich sein und mich nur zu Gesicht bekommen, wenn Sie es wünschen. Ich werde versuchen, mich so unsichtbar wie möglich zu machen.«

Lotte spürte, wie sie rot wurde. »Bitte verzeihen Sie«, sagte sie zu Anna. »So meinte ich das nicht.«

»Sie müssen sich nicht entschuldigen«, sagte Anna und lächelte noch herzlicher.

Lotte fand, dass sie dadurch noch bezaubernder aussah. Sie schätzte Anna auf Anfang bis Mitte zwanzig. Demnach war sie nur ein wenig jünger als Pauls Gespielin, was sie sofort wieder erbitterte.

Nicht jetzt. Vergiss diese Bitch mal für einen Moment.

Lotte stieß die Luft aus, bemühte sich, das Lächeln Annas zu erwidern. »Bin ich die Erste?«, fragte sie, sich umblickend.

Anna nickte. Dann öffnete sie die Tür und trat beiseite, damit Lotte eintreten konnte.

Im Innern des Hauses war es anheimelnd warm und es roch nach Zimt und Nelken, was Lotte dann sogar ein echtes Lächeln entlockte. »Hier riecht es nach Weihnachten«, sagte sie an Anna gewandt.

Diese schmunzelte. »Da ich vermutete, dass Sie alle nach der Anreise erschöpft und vielleicht durchgefroren sein könnten, habe ich einen starken Punsch aufgesetzt. Einen Topf mit Alkohol und einen ohne. Dazu habe ich ein paar Häppchen, süß oder herzhaft, ganz wie Sie wünschen.«

Lotte musterte Anna. »Gehört Ihnen dieses Anwesen? Ich meine, sind Sie die Vermieterin?«

Anna schüttelte schnell den Kopf, stieß ein glockenhelles Lachen aus. »Nein, ich arbeite nur für den Besitzer. Aiden gehört, neben weiteren Anwesen in der Umgebung, auch dieses. Er ist übrigens auch der Besitzer des neuen Hotels kurz hinter der Ortseinfahrt. Sie müssen daran vorbeigefahren sein.«

Lotte nickte, sah sich schließlich genauer um. Die Lodge war riesig und in Massivholzbauweise errichtet. Trotzdem wirkte sie nicht einfach nur urig, sondern strahlte dank geschickt kombinierter moderner Möbel einen gehobenen Luxus aus.

Im Zentrum des riesigen Wohnbereichs gab es einen gemauerten Kamin, in dem ein offenes Feuer flackerte. Davor waren drei einladende tiefe Sofas und zwei gemütlich wirkende Relax-Sessel um einen Couchtisch mit schwarzer Schieferplatte gruppiert.

Vom Wohnzimmer aus gelangten sie ins Esszimmer, das Herzstück der Lodge. Ein riesiger Esstisch aus massivem Holz dominierte diesen Bereich des Hauses. Die dazu passenden Stühle hatten Lederbezüge, auf denen Felle ausgebreitet waren.

»Kommen Sie, ich zeig ihnen auch noch die Küche«, lud Anna sie ein und öffnete eine Schiebetür, die den Blick auf eine moderne und anscheinend hyperfunktionale Küche öffnete.

Staunend richtete Lotte ihren Blick auf Arbeitsgeräte, die das Herz eines jeden Kochs höher schlagen lassen würden. »Ich bin beeindruckt«, gestand sie, als ihr Blick auf dem Kaffeevollautomaten hängen blieb. »Ich habe auch einen zu Hause, aber dieses Design schlägt das meine um Längen.«

»Aiden hat eine Schwäche für schöne Dinge«, erklärte Anna. »Warten Sie nur, bis Sie ihr Zimmer sehen.«

»Da bin ich ja sehr gespannt«, antwortete Lotte. Und das war sie wirklich. Sie unterdrückte ein ungläubiges Lachen. Dank dieser jungen Frau ging es ihr ein klein wenig besser. Vielleicht würde es ja doch noch ein schöner Urlaub werden.

»Darf ich Ihnen einen Kaffee anbieten?«, fragte Anna.

»Sagten Sie nicht etwas von einem Punsch?«, flachste Lotte.

»Aber gerne doch«, kam es überfreundlich von Anna, die an ihr vorbei zum Herd ging und sich an den Töpfen darauf zu schaffen machte. Sie sah zu Lotte. »Möchten sie ihn mit oder ohne Alkohol?«

»Mit. Unbedingt sogar. Am besten geben Sie bei mir noch einen Schuss extra mit rein.«

Als Lotte Annas überraschten Gesichtsausdruck sah,

bereute sie ihren Ausbruch sofort. »Ich bin keine Alkoholikerin«, warf sie rasch hinterher. »Es ist nur so … Mein Ex wird auch kommen. Und um ehrlich zu sein, geht es mir deshalb nicht besonders.« Erschrocken über sich selbst, stoppte sie ihren Redefluss, unterdrückte gerade noch den Impuls, sich mit der flachen Hand an die Stirn zu klatschen. Was redete sie da? Wie kam sie nur dazu, einer völlig Fremden ihre Gefühle anzuvertrauen?

Sie schwieg, wartete, bis Anna ihr eine Tasse reichte, die bis oben hin gefüllt war. Sie roch an der Flüssigkeit, nahm den Duft von Rotwein wahr, von Zimt und Honig, Nelken und Orange. Auch ein wenig Rum glaubte sie zu erschnuppern.

Sie nippte daran, schloss genießerisch die Augen, als die verschiedenen Geschmacksnuancen ihren Mund ausfüllten. »Der ist köstlich«, sagte sie und lächelte Anna an.

»Haben Sie auch Hunger?«

Lotte schüttelte den Kopf. »Ich bin mit meinem Punsch fürs Erste vollkommen zufrieden.«

»Dann zeige ich Ihnen jetzt noch Ihr Zimmer.«

Lotte folgte Anna, die zurück zur Haustür eilte, ihren schweren Koffer ergriff und ihr voran die Treppe nach oben in den ersten Stock stieg. Oben angekommen, sah Lotte, dass die Einrichtung auch hier liebevoll zusammengestellt worden war. In den Nischen zwischen den Zimmern standen kleine Tische mit Sesseln, auf denen man es sich gemütlich machen konnte, um vielleicht einen Tee zu trinken oder ein Buch zu lesen.

Sie schritten an zwei Zimmern vorbei. Dann drehte sich Anna lächelnd um. »Sind Sie bereit?«

Lotte nickte beinahe ehrfürchtig.

Anna stieß die Tür auf, trat beiseite.

»Oh mein Gott«, brach es aus Lotte hervor, während sie an der jungen Frau vorbei in ihr Domizil für die nächsten Tage trat.

Sie war schon oft in teuren Hotels abgestiegen, hatte

schon etliche Luxuskreuzfahrten hinter sich, doch ein Gästezimmer wie dieses hatte sie noch nie betreten. Augenblicklich glaubte sie sich in ein Wintermärchen versetzt. Dicke Holzbalken an der Decke, von denen rustikale Lampen in Laternenoptik herabhingen, und unzählige Windlichter schmückten den Raum. Das Bett an der Wand, von dem aus man einen Ausblick auf das Bergpanorama hatte, war eine riesige, mit Fellen bedeckte Spielwiese, auf das sie sich am liebsten gleich geworfen hätte. Doch am beeindruckendsten war die riesige Badewanne auf Löwenfüßen, die mitten im Zimmer stand, von der aus man entweder auf den brennenden Kamin oder die schneebedeckte Landschaft blickte. Lotte trat näher, strich über den gewölbten Rand und bemerkte, dass die Wanne sogar Massagedüsen hatte.

»Gefällt es Ihnen?«, drang Annas zarte Stimme zu ihr durch.

Lotte nickte, drehte sich zu ihr um. »Sie haben nicht übertrieben. Das Zimmer ist der Wahnsinn.«

Anna grinste, deutete mit dem Kopf auf eine Tür links von ihnen. »Dort befindet sich das Badezimmer mit Duschkabine und WC. Die Dusche verfügt über eine Dampffunktion samt Chromotherapie . Es gibt sogar eine Einstellung, mit der Sie den Duft des Dampfes auswählen können.«

Lotte hörte ihr staunend zu und folgte ihrem nächsten Fingerzeig auf eine weitere Tür. »Dahinter ist ein begehbarer Kleiderschrank und die Minibar. Ich habe sie mit allem aufgefüllt, was das Herz begehrt. Falls etwas fehlt oder Sie einen speziellen Wunsch haben, melden Sie sich einfach. Sie erreichen mich rund um die Uhr unter der Nummer 111.«

»Danke schön«, sagte Lotte.

Anna nickte ihr zu. »Ich lasse Sie jetzt allein, damit Sie in aller Ruhe auspacken können. Falls Sie Hunger bekommen sollten, melden Sie sich einfach und ich bringe Ihnen ein Tablett mit Canapés in Ihr Zimmer. Diese sind übrigens eine besondere Spezialität von mir, die ich sonst nur für meine Familie zubereite.«

Lotte nahm ihr Portemonnaie, wollte einen Schein daraus entnehmen und ihn Anna geben.

Doch Anna hob abwehrend die Hände. »Das ist wirklich nicht nötig. Aber ich danke Ihnen vielmals für die Freundlichkeit.«

Lotte starrte die junge Frau erstaunt an. »Dürfen Sie etwa kein Trinkgeld annehmen?«

Anna lächelte, schüttelte den Kopf. »Aiden ist da sehr eigen. Und selbstverständlich respektiere ich seinen Wunsch.«

Lotte nickte, steckte den Schein zurück in ihre Geldbörse, reichte Anna stattdessen die Hand. »Dann lassen Sie mich Ihnen aufrichtig für Ihr herzliches Willkommen danken. Ich hatte wirklich Angst vor diesem Moment, wollte sogar in letzter Sekunde noch absagen. Doch dank Ihnen habe ich jetzt das Gefühl, dass mir die Auszeit an diesem wundervollen Ort gut tun könnte, obwohl mein verfluchter Exmann bald hier auftauchen und mich an den schlimmsten Augenblick meines Lebens erinnern wird.«

VIER
LODGE

Penelope

Penelope schauderte. Sogar die feinen Härchen auf ihren Armen stellten sich auf. Der Anblick der Hütte katapultierte sie in ihrer Erinnerung um zwei Jahrzehnte zurück. Es war wie damals.

Das massive Holz des Gebäudes, die Berge ringsum, diese fast schon bedrückende Stille …

Krampfhaft versuchte Penelope, die düsteren Gedanken von sich zu schieben. Sie wollte Adam nicht den Spaß verderben. Noch weniger wollte sie bei ihren alten Freunden den Eindruck erwecken, sie sei undankbar.

Das war sie ganz und gar nicht.

Im Gegenteil.

Diese Einladung zur Silvesterfeier mit anschließendem Junggesellenabschied war genau zur rechten Zeit eingetrudelt.

In Berlin hatte ein Termin den nächsten gejagt und oft hatte sie nicht einmal die Zeit gefunden, tagsüber etwas Anständiges zu essen, geschweige denn, sich genügend Schlaf zu gönnen. Ihre Auftragsbücher waren zwar mehr als voll, aber sie war nun mal nicht der Typ, auch nur einen der Aufträge abzulehnen.

Viel zu gut wusste sie, wie schnell sich das Blatt wenden konnte, und sie hatte oft genug auch schwere berufliche Zeiten durchlebt. Zeiten, in denen sie geglaubt hatte, am Ende zu sein. Nie mehr in ihrem Leben wollte sie an diesen Punkt gelangen.

Also biss sie sich durch, arbeitete rund um die Uhr, auch wenn alles andere dadurch zu kurz kam.

Aus gutem Grund hatte sie keine Kinder, keinen Ehemann, keine Verpflichtungen, außer sich selbst gegenüber.

Deswegen war ihr erster Impuls auch gewesen, die Einladung abzulehnen. Doch Adam hatte sie schließlich dazu überredet, sich die paar Tage Auszeit zu gönnen, um dann im neuen Jahr erholt wieder durchstarten zu können. Da über die Feiertage selbst kein Auftrag anstand, sie sich stattdessen eigentlich um ein paar Büroarbeiten hatte kümmern wollen, hatte sie schließlich doch zugesagt. Die zu beantwortenden Mails, die Suche nach Locations konnte sie ruhigen Gewissens auch mal aufschieben.

Adam hatte recht, sie musste auch mal runterkommen, ihre Akkus aufladen, wie er es ausgedrückt hatte. Zudem wollte sie es sich nicht mit Rosi und Killian verscherzen, von denen die Einladung stammte.

Inzwischen hatte Penelope sich wieder gefangen und sah sich um, bemerkte wie viel Mühe sich die Freunde gegeben hatten, um die ideale Location auszuwählen. Die Abgeschiedenheit, der viele Schnee, die Wellnessmöglichkeiten, die sich laut Internetseite der Lodge boten. Alles war einfach perfekt.

Rosi und Killian wollten nicht einfach nur mit ihnen feiern, sie wollten, dass jeder Einzelne von ihnen auch mal entspannen konnte. Die Männer beim Skifahren, die Mädels beim Tratschen, miteinander Abhängen und dem Nutzen aller Wellnessangebote der Lodge. Sie stieß die Luft aus, straffte die Schultern, beschloss, alles einfach auf sich zukommen zu lassen und zu genießen.

»Hörst du das?«, fragte Adam.

Sie drehte sich zu ihm um. »Was meinst du? Ich höre überhaupt nichts.«

Adam hob grinsend den Zeigefinger. »Genau das meine ich. Hier ist es still, vollkommen ruhig und friedlich, ganz anders als in Berlin. Sieh dir doch nur dieses Bergpanorama an, der Wahnsinnsblick ins Tal hinunter. Ist es nicht traumhaft hier?«

Sie ließ ihren Blick schweifen. Nickte nachdenklich. Es stimmte. Es war wirklich idyllisch hier, keine Frage. Normalerweise würde sie jetzt sofort ihre Kamera zücken und ein paar Aufnahmen schießen. Doch es fiel ihr schwer, seine Begeisterung zu teilen. Zu oft war sie als Kind mit ihren Eltern in den Bergen gewesen, um Urlaub zu machen. Dabei war sie Zeuge geworden, wie zwei Erwachsene der Idylle den Garaus gemacht hatten. Wie sie sich tagelang angebrüllt und üble Dinge an den Kopf geworfen hatten, die schlussendlich in einer Scheidung gipfelten.

»Ich hasse es hier«, brach es aus ihr hervor, was ihr einen gespielt entsetzten Blick von Adam einbrachte. »Mir fehlen die Lichter der Großstadt, der Lärm. Keine Ahnung, ob ich hier Schlaf finde. Läge kein Schnee, würde man wahrscheinlich das Gras wachsen hören, so verdammt ruhig ist es hier. He, das nervt!«

»Mit wem bin ich da nur zusammen?«, rief er und knuffte sie spielerisch in die Seite. »Los, lass uns reingehen, ich will deine Freunde kennenlernen.«

Alles in ihr sträubte sich und sie überlegte, ob und wie sie ihn vorwarnen sollte.

Sie sah Adam an. »Was das angeht …«

Er runzelte die Stirn. »Stimmt etwas nicht? Du hast doch hoffentlich angekündigt, dass du jemanden mitbringst?«

»Schon«, gab Penelope mit einem Seufzen zurück. »Sie sind ein wenig … ich weiß nicht, wie ich es ausdrücken soll

… anstrengend. Nicht alle, aber Flori und Killi auf jeden Fall.«

»Na und? Was willst du mir damit sagen? Muss ich auf irgendwas achten?«

»Nicht du.« Sie druckste kurz herum. »Nimm am besten nicht alles, was die beiden von sich geben, allzu ernst. Sie sind einfach ein wenig bescheuert, aber ansonsten völlig in Ordnung.«

Adam zog sie an sich, küsste sie auf den Mund. »Mir ist egal, was deine Freunde sagen oder wie sie sich benehmen, das solltest du inzwischen wissen. Ich habe eh nur Augen und Ohren für dich. Du weißt doch, dass ich verrückt nach dir bin. Ich will mit dir zusammen sein, das ist alles, was zählt.«

Sie ließ sich von ihm noch fester an seine Brust ziehen, atmete seinen Körpergeruch ein.

Schließlich nickte sie, löste sich aus seiner Umklammerung. »Dann los.«

Sie schnappte sich ihre Tasche, wartete, bis Adam ihre beiden Koffer aus dem Wagen gezerrt hatte, dann machten sie sich auf den Weg zum Eingang.

Sie waren noch nicht an der Tür, als diese aufgerissen wurde und eine junge Frau hinaustrat, die Penelope nie zuvor gesehen hatte.

Der Blick der jungen Frau glitt von ihr zu Adam, blieb auf ihm hängen.

Penelope grinste innerlich, denn genau das war die Wirkung, die Adam auf die Damenwelt hatte.

»Ich bin Anna«, stellte sich die junge Frau dann endlich vor und reichte erst ihr, dann Adam die Hand. Ihr Lächeln wirkte geschäftig. »Ich bin während Ihres Aufenthaltes für die Gästebetreuung zuständig. Sollte es etwas geben, was Sie brauchen, dann lassen Sie es mich wissen. Ich bin immer für Sie da.«

Anna sah zu Adam, dann auf die Koffer in seiner Hand. »Darf ich Ihnen die Koffer abnehmen?«

»So weit kommt es noch«, gab er brummend zurück und drückte sich an Anna vorbei ins Haus.

»Sind wir die Ersten?«, fragte Penelope.

Anna schüttelte lächelnd den Kopf. »Eine Dame ist vor ein paar Minuten angekommen. Lotte, glaube ich.«

Penelope nickte, folgte Anna ins Haus.

»Darf ich Ihnen einen Punsch anbieten?«, fragte Anna.

Penelope schüttelte den Kopf. »Kaffee wäre mir lieber, wenn ich ehrlich bin.«

»Ich schließe mich an«, kam es von Adam.

»Selbstverständlich«, sagte Anna und sah sich zu ihnen um. »Möchten Sie zuerst Ihr Zimmer sehen? Ich bringe Ihnen die Heißgetränke gern nach oben.«

Penelope sah Adam nach, der in Richtung des Wohnzimmers verschwunden war und sich begeistert wie ein Kind umsah.

»Ich glaube, wir trinken unseren Kaffee hier unten.«

Anna nickte, verschwand und Penelope nutzte die Gelegenheit, sich ebenfalls umzusehen.

Diese Unterkunft war typisch Rosi. Luxuriös, romantisch und verspielt, genau wie sie selbst.

Penelope konnte sich lebhaft vorstellen, wie lange Rosi nach einem Objekt wie diesem gesucht hatte. Sie gesellte sich zu Adam, der vor dem offenen Kamin stand und ins Feuer sah.

»Ich finde es umwerfend hier. Deine Freunde sind bestimmt wohlhabend. Kein Normalsterblicher kann sich so eine Hütte leisten. Unser Aufenthalt hier muss ein Vermögen kosten.«

Penelope winkte ab. »Kann sein. Killi verdient ziemlich gut. Er ist App-Entwickler und hat ein paar echt erfolgreiche Projekte am Laufen. Und Rosi ist eine reiche Erbin. Ihre Familie hat etliche Häuser, die ordentlich was einbringen. Geld spielt bei den beiden schon lange keine Rolle mehr.

»Wie sind die anderen so?«

»Lotte und Paul sind Hautärzte. Sie verdienen ihre Brötchen hauptsächlich mit ästhetischen Eingriffen und Behandlungen. Florian ist Anwalt, Tammi freischaffende Journalistin. Nett sind sie alle, wenn man sie näher kennt und zu nehmen weiß.«

»Also alles berufliche Überflieger, genau wie du.« Adam grinste, zog sie an sich, küsste sie. »Dann bin ich wohl der Einzige im illustren Kreis deiner Freunde, der nicht mal das Abi geschafft hat.«

»Was das angeht, kann ich dich beruhigen«, kam es von hinter ihnen. Penelope löste sich von Adam, sah Lotte an, die auf sie zu eilte.

Nachdem sie Adam und ihre Freundin einander vorgestellt hatte, sah sie Lotte prüfend an. »Was ist los, Süße? Du siehst irgendwie anders aus als sonst. Stimmt etwas nicht?«

Sie bemerkte, dass Lotte Adam ansah, sich unwohl zu fühlen schien. Der verstand sofort und grinste schief. »Ich lass die Damen dann mal allein und sehe mich draußen ein wenig um.«

Penelope nickte ihm dankbar zu, dann sah sie Lotte an. »Und jetzt raus mit der Sprache, was ist los? Und wie war der Spruch gemeint, den du zu Adam gesagt hast?«

»Dabei ging es um Paul«, kam es von Lotte. »Genauer, um seine neue Freundin, die ungefähr im selben Alter wie Adam ist.«

Penelope starrte sie an. »Paul? Du redest von deinem Paul?«

Lotte seufzte. »Ja, er hat mich betrogen und ich bin dahintergekommen. Zuerst hab ich gedacht, dass ich ihm verzeihen könne, doch dann wurde mir klar, dass ich das nicht schaffe. Ich warf ihn raus und er hatte nichts Besseres zu tun, als zu ihr zu rennen.«

»Warum hast du nichts gesagt? Zu mir, meine ich? Wir telefonieren regelmäßig, schicken uns Nachrichten und irgendwelche blödsinnigen Filmchen über WhatsApp. Doch das, was wirklich wichtig ist, behältst du für dich.«

Lotte hob die Schultern. »Ich konnte nicht, verstehst du? Ich wollte das erst mal mit mir selbst ausmachen und verarbeiten.«

»Und? Hast du es geschafft?«

Lotte verneinte stumm.

»Dann ist er jetzt mit seiner Affäre zusammen?«

Lotte nickte.

»Und die Praxis?«

»Da ist alles beim Alten. Wir arbeiten zusammen, sind Geschäftspartner und das wars.«

»Dann wollt ihr euch scheiden lassen?«

»Wir haben noch nicht darüber gesprochen. Paul hat es ein paar Mal versucht, doch ich hab abgeblockt.«

»Willst du die Scheidung?«

Lotte senkte den Blick, hob die Schultern. »Ich weiß überhaupt nichts mehr, verstehst du? Pauls Betrug hat mich eiskalt erwischt. Ich glaube, ich will erst einmal wieder zu mir kommen, das Gefühl haben, klar und rational denken zu können, ohne Wut im Innern, ohne das Bedürfnis, Paul und seiner Tussi etwas anzutun.«

Penelope nickte mitfühlend und zog die Freundin in ihre Arme. »Weißt du, ob Paul auch kommt?«

»Als ich ihn kurz vor Weihnachten noch mal gesehen habe, war er noch nicht sicher.«

Anna betrat das Zimmer. Sie balancierte ein Tablett mit Kaffeetassen auf den Händen.

Penelope beobachtete sie nachdenklich und zog Lotte zu einem der Sofas. Dann wandte sie sich an Anna. »Könnten Sie uns vielleicht doch etwas Stärkeres bringen?«

»Sehr gerne«, antwortete Anna und warf Lotte einen verständnisvollen Blick zu. »Wie wärs mit Whiskey? Oder einem Weinbrand?«

»Können Sie Cocktails mixen?«, fragte Penelope.

»Selbstverständlich«, gab Anna zurück und stellte die Kaffeetassen vor ihnen auf den Tisch.

Penelope grinste Lotte spitzbübisch an. »Heute ist der

letzte Tag des Jahres. Was hältst du von einem Long Island Ice Tea?«

»Perfekt«, bestätigte Lotte in Annas Richtung.

»Kommt gleich«, antwortete diese und eilte davon.

Penelope wartete nur, bis sie wieder allein waren, dann musterte sie die Freundin prüfend. »Willst du ihn zurück?«

Lotte stieß die Luft aus. »Puh, da fragst du was.«

»Und? Ist es so?«

»Ganz ehrlich, ich weiß es nicht. Paul und ich haben so viel gemeinsam erlebt und uns etwas aufgebaut. Der Gedanke, dass er kein Teil meines zukünftigen Lebens sein soll, fühlt sich schrecklich an. Andererseits bin ich unfassbar wütend auf ihn.«

»Warum genau? Ist es nur die Affäre?«

»Er hat einfach alles aufs Spiel gesetzt hat. Auf der anderen Seite ist da die Sache mit den Kindern.«

Penelope runzelte die Stirn. »Was für Kinder?«

»Ich wollte welche, unbedingt. Ich hab Paul damit regelrecht unter Druck gesetzt. Er wiederum wollte keine, zumindest noch nicht sofort. Doch ich habe weiter gedrängt, hab einfach keine Ruhe gegeben.«

»Wie hat er reagiert?«

»Das ist es ja, weswegen ich mich auch schuldig fühle«, gab Lotte zu. »Er warf mir vor, ich würde mit einem Kind nur versuchen, unsere angekratzte Beziehung zu kitten.«

»Hatte er recht?«

Lotte nickte nachdenklich. »Vermutlich ja. Aber das wurde mir viel zu spät bewusst. Während des Aufbaus unserer Praxis haben wir uns als Paar aus den Augen verloren und ich dachte wohl, dass ein Kind uns wieder näher zueinander bringen würde.«

»Und was war dann?«

»Wenige Monate später hatte er dann diese Affäre mit dieser Lexi und hier sitzen wir nun …«

»Dann ist es wirklich vorbei?«

In Lottes Augen schimmerten Tränen. »Ich gehe stark

davon aus. Er und Lexi suchen längst nach einer gemeinsamen Wohnung.« Lotte wischte sich über die Augen. »Neulich habe ich ihn am Telefon mit ihr reden gehört. Das zwischen den beiden scheint ernst zu sein.«

Penelope nahm Lotte fest in die Arme, drückte sie. Schließlich schob sie sie von sich weg, sah sie fest an. »Ich sag dir was … Scheiß auf die Typen, okay? Scheiß auf sie alle!«

»Penelope, mein Schatz, ich hab dein vorlautes Mundwerk echt vermisst!«

In dem Moment betraten Florian und Tamara das Wohnzimmer.

Lotte kicherte, als Florian sie gespielt entrüstet ansah und die Arme ausbreitete.

»Und was hast du an mir vermisst?«

»Alles«, gestand Lotte und stand zusammen mit Penelope auf, um die Freunde zu begrüßen.

Florian musterte sie abwechselnd intensiv. »Adam hat uns gesagt, dass ihr hier seid und was zu bequatschen habt.«

Penelope, der Florians unterschwelliger Tonfall nicht entgangen war, grinste. »Sprich dich aus, mein Lieber. Was brennt dir auf der Seele?«

»Sag mal, dein Adam, der ist ganz schön knackig. Ist der überhaupt schon volljährig?«

»Arschloch!« Penelope boxte ihm sachte in die Seite, schüttelte den Kopf. »Er ist zehn Jahre jünger als ich … na und? Wen juckt das, wenn ansonsten alles passt?«

Florian sah sie an, sagte nichts. Sie stöhnte, weil ihr wieder einmal bewusst wurde, wie gut sie einander kannten. Sie warf einen Blick in Richtung Tür, um sicherzugehen, dass Adam nichts von ihrem Geplänkel mitbekam, bevor sie weitersprach: »Er ist nett und es macht Spaß mit ihm zusammen zu sein. Fürs Erste ist das vollkommen ausreichend.«

Penelope sah über Florians Schultern zu Tamara, deren

belustigter Gesichtsausdruck offensichtlich gekünstelt war. Die Freundin wirkte verkrampft und angespannt, als wollte sie am liebsten vor allem davonlaufen. Das war völlig untypisch für sie.

Sie ging auf Tammi zu, nahm sie in die Arme, küsste sie auf die Wange. Dann schob sie sie ein Stück von sich weg, um sie richtig ansehen zu können. »Du siehst aus, als könntest du einen Drink vertragen.« Sie nickte Florian zu. »Du bleibst bei Lotte und ich geh mit deiner Frau zu Anna in die Küche. Willst du auch einen Drink?«

Florian nickte dankend.

Erst jetzt fiel Penelope auf, dass er tiefe Ringe unter seinen Augen hatte, außerdem blass und erschöpft aussah.

Irgendwas stimmte hier nicht.

Hatten Tammi und Flori etwa auch Probleme?

FÜNF
LODGE

Tamara

In der Küche angekommen, stellte Penelope sie einer jungen Frau vor. »Das ist Anna, sie arbeitet hier.«

Tammi sah verwirrt von Penelope zu der jungen Frau, ergriff deren Hand, drückte sie.

»Sind Sie bitte so nett und machen zwei weitere Cocktails?«, bat Penelope.

»Gerne«, gab Anna zurück und drehte sich wieder zur Arbeitsfläche um.

Tammi sah die Freundin an, verdrehte die Augen. »Ich dachte, wir sind unter uns?«, raunte sie leise, als sie auf dem Weg zurück ins Wohnzimmer waren.

»Du kennst doch Rosi«, kam es lapidar von Penelope. »Immer auf der Suche nach etwas Besonderem.«

Sie gesellten sich wieder zu Florian und Lotte.

»Wusstest du übrigens, dass Paul und Lotte sich getrennt haben?«, fragte Florian.

Tamara riss die Augen auf, starrte Lotte an. »Um Gottes willen! Ist das wahr?«

Lotte nickte langsam.

»Scheiße«, stieß Tamara aus. »Erzähl, was ist passiert?«

»Lexi«, antwortete Lotte. »Lexi ist passiert. Sie ist seine Neue.«

»Das tut mir leid«, sagte Tamara und nahm Lotte in die Arme. »Kann ich irgendwas für dich tun?«

»Reden wir einfach über was anderes, okay?«

Tamara nickte. »Natürlich, wie du willst.« Sie löste sich von Lotte, warf Florian einen Blick zu. Doch der ignorierte sie wieder, genau wie während der Fahrt hierher.

Sie wusste einfach nicht, was mit ihrem Ehemann los war. Seit Wochen behandelte er sie wie eine Fremde, weigerte sich, sie anzufassen oder zu küssen. Geschweige denn, dass er einen Versuch unternommen hatte, mit ihr zu schlafen. Doch das Schlimmste war, dass er auch gegenüber Außenstehenden keinen Hehl daraus machte, dass er ein Problem mit ihr hatte.

Wenn sie nur wüsste, was für eins …

Ihn geradeheraus zu fragen, traute sie sich nicht. Zu sehr fürchtete sie die Antwort. Ihr war allzu bewusst, dass ihre Ehe mit Florian schon seit Längerem einen Knacks hatte. Um genau zu sein, seit Ivy geboren worden war.

Es fühlte sich schrecklich für sie an, sich das einzugestehen, aber es war nun mal so.

Tamara seufzte innerlich.

Sie hatte nie Kinder gewollt.

Schon als sie selbst noch ein Kind war, hatte sie es gewusst. Während ihre Freundinnen Mutter, Vater und Kind-Rollenspiele liebten, hatte sie nur Interesse für ihre Bücher gehabt.

Wann immer sie sich an früher erinnerte, hatte sie gelesen oder irgendwas geschrieben. Zuerst Tagebucheinträge über ihre Erlebnisse, später hatte sie sich Geschichten ausgedacht. Sie wollte Schriftstellerin werden, seit sie denken konnte.

Dass sie am Ende Journalistin geworden war, fand sie nicht schlimm. Auch dieser Beruf hatte mit Kreativität zu tun. Sie schrieb nicht einfach nur Storys, sondern verlieh ihnen mit ihrer besonderen Erzählweise und ihrem Stil etwas Unverwechselbares. Die Magazine rissen sich um ihre Geschichten, obwohl die Lage für Journalisten aktuell nicht rosig war. Die Redaktionen mussten sparen. Nur noch in Notfällen durften sie Aufträge an Freie rausgeben.

Doch Tamaras Texte waren eine Ausnahme, sie wurden stets genommen, ohne dass sie sich groß anstrengen musste.

Bevor Ivy zur Welt gekommen war, hatten Florian und sie ein Traumleben geführt. Sie waren in ihren Jobs aufgegangen. In ihrer Freizeit waren sie um die Welt gejettet, hatten in den besten Restaurants gespeist, die schicksten Klamotten getragen, sich alles leisten können, wonach ihnen der Sinn stand.

Sie hatten eine Haushaltshilfe beschäftigt, die zweimal die Woche ihr Haus auf Vordermann gebracht hatte, sodass es immer ordentlich und aufgeräumt war, wenn sie von einem anstrengenden Arbeitstag heimkamen.

Damals hatte Tamara sich stets gefreut, am Abend zu Florian nach Hause zu kommen.

Doch seit Ivy da war …

Leisten konnten sie sich noch immer alles, doch jetzt drehte sich alles stets um die Frage, was mit Ivy war, wenn sie übers Wochenende wegfahren oder abends mal ins Kino wollten. Klar gab es Großeltern, die gerne jederzeit einsprangen. Doch Florian brachte es nur selten übers Herz, seine Prinzessin für mehr als ein paar Stunden nicht um sich zu haben.

Sein Lebensmittelpunkt waren nun nicht mehr sein Job und sie, alles drehte sich nur noch um Ivy.

Nicht dass sie ihre Tochter nicht liebte, das tat sie nämlich. Trotzdem fühlte sich das Muttersein auch drei Jahre später noch immer falsch und unbequem für sie an. Es war wie ein paar zu enger Schuhe, die nach einer Weile drückten und unbequem wurden.

Während andere Mütter es genossen, ihre Babys zu stillen, hatte sie nichts damit anfangen können. Zu gut erinnerte sie sich noch daran, wie es gewesen war, als ihre Periode ausgeblieben war und der Test sich positiv verfärbt hatte. Ihr erster Impuls war gewesen, dieses Kind nicht zu bekommen.

Sie hatte es abtreiben wollen, ohne Florian davon zu erzählen, und alles wäre gut gewesen.

Doch in geistiger Umnachtung hatte sie den Teststreifen auf dem Waschbeckenrand liegen lassen, woraufhin ihr Florian am Abend desselben Tages voller Freude um den Hals gefallen war.

Er wollte dieses Kind, war außer sich vor Freude, und sie brachte es daher nicht mehr übers Herz, das Baby abzutreiben.

Die gesamte Schwangerschaft über hatte Florian sich beinahe überschlagen und ihr jeden Wunsch von den Augen abgelesen, sie quasi auf Händen getragen.

Und als das Kind schließlich geboren war, tat er dasselbe, mit einem Unterschied. Er vergötterte nur noch Ivy, seine kleine Prinzessin.

Florian war Mutter und Vater in einer Person, doch während andere das rührend fanden, war sie todunglücklich damit.

In den ersten Wochen nach der Geburt hatte sie unter schlimmen Depressionen gelitten, weil es ihr schwergefallen war, sich in ihre neue Rolle einzufinden. Doch anstatt wenigstens zu versuchen, sich ein wenig in sie hineinzuversetzen, hatte Florian kaum Verständnis für sie aufgebracht.

Er begriff nicht, wieso sie nicht dasselbe empfand wie er, wenn sie mit Ivy zusammen war. Während Florian zum Vollblut-Vater mutiert war, hatte sie keine Wandlung vollzogen. Sie war immer noch dieselbe wie früher. Tamara Winkler, Journalistin und Ehefrau.

Jedes Mal wenn sie ihren Mann anblickte, spürte sie, wie sehr er sich wünschte, dass auch sie zur Glucke wurde, dass es auch für sie nur noch ein Lebensziel gab – Ivy großzuziehen, sie mit Liebe zu überschütten.

Tamara schluckte.

War das der einzige Grund dafür, dass Florian ihr seit Kurzem kaum noch in die Augen sehen konnte?

Hatte er begriffen, dass das niemals geschehen würde?

Sie war nun mal eine Mutter und Frau, für die es auch noch andere Dinge im Leben gab, als das eigene Kind zufriedenzustellen. Und sie würde einen Teufel tun und sich verbiegen, nur damit Florian sich besser fühlte.

»Ich gehe und trage unser Zeug nach oben«, hörte sie ihn sagen und ruckte hoch. Ob er in ihrer Miene gelesen hatte, worüber sie gerade gegrübelt hatte?

»Okay«, stieß sie aus und fühlte sich irgendwie ertappt. Dabei ging das Ganze weit tiefer. Sie hatten in letzter Zeit so wenig miteinander gesprochen, dass sich auch nur der kleinste Austausch von Worten fremd anfühlte. Es war, als hätten sie verlernt, wie man eine Konversation mit seinem Ehepartner führte.

Sie sah ihn an, versuchte sich an einem Lächeln, doch wie gewohnt reagierte er nicht darauf.

Er ging einfach wortlos.

»Was ist denn bei euch los?«, wollte Penelope wissen, kaum dass Florian aus dem Zimmer war.

Tamara hob seufzend die Schultern. Jetzt über ihre Probleme zu reden, fühlte sich falsch an. Sie befürchtete, dass auch ihre Freundinnen sie nicht verstehen würden. Sie verzog das Gesicht zu einem Grinsen, sah erst Penelope, dann Lotte an. »Ich hab jetzt eine Dreijährige zu Hause, das ist los. Habt ihr eine Ahnung, wie anstrengend das ist? Das kleine Aas hält uns auf Trab. Ansonsten geht's Flori und mir wirklich gut.«

Als sie eine knappe Stunde später leicht angeschickert in Florians und ihr Zimmer kam, sog sie die Luft ein und stieß ein bewunderndes »Wow« aus.

Der Raum hatte etwas verspielt Romantisches, und würde Florian nicht so ein Gesicht ziehen, dann wäre sie jetzt vielleicht auf die Idee gekommen, ihn …

»Ich soll dir einen schönen Gruß von Ivy ausrichten«, blaffte er sie an. »Sie vermisst uns ganz schrecklich und hat ein bisschen geweint, als ich mit ihr gesprochen habe.«

Tamara wappnete sich innerlich. »Bei deiner Mutter ist sie gut aufgehoben«, konterte sie. »Und uns tun ein paar Tage zu zweit auch mal ganz gut. Findest du nicht?«

Sein Blick wurde stechend, als er auf sie zukam.

Erschrocken wich sie leicht zurück. Wie er sich bewegte, sein Adamsapfel wütend auf und ab hüpfte, als er gegen seine Wut anzuschlucken schien, erstickte alle Gefühle in ihr. Sie musste sich beherrschen, nicht aus dem Zimmer zu fliehen.

Dicht vor ihr blieb er stehen, packte sie bei den Schultern, drückte zu. Die Luft flirrte im Zimmer. Es war, als stünde er unter enormer Anspannung und Druck, kurz von einer Detonation entfernt.

Sie fragte sich, wen das Feuer zuerst verschlingen würde, wenn die Bombe in seinem Innern sich entlud.

Sie?

Doch wieso?

Was hatte sie ihm getan?

Das konnte doch nicht nur daran liegen, dass sie nicht die Mutter des Jahres war.

Oder doch?

Die leise Stimme in ihrem Innern meldete sich. Nur dass sie es diesmal einfach nicht schaffte, das Wispern in ihrem Kopf auszuschalten.

Du weißt genau, was der Grund für sein Verhalten ist …

Für seinen Zorn.

Für den Hass!

Sie schloss die Augen.

Es war absolut unmöglich, dass er es wusste …

Wie sollte er auch?

Du kannst dich weiterhin selbst belügen, doch tief in deinem Innern weißt du, dass es so ist. Er ist dir auf die Schliche gekommen. Jetzt musst du die Rechnung bezahlen!

SECHS
LODGE

Rosi

»Ich habe irgendwie ein ungutes Gefühl«, sagte Rosi mit einem Blick auf Killian.

Dieser erwiderte ihren Blick und grinste. »Bekommst du jetzt etwa kalte Füße, so kurz vor der Hochzeit?«,

Sie schüttelte den Kopf, sah aus der Seitenscheibe hinaus, auf das winterliche Bergpanorama. »Es ist wegen des vielen Schnees. Der Wetterdienst hat eine Warnung für dieses Gebiet rausgegeben. Es besteht erhöhte Lawinengefahr.«

Killian runzelte die Stirn. »Welche Warnstufe ist es denn?«

»Soweit ich weiß, gelb.«

Er lachte. »Schatz, das bedeutet noch gar nichts. Gelb geben die immer schnell raus, damit die Leute vorsichtig sind und auf den Pisten bleiben. Sorgen müssen wir uns erst machen, wenn sie von Orange auf Rot umstellen. Aber so viel Schnee haben wir noch nicht.«

Rosi knetete nervös ihre Finger.

Wieder warf Killian ihr einen kurzen Seitenblick zu. »Wovor fürchtest du dich wirklich?«

Rosie seufzte. »Ich will einfach nicht, dass unser Junggesellenabschied in einer Katastrophe endet.«

»Warum sollte das passieren? Erklär es mir.« Eine steile Falte erschien auf Killians Stirn.

Rosie knetete ihre Finger immer hektischer. »Wir wollen in wenigen Wochen heiraten. Und ich möchte einfach, dass dann noch alles heil an dir ist. Dass dir nicht noch was Schlimmes passiert.«

»Ist das dein Ernst? Du machst dir solche Sorgen, weil ich Ski laufen will? Du warst doch früher auch eine begeisterte Skiläuferin, zumindest bis du diesen Unfall hattest.«

Rosi stieß die Luft aus. Killian hatte sie wie immer durchschaut.

Sie sah ihn an, verzog das Gesicht. »Ich lag damals mehrere Wochen im Krankenhaus. Das war wirklich alles andere als lustig. Verstehst du denn nicht, dass ich mir Sorgen um dich mache? Es kann so viel passieren.«

Er antwortete nicht, nickte nur gedankenschwer.

Doch Rosi ahnte, was ihm durch den Kopf ging, und es verstärkte ihr Unbehagen.

Genau wie alle anderen, mit denen sie täglich zu tun hatte, hielt auch ihr Verlobter sie für hysterisch und überängstlich. Er schob ihre übertriebene Sorge und ihr Verhalten auf ihre Krankheit. Nur dass ihre sogenannte Krankheit in Wahrheit eine Störung war.

Störung …

Allein wie sich dieses Wort anhörte.

Kein Wunder, dass die Menschen um sie herum sie nicht ernst nahmen.

Sie hielten sie für gestört oder viel mehr für eine Gestörte.

Belächelten sie, wenn sie sich um die alltäglichsten Dinge in ihrem Leben sorgte oder wenn sie mal wieder einen ihrer Anfälle hatte.

Dabei waren ihre Panikattacken alles andere als lustig.

Während eines Anfalls fühlte sich die Todesangst, die sie empfand, äußerst realistisch an. Es begann immer mit einem Gefühl der inneren Unruhe, das sich innerhalb von Bruchteilen einer Sekunde so extrem hochschaukelte, dass ihr Herz zu rasen begann und sie in Schweiß ausbrach. Dann kam das Kribbeln. Es fing meist in den Handflächen oder auf der Kopfhaut an, breitete sich dann blitzschnell auf den Rest ihres Körpers aus. Danach kam die Muskelschwäche.

Zuerst verwandelte sie ihre Beine in Gummi, danach lähmte sie ihre Atemmuskulatur.

Das war der schlimmste Augenblick während der Attacken. Es war, als würde sie gegen einen Widerstand atmen oder durch einen Strohhalm, bis sich dieses Gefühl so weit steigerte, dass sie hyperventilierte und irgendwann keine Luft mehr bekam.

Das war der Moment, in dem der Schwindel einsetzte und sie das Gefühl hatte, jede Sekunde umzukippen.

Zu sterben.

Früher hatte sie die Panikattacken nur bekommen, wenn sie selbst sich in einer Angst einflößenden Situation befand. Inzwischen kamen die Attacken auch, wenn sie sich um andere sorgte. Um Killian zum Beispiel. Oder um ihre Familie, die im Grunde nur noch aus ihrer kranken Mutter und ihrer Schwester bestand.

Der Arzt hatte bei ihr eine generalisierte Angststörung diagnostiziert sowie eine somatoforme Störung, eine extreme Form von Hypochondrie.

Egal was sie plagte, ihr Hirn machte aus der winzigsten Befindlichkeitsstörung eine große Sache. Rosi hatte sich schon jede mögliche Krankheit eingeredet. Krebs, Embolien, Herzinfarkte, Schlaganfälle.

Die Gedanken und Ängste kamen aus dem Nichts.

Oft reichte ein winziges Wehwehchen wie ein Husten aus, um ihre krankhafte Angst zu befeuern, die letztendlich in einem vollkommenen Zusammenbruch gipfelte.

Dr. Tillmann hatte ihr erklärt, dass diese Angst in ihrem Kopf Schwachstellen nutzte, um zuzuschlagen.

Und dass sie überhaupt erst an der Angststörung und eben jener Konversionsstörung litt, weil sie wegen ihrer unfreiwilligen Kinderlosigkeit Depressionen hatte.

Beide Krankheitsbilder, die allgemein als psychosomatisch umrissen wurden, verstärkten sich noch gegenseitig.

Der Psychiater hatte ihr ein Medikament verordnet, das sie jedoch nicht einnahm – aus Angst vor den Nebenwirkungen. Ein Teufelskreis.

Da war sie mittlerweile angelangt. In dem Stadium, in dem sie Angst vor der Angst hatte.

Sie seufzte, sah Killian an.

Hinter seiner Stirn schien es zu arbeiten, was sie an der steilen Falte über seiner Nasenwurzel ablas. Etwas, was sie noch zusätzlich belastete. Es war einfach ungerecht, dass er auch unter ihrer Störung litt. Aber genau das passierte. Ihre Ängste und die Depression wirkten sich auch auf ihn aus.

Rosi hatte viel darüber in einem Internetforum gelesen, in dem sich auch Angehörige von Patienten tummelten und über ihre Erfahrungen im Umgang mit Betroffenen sprachen.

Seither versuchte sie, sich gegenüber Killian nicht anmerken zu lassen, wenn es ihr mal wieder nicht gut ging. Doch meistens konnte sie nicht aus ihrer Haut und alles endete damit, dass sie zusammenbrach und er sie wieder aufrichten musste.

Eine solche Situation musste sie während der nächsten Tage unbedingt vermeiden, koste es, was es wolle. Sie liebte Killian aufrichtig und von ganzem Herzen, wollte nicht, dass er sich ihretwegen mies oder gar eingeschränkt fühlte.

»Sicher hast du recht«, sagte sie so überzeugend wie möglich und rang sich ein entspanntes Lächeln ab, obwohl in ihrem Innern alles in Aufruhr war.

Etwas arbeitete in ihr. Und das bereits seit sie in Stuttgart losgefahren waren. Wenn sie es in Worten hätte beschreiben müssen, wäre sie ins Stottern gekommen. Es war einfach nur ein beschissenes Gefühl, was ihren Trip anging.

Das Üble daran war, dass sie nicht einordnen konnte, ob diese Vorahnung echt war und möglicherweise auf einer bevorstehenden Tragödie fußte oder ob sie nur ein Auswuchs ihrer Störung war.

»Hast du Lotte eigentlich wegen Pauls Begleitung vorgewarnt?«

Killians Frage riss sie aus ihrem gedanklichen Chaos. Sie starrte ihn an, schluckte. »Das hab ich total verpeilt. Mist!«

»Mist, genau. Und jetzt?« Er verzog das Gesicht.

»Vielleicht hätten wir Paul gar nicht erst einladen sollen«, gab Rosi zu bedenken.

»Warum nicht? Er ist ein guter Freund von mir«, erwiderte Killian. »Genau wie Lotte.«

»Ja schon, aber die Verhältnisse haben sich geändert, seit er und Lotte nicht mehr zusammen sind. Und Paul gehört nicht mal zu unserer alten Clique«, hielt Rosi dagegen. »Lotte schon. Wir kennen sie, seit wir Teenager waren. Paul kam erst später dazu, als er und Lotte geheiratet haben.«

»Trotzdem ist er ein guter Kumpel geworden und gehört jetzt ebenfalls dazu. Ihn einfach auszuschließen, nur weil Lotte sich von ihm getrennt hat, wäre nicht richtig gewesen. Was denkst du wohl, wie die anderen reagiert hätten, wenn Paul fehlt?«

»Die wissen nichts von ihrer Trennung?«

»Soweit ich weiß, hat Lotte mit niemanden darüber gesprochen, und ich weiß es auch nur von Paul selbst. Er hat mir erst von Lexi erzählt, als ich ihn telefonisch zu unserem Ausflug eingeladen habe. Bei der Gelegenheit hat er mir von selbst angeboten, dass er lieber wegbleibt. Doch das kam mir einfach falsch vor.«

»Und wieso hast du dann nicht gesagt, dass er alleine kommen soll? Ohne sein Flittchen?«

Killian grunzte leise. »Seine Ehe mit Lotte war vorher

schon nicht mehr in Ordnung. Wäre es anders gewesen, hätte Lexi keine Chance bei ihm gehabt. Nur unglückliche Männer sind empfänglich für andere Frauen.«

Rosi stieß ein ungläubiges Lachen aus. »Hörst du dir gerade selbst zu?«

»Ist doch so!«, verteidigte Killian sich.

»Das ist Blödsinn! Warum gehen dann so viele Typen fremd? Weil die alle unzufrieden sind? So ein Schwachsinn. Sie gehen fremd, weil es Arschlöcher sind. So einfach ist das.«

Killian grinste sie an. »Das alte Reizthema, mhm?«

Sie grinste zurück, ergriff seine Hand, die auf dem Steuerknüppel lag. »Ich mach mir einfach Sorgen um meine Freundin. Lotte ist so ein Schatz. Sie hat es nicht verdient, von Paul aufs Abstellgleis gestellt zu werden.«

»Das kannst du nicht wissen«, gab Killian zurück. »Du kennst sie nicht so gut, wie Paul sie kennt. Für dich ist sie eine alte Freundin, für ihn die Ehefrau und Geschäftspartnerin. Irgendwas muss sie falsch gemacht haben, sonst wäre alles nicht so aus dem Ruder gelaufen zwischen den beiden.«

Rosi hob die Schultern. Sie wusste einfach nicht, was sie entgegnen sollte. Aber ihr Grummeln im Inneren verstärkte sich, als sie darüber nachsann, wie sich Lotte fühlen würde, wenn sie nicht nur mit ihrem untreuen Ex, sondern auch mit der neuen Frau an seiner Seite die Tage verbringen sollte.

»Wie lange noch?«, fragte sie schließlich, nur um irgendwas zu sagen.

»Laut Navi sind wir in zehn Minuten da.«

Sie kuschelte sich in ihren Sitz, schloss die Augen.

Als der Wagen schließlich anhielt, sie aufsah, stockte ihr der Atem.

Sie hatte ihr Domizil selbst ausgesucht, doch die Realität übertraf die Bilder im Internet um Längen. Für einen wundersamen Moment vergaß sie alle Sorgen. Sie blickte sich nur staunend um. Die Lodge sah aus, als sei sie einem Weihnachtsmärchen entsprungen.

Killian hatte beim Buchungsvorgang angemerkt, dass ihre Freunde sie für größenwahnsinnig halten könnten, doch Rosi war das egal gewesen. Killian und sie würden bald heiraten und sie wünschte sich für ihren Junggesellinnenabschied eben etwas ganz Besonderes. Und auch ihrem zukünftigen Ehemann stand es zu, dieses wichtige Ereignis in seinem Leben als etwas Außergewöhnliches in Erinnerung behalten zu können.

»Es ist wirklich ganz nett«, gab er zu.

Sie drehte den Kopf zu ihm, riss in gespielter Entrüstung die Augen auf. »Nett ist die kleine Schwester von Scheiße, versuch's noch mal!« Sie grinste, als sie seine bebenden Grübchen bemerkte, ein Zeichen, dass er sich köstlich amüsierte.

»Okay, es ist wirklich schön hier.«

»Atemberaubend«, kam Rosi ihm lächelnd zu Hilfe.

Er nickte, nahm ihre Hand. »Versprichst du mir was?«

Sie schluckte angestrengt, weil sie sich denken konnte, was jetzt kam. »Okay.«

»Ich will, dass du die kommenden Tage einfach nur genießt, ja? Mach dir nicht so viele Sorgen um ungelegte Eier. Entspann dich ein bisschen, dann kommt der Rest schon von ganz alleine.«

»Du hast es ihr nicht gesagt?« Paul starrte sie an, schüttelte den Kopf. Dann wandte er sich Lexi zu, die aussah, als würde sie sich jetzt schon furchtbar langweilen.

Rosi musste den Blick von ihrem gleichmütig wirkenden Gesicht losreißen, um ihr nicht offen zu zeigen, dass sie Pauls Neue nicht mochte. Sogar Paul kam ihr mit einem Mal irgendwie fremd vor.

Lexi und Paul waren nur kurz nach ihnen in der Lodge angekommen. Doch im Gegensatz zu Killian und ihr schienen sie in einer anderen Sphäre zu schweben. Beide zeigten keinerlei Interesse an dem, was um sie herum geschah, schienen nicht mal zu realisieren, an welch wundervollem Ort sie waren. Sie hätten genauso gut mitten auf dem Stachus stehen können.

Rosi straffte die Schultern, sah erst Paul, dann Lexi ernst an, um auf Pauls Vorwurf zu reagieren.

»Ich konnte Lotte nicht sagen, dass du in Begleitung kommst. Mir war klar, dass sie dann nicht hergekommen wäre. Und das wollte ich nicht. Lotte gehört zu meinen engsten Freunden. Ohne sie hier zu sein, wäre für mich undenkbar gewesen.«

»Das ist eine Katastrophe«, stöhnte Paul, schüttelte verärgert den Kopf. »So wie ich Lotte kenne, wird sie Lexi die Hölle heiß machen und …«

»Hier macht niemand irgendwem die Hölle heiß«, unterbrach Killian ihn, der hinzugekommen war, und begrüßte Paul mit einem kumpelhaften Schulterklatscher. Anschließend gab er Lexi galant die Hand. »Ich hab vor ein paar Minuten mit Lotte gesprochen. Sie ist nicht gerade begeistert, wollte im ersten Moment sogar ihr Zeug packen und verschwinden. Doch ich konnte sie überzeugen zu bleiben, Rosi zuliebe. Immerhin sind wir alle erwachsen und sollten es schaffen, auch in außergewöhnlichen Situationen miteinander klarzukommen.«

Rosi sah Killian zweifelnd an.

Er hob die Schultern. »Es ist okay, Liebling, glaub mir. Geh zu ihr und überzeug dich selbst. Sie will eh mit dir reden. Ich glaube, es geht um Tamara. Ich werde währenddessen kurz mit Anna reden und sie bitten, den Sektempfang vorzubereiten, sofern jetzt alle da sind.«

»Was soll das heißen, es geht um Tamara? Stimmt was nicht mit ihr?«

Killian sah Rosi an, verdrehte die Augen in Richtung Lexi.

Paul schien zu verstehen, zog Lexi mit sich in Richtung Küche. »Lass uns mal in den Kühlschrank gucken, ich hab Lust auf ein Bier.«

Nachdem die beiden verschwunden waren, legte Rosi den Kopf schräg. »Und? Nun rede schon. Was ist mit Tammi?«

Killian schüttelte den Kopf, stieß die Luft aus. »Keine Ahnung, Schatz. Lotte meinte nur, dass Tami mit dir reden müsse, weil sie und Flori scheinbar ein Problem haben. Was es genau ist, hat sie nicht gesagt. Wahrscheinlich, weil sie es selbst nicht genau weiß.«

»Das geht ja schon gut los«, stöhnte Rosi und warf ihren Kopf in den Nacken.

Als sie Killian wieder ansah, musterte er sie durchdringend.

»Ich weiß, ich hab versprochen, mir keine Sorgen zu machen und die Zeit hier zu genießen. Das fällt mir aber verdammt schwer, wenn ich sehe, dass Pauls Neue ein Miststück zu sein scheint und meine anderen Freunde ihren Ballast von zu Hause mitbringen.« Sie hielt inne, sah Killian an. »Das ist übrigens genau das, was ich gemeint habe …«

»Was du gemeint hast? In welchem Zusammenhang?«

»Ich wollte diese Tage mit dir verbringen. Zu zweit. Erinnerst du dich?«

»Ja, und? Jetzt feiern wir eben mit unseren engsten Freunden.«

»Richtig, mit unseren engsten Freunden, und einem Miststück, das die Ehe zwischen zweien von ihnen zerstört hat.«

»Wir sind doch alle erwachsen, und es wird bestimmt toll.«

»Für dich vielleicht«, grummelte Rosi.

Killian sah sie nur kopfschüttelnd an. »Freust du dich

denn nicht, dass wir alle hier zusammen sind und eine riesige Party feiern?«

»Eine Party, die du unbedingt wolltest. Mir hätte es gereicht, alle zur Hochzeit einzuladen, verstehst du? Und das sage ich nicht nur, weil ich Angst habe, eine Panikattacke zu bekommen oder mich anderweitig vor allen zu blamieren.«

»Sondern?«, fragte Kilian zunehmend verständnislos.

»Was ich sagen will, ist, wir sind keine fünfzehn mehr und der Großteil unserer Freunde hat sich inzwischen verändert. Die meisten von ihnen nicht gerade zu ihrem Vorteil.«

SIEBEN
MÜNCHEN
2. DEZEMBER 2022

Viviane

»Eben kam ein Anruf rein, der dich interessieren könnte«, verkündete Kai.

»Okay, deinem Gesichtsausdruck nach zu urteilen was Ernstes«, gab Viviane zurück. »Geht es um unser Opfer, das seinen Kopf verloren hat?«

Kai schüttelte mit den Augen rollend den Kopf. »Du und deine Sprüche … aber ja, das könnte hinkommen.«

»Nun lass dir nicht jedes Wort aus der Nase ziehen. Wer hat angerufen und warum genau?«, fragte Viviane ungeduldig.

»Eine junge Frau. Sie vermisst ihren Ex-Lebensgefährten. Sein Name ist Noah Michaelsen. Das Alter passt auf den Toten. Michaelsen ist siebenunddreißig, lebt in München und die junge Dame behauptet, sie könne ihn seit Wochen nicht erreichen. Langsam mache sie sich Sorgen.«

»Die beiden sind doch kein Paar mehr«, antwortete Viviane. »Warum telefoniert sie ihm hinterher? Wahrscheinlich will er einfach nichts mehr mit ihr zu tun haben. Ist doch nachvollziehbar, dass ein Part angepisst ist. Glaubst du, ich würde drangehen, wenn mein Ex mich anrufen würde?«

»Mir ist klar, worauf du hinauswillst«, sagte Kai. »In dem Fall ist es anders. Er wusste, dass sie sich melden würde, um ihr restliches Zeug abzuholen. Sie hatten verabredet, dass er nicht zu Hause wäre, wenn sie kommt. In beiderseitigem Einverständnis.«

Viviane zuckte fragend mit den Schultern. »Und ...?«

»Die junge Frau hat etliche Male versucht, Michaelsen zu erreichen. Er ist nie drangegangen. Sie meinte, das sei untypisch für ihn. Irgendwo erreicht man diesen Noah wohl immer, wenn nicht am Festnetz, dann zumindest übers Handy. Doch jetzt antwortet er nicht mal auf Nachrichten und macht die Tür nicht auf.«

»Vielleicht ist er weggefahren? Hatte einfach die Schnauze voll?«

»Das ist es ja gerade. Sie sagt, dass er seinen Job verloren hat, ein wenig neben der Spur war, als sie ihn verließ. Sie macht sich Sorgen, dass er sich etwas angetan haben könnte, und bei mir sind ehrlich gesagt auch die Alarmglocken losgegangen. Was, wenn er unser Toter ist oder sich selbst etwas angetan hat und tot in der Wohnung liegt?«

»Hat sie einen Schlüssel zu seiner Wohnung?«

Kai nickte. »Ja, hat sie. Aber sie wollte, nachdem Schluss war, seine Privatsphäre respektieren,. Deswegen hat sie zunächst wieder und wieder versucht, ihn zu erreichen, anstatt einfach hinzugehen und ihr Zeug zu holen. Doch nachdem er nicht reagierte, ist sie heute zu ihm gegangen und hat die Wohnung aufgeschlossen. Dort hat sie fast der Schlag getroffen.«

Jetzt war Vivianes Interesse geweckt. »Was hat sie vorgefunden?«

»In seiner Bude muss es aussehen, als habe eine Bombe eingeschlagen. Seine Ex meint, das gehe weit über eine Unordnung hinaus. Stattdessen ist sie überzeugt davon,

Spuren eines Kampfes entdeckt zu haben. Vielleicht sollten wir uns das mal ansehen.«

»Wir können ohne Beschluss nicht einfach eine Wohnung betreten.«

»Wir haben einen Leichnam, dessen Identität wir noch immer nicht kennen. Und jetzt ist da ein Kerl verschwunden und seine Ex findet, dass seine Wohnung wie der Schauplatz eines Verbrechens anmutet. Für mich reicht das, um die Wohnung zu betreten und nachzusehen, was dort passiert sein könnte.«

Viviane schloss für den Bruchteil einer Sekunde die Augen.

Im Grunde hatte Kai recht. Noch immer hatten sie nicht die geringste Ahnung, um was für eine arme Seele es sich handelte, die seit letztem Monat in der Kühlkammer der Gerichtsmedizin lagerte.

Weder die DNS-Analyse hatte eine Übereinstimmung mit ihrer Datenbank ergeben noch die über Tage andauernde Durchforstung der Vermisstenanzeigen im polizeiinternen Intranet.

Am Ende blieb ihnen nur noch die Mithilfe der Bevölkerung. Doch bislang hatte sich die obere Etage noch nicht dazu durchringen können, einen öffentlichen Aufruf zu starten. Dabei war die Idee gar nicht schlecht, fand Viviane.

Vielleicht hätte sich dann bereits vor Tagen schon jemand gemeldet, der seinen Sohn, Bruder, Freund oder – in diesem Fall – seinen Ex vermisst.

Sie sah Kai an. »Eine Verfügung, nur weil eine hysterische Frau ihren Ex nicht erreicht, bekommen wir nicht durch. Auch nicht, wenn die Wohnung wirklich auf einen Einbruch oder eine Schlägerei schließen lässt. Der Mann ist erwachsen. Sein Verschwinden lässt sich durch eine Vielzahl an Möglichkeiten erklären. Dennoch ist es einen Versuch wert.«

»Und wie kriegen wir die Untersuchung offiziell durch?«

»Ganz einfach. Mithilfe der besorgten Ex«, antwortete Viviane nach einem kurzen Moment, in dem sie Kai nachdenklich gemustert hatte.

»Wie genau?«

»Wir treffen uns mit der Dame vor Ort und dokumentieren, dass sie uns hereingebeten hat. Das dürfte kein Problem darstellen, weil sie ja noch einen Schlüssel besitzt. Vielleicht steht sie ja sogar im Mietvertrag. Hat also jedes Recht, die Wohnung zu betreten und uns hereinzubitten. Das stellt keinen Eingriff in die Privatsphäre des Vermissten dar, da sie uns ja gebeten hat, uns umzusehen aufgrund des Chaos, das auf einen Einbruch oder Kampf schließen lässt.«

»Und weiter?«

»Allein die Sichtung der Wohnung wird uns wahrscheinlich kaum aufzeigen, was mit dem Bewohner geschehen sein könnte und ob er zu Schaden gekommen ist. Wir werden sie also bitten, uns einen persönlichen Gegenstand ihres Ex-Lebensgefährten auszuhändigen, mit dessen Hilfe wir einen DNS-Abgleich in Auftrag geben können. Einen Kamm beispielsweise oder seine Zahnbürste.«

Kai nickte, sah Viviane zweifelnd an. »Und wie willst du diese Untersuchung durchkriegen? Unser Verdacht ist ja ziemlich vage. So ein Test kostet Geld. Und wenn er am Ende nichts bringt, wenn die DNS des Vermissten nicht zu unserem Leichnam passt, stehen wir dumm da.«

Viviane stieß die Luft aus. »Hast du eine bessere Idee?«

Kai schüttelte den Kopf. »Reden wir mit ihr. Und finden wir heraus, ob sie nicht vielleicht doch überreagiert hat. Und dann sehen wir weiter.«

»Okay, wie heißt die Dame überhaupt?«

»Susanna Ludwig«, antwortete Kai.

»Gut, ruf sie an. Wir machen es wie besprochen«, stimmte Viviane zu.

Susanna Ludwig reichte erst Viviane, dann Kai die Hand. »Ich bin wirklich dankbar, dass Sie hergekommen sind.« Sie trat beiseite, um sie einzulassen.

Doch Viviane hielt Kai am Ärmel zurück, schüttelte leicht den Kopf. »Warte ...«

»Worauf?«, fragte er leise.

Sie stoppte ihn mit einem Handzeichen und wandte sich dann an Susanna Ludwig. »Sie sind wirklich einverstanden, dass wir diese Wohnung betreten?«

»Aber ja doch«, sagte die Frau.

»Und Sie besitzen einen eigenen Schlüssel?«

Sie nickte.

»Und auf wessen Namen läuft der Mietvertrag?«

»Es gibt keinen«, erklärte Susanna Ludwig. »Die Wohnung gehört Noah. Er hat sie vor Jahren gekauft und längst abbezahlt. Ich hab ihn zwar ab und zu gebeten, meinen Einzug hier offiziell zu machen, doch das hat er nicht getan. Keine Ahnung, wieso.«

»Dann gibt es nichts, was belegt, dass Sie überhaupt hier sein dürfen?«

»Doch, das gibt es. Noah und ich haben ausgemacht, dass ich, nachdem ich schon nichts fürs Wohnen bezahle, zumindest die monatlichen Nebenkosten übernehme. Ich kann also belegen, dass ich bis zu unserer Trennung jeden Monat etwas beigesteuert und somit definitiv hier gewohnt habe.«

Viviane nickte. »Das reicht uns fürs Erste.« Sie ließ Kais Ärmel los, ging ihm hinterher ins Innere der Wohnung.

Sie folgten Susanna ins Wohnzimmer und schon bald wurde ihnen klar, wieso die Frau so hysterisch reagiert hatte und annahm, dass Noah etwas zugestoßen sein könnte.

Der Glastisch, der vor dem Sofa stand, war vollkommen demoliert, genau wie die Glasvitrine an der gegenüberliegenden Wand.

Außerdem lag eine zersplitterte Vase am Boden, die

darauf hindeutete, dass Noah sie eventuell dazu genutzt hatte, sich gegen einen Angreifer zur Wehr zu setzen.

»Haben Sie mit Freunden oder Noahs Familie gesprochen?«, fragte Viviane an Susanna gewandt.

»Natürlich«, bestätigte diese. »Ich hab seine Eltern persönlich besucht und nach ihm gefragt.«

»Wo leben sie?«

»In einem winzigen Kaff bei Rosenheim. Seine Mutter hat zum letzten Mal vor knapp drei Monaten etwas von ihrem Sohn gehört und Noahs Vater … na ja, der ist eine Nummer für sich.«

»Was heißt das?«

»Er und Noah stehen miteinander auf Kriegsfuß. Noah hasst ihn, glaube ich. Und der Alte ist auch nicht gut auf seinen Sohn zu sprechen. Das beschissene Verhältnis zwischen Noah und seinem Vater ist auch der Grund, wieso ich seine Eltern in sieben Jahren Beziehung nur einmal zu Gesicht bekommen habe.«

»Hat er Geschwister?«

»Noah ist ein Einzelkind.«

»Freunde? Kollegen? Nachbarn?«

»Wenn Sie Noah kennen würden, dann wüssten Sie, dass diese Frage unnötig ist. Noah hat nur einen Freund und den hab ich logischerweise angerufen und gefragt, ob er ihn gesehen hat oder weiß, wo er ist. Und was Kollegen angeht, sagte ich ja bereits, dass er seinen Job verloren hat. In Hinsicht auf Nachbarn muss ich Sie auch enttäuschen. Noahs Nachbarn sind alles junge, neureiche Hipster-Typen, die glauben, die Welt drehe sich nur um sie. Ich hab natürlich überall geklingelt und nachgehakt, ob jemand was gehört hat oder weiß, wo Noah ist, doch wie gesagt … denen geht jeder am Arsch vorbei, den sie morgens nicht im Spiegel sehen.«

»Dann haben Sie ja wirklich gute Vorarbeit geleistet«, lobte Kai sie. »Gibt es sonst noch etwas, das Sie beunruhigt und das wir wissen sollten?«

»Noah muss Probleme haben«, sagte Susanna. »Ziemlich große sogar … Nichts Finanzielles, Geld hat er genug. Aber es gibt definitiv etwas, das ihn belastet. Das ist auch der Grund für die Trennung gewesen.«

»Was genau meinen Sie?«, fragte Viviane.

»Noah hat sich extrem verändert in den letzten Monaten. Er trank viel zu viel harte Sachen, nahm Drogen, wurde gerade in letzter Zeit sogar mir gegenüber oft aggressiv. Ich hatte manchmal Angst vor ihm. Deswegen bin schließlich ausgezogen und habe die Beziehung beendet.«

»Und diese Veränderung kam ganz plötzlich?«

»Na ja, eine Frohnatur war Noah noch nie. Um ehrlich zu sein, war er schon immer eher depressiv und manchmal auch muffig, aber niemals aggressiv. Er war eher der ruhige Typ Mann. Jemand, der in anderen eine Art Beschützerinstinkt auslöst. Irgendwas muss vorgefallen sein, das ihn total durchdrehen ließ.«

»Sie haben nie mit ihm darüber geredet?«

»Versucht habe ich es. Immerhin waren wir sieben Jahre ein Paar. Doch Noah wollte nicht mit mir über seinen Schmerz sprechen und schon gar nicht über das, was ihn ausgelöst hatte.«

»War das typisch für ihn?«, fragte Kai.

Susanna nickte traurig. »Er ließ niemanden so richtig nah an sich heran. Vielleicht war es das, was ihn für mich so interessant machte.«

»Und davon abgesehen? Gibt es noch etwas, das uns helfen könnte, ihn zu finden?«

»Im Schlafzimmer ist noch was«, erklärte Susanna und ihr Gesicht wirkte auf einmal noch blasser als zuvor. »Ich hab es selbst eben erst entdeckt. Nachdem ich mit Ihnen telefoniert hatte, habe ich mir auch noch den Rest der Wohnung in Ruhe angesehen.«

»Was haben Sie entdeckt?«, fragte Viviane.

»Kommen Sie, ich zeigs Ihnen.« Sie machte eine auffordernde Bewegung.

Im Schlafzimmer angekommen, erkannte Viviane auf Anhieb, was Susanna meinte. Auch in diesem Raum deutete alles auf ein Drama hin, das sich hier abgespielt hatte. Der Fernseher lag zerschmettert am Boden. Doch das Interessanteste waren die dunklen, inzwischen eingetrockneten Flecken auf dem Boden davor. Der Form nach zu urteilen waren es Fußspuren, die darauf schließen ließen, dass Noah oder eine andere Person sich die Füße aufgeschnitten hatte, als sie in die Scherben getreten war.

Viviane sah zu Kai, der dasselbe zu denken schien wie sie.

Dann sah sie Susanna an. »Wir müssen eine Probe nehmen, wenn Sie einverstanden sind.«

»Sie wollen eine DNS-Analyse erstellen?«

Viviane nickte.

»Darf ich fragen, warum? Ich meine, wenn Sie Noahs DNS aus dem Blut extrahiert haben, inwiefern hilft Ihnen das, herauszufinden, wo er ist und was ihm zustieß?«

Viviane sah zu Kai, wusste nicht, wie sie der Frau eine zufriedenstellende Antwort geben konnte, ohne zu viel zu verraten.

»Sie haben schon längst eine Leiche gefunden, nicht wahr?« Susannas Stimme klang panisch. »Und jetzt wollen Sie überprüfen, ob es sich dabei um Noah handelt.«

Vivien sah sie betreten an, dann glitt ihr Blick zu Kai.

»Aus ermittlungsrelevanten Gründen, dürfen wir Ihnen diese Frage nicht beantworten. Was ich Ihnen sagen darf, ist, dass es absolut richtig war, dass Sie sich bei uns gemeldet haben.«

ACHT
LODGE

Anna

Anna trat ein Stück zurück, um ihre kunstvoll aufgebaute Sektpyramide zu begutachten. Immer wenn sie im Hotel ausgeholfen hatte, waren derartige Präsentationen stets von Servicekräften erstellt worden, nie vom Reinigungspersonal. Im Eiskühler daneben hatte sie drei Flaschen platziert, die für neun Gäste locker reichen sollten. Nachschub konnte sie holen, sobald die ersten zwei Flaschen geleert waren.

Nach einem Blick auf die Uhr eilte sie in die Küche, um die bereits vorbereiteten Canapés zu holen.

Nachdem sie auch diese auf dem Tisch im Esszimmer drapiert hatte, ging sie in Gedanken noch einmal durch, ob sie nichts vergessen hatte. Sie hatte den Fisch großzügig mit Olivenöl eingerieben, mit etwas Zitronensaft beträufelt, ihn mit Meersalz, Pfeffer und ausgewählten Kräutern bestreut und den Ofen vorgeheizt. Alle Beilagen waren vorbereitet. Die Garnelen für die Vorspeise hatte sie geputzt und in würziges Öl eingelegt, das Brot geschnitten und mit selbst gemachter Knoblauchbutter bestrichen.

Das wars, stellte sie zufrieden fest und überlegte, ob sie den Fisch schon in den Ofen schieben sollte. Am Ende beschloss sie, damit zu warten, bis die Gäste da waren, um das Hauptgericht auf den Punkt genau zu garen, während diese ihre Vorspeise einnahmen.

Wo blieben sie nur?

Sie lauschte, überlegte, dass sie langsam eintrudeln müssten. Doch im Haus war alles still.

Beinahe zu still.

Nachdem das Gastgeber-Pärchen zuletzt angekommen war, hatten sich nach der Begrüßung alle nach und nach in ihre Zimmer zurückgezogen, um sich für den gemeinsamen Silvesterabend herzurichten.

Anna hatte sie aus dem Hintergrund beobachtet und festgestellt, dass ihr der Großteil der Gäste mehr als unsympathisch war.

Jeder Einzelne war ihr gegenüber zwar freundlich und respektvoll gewesen, dennoch hatten diese Leute etwas an sich, das sie zur Vorsicht mahnte. Das verbindliche Lächeln war ihr einige Male entglitten, wenn die Fremden sie mit ihrem Verhalten irritierten.

Anna wusste, dass diese Menschen eine lange Freundschaft verband, doch wie echte Freunde wirkten sie nicht. Sie strahlten eine unterschwellige gegenseitige Feindseligkeit aus, die sie fast schon unheimlich fand.

Sie waren dermaßen unterschiedlich und schienen kaum Gemeinsamkeiten zu haben. Was genau verband diese Gäste eigentlich miteinander?

Eine gemeinsame Vergangenheit?

Hatten ein paar von ihnen sich bereits als Kinder gekannt, sich irgendwann aus den Augen verloren und trafen sich nun wieder, um die alte Verbundenheit wieder aufleben zu lassen?

Aus den Buchungsunterlagen wusste sie ja, dass die Gastgeber Rosi und Killian ihren Junggesellenabschied feiern wollten. Doch auch die beiden schienen irgendwelche Probleme zu haben.

Auf Anna wirkten sie verkrampft und beinahe depressiv. Er schien nahezu verzweifelt darum bemüht, seine Zukünftige zu umsorgen und zum Lächeln zu bringen. Mit wenig Erfolg.

Ihr erster Eindruck von Adam und dieser Penelope war der eines glücklichen Paares. Doch als sie genauer hinsah, bemerkte sie zwischen den beiden ein fast schon peinliches emotionales Ungleichgewicht. Während Adam offensichtlich verrückt nach seiner Freundin war, wirkte diese Frau mit dem komischen Namen auf Anna erschreckend kühl.

Anna fragte sich, warum.

Adam war der Einzige innerhalb dieser Gruppe, den Anna wirklich nett fand, weil er auf sie absolut authentisch wirkte.

Paul schien auf den ersten Blick auch okay zu sein. Doch nachdem Anna erfahren hatte, dass er seine Ehefrau gegen eine Jüngere ausgetauscht hatte, war Annas Sympathie verschwunden. Lottes Persönlichkeit einzuschätzen fiel Anna schwer. Ihr Kummer und ihre Verletzlichkeit übertünchten alles andere. Wie sie wirklich war, konnte Anna nicht erkennen.

Auch was Lexi anging, war Anna unsicher. Pauls Neue wirkte wie die typische Geliebte eines verheirateten Mannes, die sich einfach nahm, was sie wollte. Ihre zur Schau getragene Oberflächlichkeit, mit der sie sich im Freundeskreis ihrer Vorgängerin bewegte, fand Anna fast schon bewundernswert. Vielleicht steckte aber weit mehr hinter dieser Fassade, als jeder einzelne der Anwesenden vermuten würde.

Zu guter Letzt waren da noch Tamara und Florian.

Allein beim Gedanken an die beiden schauderte es Anna.

Vorhin war ihr sein Blick aufgefallen, mit dem er seine Frau betrachtet hatte. Angewidert, fast hasserfüllt.

Und Tamara selbst?

Die Frau schien zu spüren, dass die Gefühle ihres

Ehemannes für sie sich verändert hatten, wahrscheinlich aus gutem Grund …

Anna schluckte. Wo war sie da nur hineingeraten?

Plötzlich fröstelte sie, spürte eine Kälte, die tief aus ihrem Inneren kam.

Hastig mahnte sie sich selbst, ruhig zu bleiben und vor allem sachlich.

Ja, es stimmte. Fast jeder dieser sogenannten Freunde, die sich zum Jahreswechsel hier zusammengefunden hatten, schleppte irgendwelchen seelischen Ballast mit sich herum, der Zündstoff für reichlich Konflikte bot.

Als ob sie nicht mit sich genug Probleme hätte, derentwegen sie diesen Job angenommen hatte. Augenblicklich meldete sich ihr schlechtes Gewissen. Sie hatte doch versprochen, zu Hause anzurufen.

Aber was, wenn die Gäste ausgerechnet jetzt kamen?

Sie lauschte erneut. Als es immer noch still blieb, zog sie ihr Smartphone hervor, wählte die Nummer ihres Vaters.

Es dauerte nur wenige Sekunden, bis er dran war.

»Alles gut, Spätzchen?«, fragte er liebevoll.

Doch Anna war nicht nach einem einfachen Bericht über ihre Tätigkeit. Etwas anderes brannte auf ihrer Seele.

»Ich hab sie gehört!«, platzte es aus ihr heraus.

»Was meinst du? Wen hast du gehört?«

»Die Glocke von Altgraun!«

Ihr Vater stieß ein überraschtes Lachen aus.

»Das ist kein Scherz, verdammt! Ich hab sie wirklich gehört.«

»Anna, Liebling«, die Stimme ihres Vaters war voller Liebe, »du machst dir Sorgen um deine Mutter und das verstehe ich. Doch sei unbesorgt. Deine Mama hat heute einen wirklich guten Tag, sie isst für ihre Verhältnisse sogar ganz ordentlich.«

Eine Pause breitete sich aus, in der Anna mit ihren Emotionen kämpfte.

»Soll ich sie dir mal geben?«, fragte ihr Vater, als sie weiter schwieg.

Anna blinzelte gegen die Tränen an. »Nein«, sagte sie dann schnell. »Es geht jetzt nicht«, schwindelte sie. Sie würde es nicht ertragen, jetzt die Stimme ihrer Mutter zu hören. »Ich muss gleich weitermachen.«

»Manchmal spielen unsere Nerven uns Streiche, verstehst du, Anna? Du bist zum ersten Mal weg von zu Hause und ganz allein unter Fremden. Da ist es vollkommen normal, dass man sich verloren fühlt oder gar verletzlich. Mach dir wenigstens um uns keine Sorgen. Deine Mutter und ich kommen klar.«

Nachdem sie das Gespräch beendet hatten, steckte Anna ihr Smartphone weg, dachte über die Worte ihres Vaters nach.

Er hatte recht.

Sie fühlte sich hier oben, allein unter diesen Fremden, tatsächlich ein wenig verloren. Doch das lag nicht ausschließlich daran, dass sie es nicht gewohnt war, tagelang von ihrer Familie getrennt zu sein.

Nein.

Die Gründe für ihre Unsicherheit hatten eine weit schwerwiegendere Ursache.

Da war zum einen natürlich die Ungewissheit, was ihre Mutter betraf. Doch es gab noch etwas, was ihr weit mehr zu schaffen machte …

Anna sog die Luft scharf ein, als sie im Obergeschoss leise Stimmen vernahm, kurz darauf Schritte auf der Treppe hörte.

Sie kommen!

Ihr Herz begann zu hämmern, dann brach ihr der Schweiß aus.

Das war es. Es waren diese Fremden, in deren Mitte sie sich wie ein hilfloses Lamm inmitten eines Rudels gieriger Wölfe fühlte.

Anna zuckte zusammen, als ihr der Ablauf des Tages

wieder gegenwärtig war. Das alles hatte erst angefangen, als die Ersten von ihnen eingetroffen waren.

Zuerst war es nur ein ungutes, nicht zu fassendes Gefühl gewesen.

Doch das hatte sich gesteigert, als würde mit jedem weiteren Gast etwas noch Düstereres in dieses Haus gelangen.

Diese Leute machten ihr schreckliche Angst!

NEUN
LODGE

Lotte

Lautes Lachen riss sie aus dem Schlaf. Sie fuhr hoch, sah auf ihre Armbanduhr und erschrak. Wie es aussah, hatte sie zwei Stunden geschlafen, nachdem der starke Punsch sowie die Tatsache, dass Paul seine Tussi dabeihatte, ihr den Boden unter den Füßen weggerissen hatten. Sie schwang die Beine unter der Decke hervor, setzte sich auf.

Den Sektempfang hatte sie wohl verpasst, und sie fragte sich, wieso die anderen nicht an ihre Zimmertür geklopft hatten, nachdem sie nicht runtergekommen war. Sie stöhnte genervt, als ihr klar wurde, dass wahrscheinlich Rücksichtnahme dahintersteckte.

Als Killian ihr mitgeteilt hatte, dass Paul nicht allein herkäme, musste er ihr den Schock vom Gesicht abgelesen haben.

Und jetzt?

Ob sich die anderen jetzt gerade über sie, die betrogene Ex, die nicht cool mit der Situation umging, die Mäuler zerrissen? Allen voran Lexi, die sie ebenso wenig ausstehen konnte wie umgekehrt.

Kurz überlegte Lotte, auch das gemeinsame Silvester-

Dinner ausfallen zu lassen. Allein die Vorstellung, mit dieser Person in einem Raum zu sein und auf das neue Jahr und die Zukunft anstoßen zu müssen, verursachte ihr Übelkeit. Aber was würde ihr das bringen? Sie würden ja noch tagelang hier festhängen und sich unweigerlich dann doch begegnen.

Und da waren ja auch noch Rosi und Killian. Sie hatten sich bei der Planung so große Mühe gegeben, da musste sie wenigstens versuchen, ihre Aversionen hintenanzustellen.

Entschlossen reckte sie sich. Sie würde das schon schaffen. Würde sich in Schale werfen und dieser Lexi zeigen, dass auch sie attraktiv aussehen konnte, wenn sie es nur wollte.

Nein, nicht Lexi würde sie es zeigen, korrigierte sie sich. Sie würde es für sich selbst tun, für ihre eigene Genugtuung. Und ein bisschen auch für Paul, gestand sie sich ein. Mit Lexi hatte er sich ein Püppchen geangelt, das nichts weiter als sein gutes Aussehen hatte. Doch Schönheit und Jugend verblassten irgendwann, und was blieb ihm dann noch?

Eine Frau, die verzweifelt versuchte, ein junges, schönes Mädchen zu bleiben, weil das alles war, was sie ausmachte.

Nachdem sie sich geduscht hatte und in frische Klamotten geschlüpft war – einen schwarzen Hosenanzug mit sehr offenherzigem Dekolleté – legte sie noch etwas Schminke auf. Dann betrachtete sie sich in dem großen Spiegel an der Rückseite ihrer Zimmertür.

Drehte sich, lächelte ihrem Ebenbild zu.

Ihr gefiel, was sie sah.

Sie sah nicht nur gut, sondern absolut fantastisch aus, was angesichts der Umstände und ihrer Gefühle unglaublich war.

Zufrieden schnappte sie sich ihre Handtasche, wollte gerade hinausgehen, als es an der Tür klopfte.

Sie runzelte die Stirn, hoffte, dass es nicht Paul war, öffnete.

Rosi stand draußen, sah sie mit betretenem Gesichtsausdruck an.

»Ich war vorhin schon mal hier, wollte dich zum Anstoßen holen, aber du hast nicht aufgemacht.«

Lotte hob die Schultern. »Ich hab wohl zu viel von Annas Punsch erwischt und bin fest eingeschlafen.«

Sie bemerkte Rosis staunenden Blick auf sich.

»Was?«

Die Freundin grinste. »Du siehst toll aus, wirklich, wie ein richtig heißer Feger.« Sie hielt inne, musterte sie besorgt. »Bist du wirklich okay?«

Lotte legte den Kopf schräg, schwieg aber.

»Das mit Lexi tut mir total leid«, sagte Rosi. »Ich hab noch versucht, es Killian auszureden, doch er meinte, er könne Paul so etwas nicht antun. Er wollte dich nicht ärgern oder verletzen, sondern Paul gegenüber nur ein guter Freund sein.«

»Und warum hast du es mir nicht gesagt?«

»Wärst du dann gekommen?«

»Touché.«

»Paul ist das alles auch total unangenehm, so viel dazu. Ich glaube, inzwischen bereut er, dass er mit ihr zusammen hergekommen ist.«

Lotte winkte ab. »Irgendwann wären wir uns bei gemeinsamen Freunden ohnehin begegnet. Er und ich sind ja noch immer Geschäftspartner. Wenn wir uns scheiden lassen, wird er Lexi vielleicht irgendwann zur Frau nehmen, was bedeutet, dass ich sie dann immer wieder zu Gesicht bekomme.«

Rosi nickte, sah sie zufrieden grinsend an. »Das ist meine Freundin Lotte. Ich bin stolz auf dich. Mal sehen, was Paul sagt, wenn er mitbekommt, dass seine Ex aussieht, als ginge es ihr besser als jemals zuvor.«

Rosis Worte klangen in Lotte nach, als sie das Wohnzimmer betrat, wo die anderen in kleinen Grüppchen herumstanden und schwatzten. Jeder der Freunde hielt ein Glas in der Hand, und Lotte bedauerte, dass sie den Empfang verpasst hatte.

»Darf ich Ihnen etwas anbieten?« Anna hielt ihr ein Tablett entgegen. »Champagner oder Gin Tonic? Was darf es sein?«

»Am besten beides.« Lotte lächelte dankbar, nahm sich jeweils ein Glas und zwinkerte Anna zu. »Sie sind ein Schatz.«

Anna zwinkerte zurück, verteilte die restlichen Drinks, verschwand anschließend wieder in der Küche.

Lotte stürzte den prickelnden Schampus auf zwei Schlucke hinunter und spürte, wie der neue Alkohol sich mit dem Rest des Punschs vermischte. Sofort entspannte sie sich.

Was ein wenig Alkohol doch ausmachte.

In dem Moment spürte und sah sie Rosis Hand an ihrem Ärmel, die sie mit sich zog.

»Da ist sie ja endlich«, rief Killian, kam auf sie zu und küsste sie auf die Wange, bevor er sie prüfend anblickte. »Alles okay? Ich hoffe, du bist nicht sauer wegen Paul und ... ihr?«, fragte er leise, sich umblickend, ob auch keiner zuhörte.

»Mach dir keine Gedanken, alles ist gut«, raunte sie ihm kaum hörbar zu und trank einen Schluck von dem Gin Tonic.

»Dann bin ich erleichtert«, gestand er und hakte sie und Rosi unter. »Kommt, mischen wir uns unters Volk.«

Sie gesellten sich zu Florian, der sich mit Adam unterhielt, während Penelope auf Tamara einredete.

»Alles klar bei euch?«, fragte Killian, ganz der strahlende Gastgeber. Er hielt sein Glas hoch, um anzustoßen, doch Florian ging als Einziger nicht darauf ein. Er tat, als sei sein Glas leer. Doch Lotte sah, dass sich noch ein Rest Gin Tonic darin befand.

Aus dem Augenwinkel bemerkte sie, dass Paul mit Lexi im Schlepptau zu ihnen kam, und wappnete sich.

»Ich hab gesehen, dass du deinen Wagen im Tal gelassen hast«, sagte Paul zur Begrüßung und sie konnte an seiner Stimme hören, dass er vollkommen überfordert von der Situation war.

Sie grinste ihn verschmitzt an. »Tja, nachdem du dir den SUV gekrallt hast, hatte ich keine Wahl.«

Ertappt versuchte Paul, sich zu fangen, wirkte dabei wie ein Schuljunge, der beim Abschreiben erwischt worden war.

Lotte lachte. »Komm runter, Paul, das war ein Scherz. Mir war das ganz recht, so hat mich ein netter junger Mann hergefahren. Ich glaube, er heißt Levi. Alles gut.«

Paul atmete hörbar. »Ich dachte schon ...«

»Blödsinn«, gab Lotte gut gelaunt zurück und zwinkerte Lexi, die bisher mit völlig unbewegter Miene das Geplänkel verfolgt hatte, spitzbübisch zu. »Und, wie findest du es hier? Hübsch, nicht wahr? Vielleicht kannst du Paul überreden, dass er die Lodge mal ganz für euch allein mietet, als Liebesnest quasi, was hältst du davon? Ihr könntet euch durch jedes einzelne Zimmer vögeln!«

Sie wusste, dass sie konfus und fies zugleich klang, doch der Alkohol tat seine Wirkung. Mittlerweile war es ihr scheißegal, was diese kleine Nutte von ihr hielt.

»Lotte ...«, kam es verlegen von Paul. Er wollte sie am Arm zur Seite ziehen. Doch sie winkte unwirsch ab, ließ ihn stehen und suchte nach Anna, damit sie ihr nachschenkte.

Zurück im Wohnzimmer spürte sie die Blicke der anderen auf sich, ignorierte sie jedoch, setzte sich auf eines der Sofas mit Blick auf den offenen Kamin.

»Das war nicht gerade subtil.« Penelope bemühte sich nicht mal, ihr Grinsen zu verbergen, als sie sich neben Lotte aufs Sofa fallen ließ.

»Mir egal. Ich hasse dieses Weib.« Lotte erwiderte Penelopes amüsierten Blick. »Wie findet Adam unsere Truppe?«

»Ich glaube, dass er erleichtert ist.«

Lotte sah die Freundin überrascht an. »Was meinst du damit?«

»Na ja, Adam ist Model, hat keinen hohen Schulabschluss, keine Ausbildung. Er verdient seine Brötchen mit seinem guten Aussehen. Ihm war nicht wohl dabei, meine Freunde kennenzulernen, von denen jeder Einzelne beruflich schon etwas erreicht hat, im Gegensatz zu ihm. Er hat sich wohl Sorgen gemacht, nicht reinzupassen. Aber nachdem er gesehen hat, dass niemand von uns perfekt ist, wir sogar ein ziemlich bekloppter Haufen sind, scheint ihm etwas wohler zu sein.«

Lotte lachte. »Und die anderen? Wie nehmen sie ihn auf?«

Penelopes Gesicht verdüsterte sich. »Florian stichelt mal wieder, ist ganz der Alte. Ich glaube, dass es ihn von seiner Wut auf Tammi ablenkt.«

»Von seiner Wut?« Lotte runzelte die Stirn. »Laut Tammi ist alles in Ordnung zwischen den beiden.«

»Sie hat gelogen.« Penelope sah sie ernst an. »Es ist ganz offensichtlich, dass die beiden Zoff haben. Und wenn du mich fragst, ist Killi darin involviert.«

»Wie kommst du darauf?«

»Ist dir nicht aufgefallen, dass Florian nach Kräften versucht, ihn zu ignorieren? Ganz schafft er es nicht, schließlich hat Killian uns alle hierher eingeladen, aber die beiden sind definitiv nicht so dicke miteinander wie sonst.«

»Das kann ja heiter werden«, sagte Lotte, nippte an ihrem Drink und bemerkte, wie es ihr leicht schwindelte. Sie sollte wohl etwas langsamer machen, sonst war sie knülle, noch bevor das Essen auf dem Tisch stand.

»Es ist mir jedenfalls runtergegangen wie Öl, dass du Lexi ein wenig geärgert hast«, sagte Penelope offen. »Nicht, weil ich sie nicht mag, dafür kenne ich sie zu wenig. Aber mich nervt es, dass die Kerle zu ihr nett sind und Adam im Gegenzug behandeln, als sei er minderbemittelt. Ich weiß nicht, ob er ihre fiesen kleinen Bemerkungen durchschaut, aber mir sind sie definitiv aufgefallen.«

»Tja, Männer«, stieß Lotte verächtlich aus. »Sie sind nett zu Pauls Flittchen, weil sie super aussieht und eine Frau ist. Das ist Sexismus vom allerfeinsten.«

Penelope nickte zustimmend.

»Bei Paul verstehe ich das ja noch«, fuhr Lotte fort. »Aber von Flori und Killian bin ich echt enttäuscht. Was das angeht, sind wohl einige von uns nicht wirklich erwachsen geworden.«

Penelope lachte, nahm Lottes Hand in die ihre, sah sie an. »Ich bin froh, dass du da bist, weißt du das?«

Lotte sah die Freundin an, verzog das Gesicht. »Ich hätte dir sagen sollen, dass Paul und ich getrennt sind. Tut mir leid, dass ich es erst heute konnte.«

Penelope winkte ab, stieß ihr Glas gegen Lottes, als Bewegung in den Raum kam. Sie drehten sich um, sahen Anna, die einen Speisewagen an ihnen vorbei ins Esszimmer schob.

»Darf ich Ihnen zur Hand gehen?«, fragte Adam galant und Lotte fand, dass er wirklich nett war. Sie hoffte, dass Penelope diesmal erkannte, was für ein Schatz ihr Freund war, und ihn nicht wieder verließ, bevor es ernst wurde.

Ihre Freundin war eine ruhelose Seele, die es niemals lange an der Seite eines Mannes hielt. Doch Adam tat ihr wirklich gut, das konnte ein Blinder sehen, und Lotte wünschte sich von Herzen, dass es Penelope ebenfalls tat.

»Pene, ich glaube, dein Herzblatt hat sich umorientiert«, flachste Florian, was Paul mit einen Augendrehen und Killian mit einem Glucksen kommentierte.

»Sehr witzig«, gab Penelope zurück, sah Florian genervt an.

»Er scheint schon ziemlich viel getankt zu haben«, bemerkte Lotte. »Nimm ihn einfach nicht ernst.«

Penelope nickte, wirkte aber noch immer wütend. Sie stand auf, sah zu Lotte herab. »Kommst du mit? Ich hab einen Bärenhunger.«

Lotte nickte und erhob sich, sie brauchte zwar einen kleinen Moment, bis der leichte Schwindel sich legte, aber dann folgte sie Penelope ins Esszimmer, wo bereits reger Betrieb herrschte.

Vor allem Adam sorgte für Wirbel, als er Anna, trotz ihrer Proteste, die Teller abnahm und sie an die Anwesenden verteilte.

Florian sah zu Penelope, hob provokativ die Brauen. »Na, hab ich recht?«, raunte er ihr zu. »Pass besser auf deinen Toyboy auf.«

Lotte seufzte innerlich auf, als sie registrierte, dass die Freundin auf diese Frechheit nicht einging.

»Also wenn ich es nicht besser wüsste«, kam es nun von Killian, »würde ich sagen, dass Adam sich sein Studium finanziert, indem er als Kellner jobbt. Er macht das wirklich gut, das muss man ihm lassen.« Dann wandte er sich direkt an Anna. »Vielleicht legen Sie ein gutes Wort bei Ihrem Boss ein. Er könnte Adam einstellen, dann bliebe nicht so viel Arbeit an Ihnen allein hängen.«

Lexi kicherte und auch Paul und Florian schmunzelten verächtlich.

Ein Klirren ertönte.

Dann ein entsetzter Zischlaut.

Adam hatte Killian einen der Teller so heftig vor die Nase gestellt, dass er in der Mitte entzweigebrochen war. Helle Kräutersoße floss auf das weiße Tischtuch.

»Lass es dir schmecken«, sagte Adam scharf und sah sich dann am Tisch um, sodass jeder erkennen konnte, wie verletzt er war.

»Okay …«, sagte Killian lang gezogen und etwas zu laut. »Ich war wohl zu voreilig, was meine Lobeshymnen angeht. Adam scheint wohl doch kein Naturtalent zu sein. Anna, mir scheint, als seien Sie weiterhin auf sich gestellt.«

Lexi lachte affektiert, doch ansonsten war es still am Tisch.

Man konnte deutlich spüren, dass die Stimmung inzwischen gekippt und alles andere als entspannt war.

Lotte sah, wie Adam und Penelope einen Blick wechselten, dann schüttelte Adam den Kopf, verließ den Raum.

Penelope sah Killian an. »Musste das ein? Was hat Adam dir getan, dass du ihn so behandelst?«

»Das war doch nur Spaß«, protestierte der. »Du kennst das doch.«

Penelope sah Florian an. »Und du bist genauso ein Idiot, weißt du das? Manchmal könnte man meinen, ihr beiden seid noch fünfzehn oder mitten in der Pubertät. Wie erwachsene Männer wirkt ihr jedenfalls nicht.« Sie stoppte, schien sich im Unklaren darüber, was sie tun sollte. Lotte machte eine Kopfbewegung in Richtung Tür. »Geh ihm nach«, rief sie ihr zu und wartete nur, bis Penelope aus dem Zimmer war.

Noch immer herrschte Totenstille. Alle sahen mehr oder weniger betroffen aus.

Nur Lotte schnaubte laut und sah von Florian zu Killian und weiter zu Paul. »Ihr seid ja nette Freunde, das muss ich schon sagen. Penelope sieht zum ersten Mal seit Langem wirklich glücklich aus und ihr habt nichts Besseres zu tun, als ihr das madig zu machen. Dabei scheint Adam liebenswert und einfach nur nett zu sein.«

»Nett …«, kam es leicht verächtlich von Florian.

»Ja! Er ist netter als ihr drei zusammen. Ist es nicht egal, ob er studiert oder beruflich schon was erreicht hat? Er ist doch gerade mal fünfundzwanzig, hat sein Leben noch vor sich. Er kann noch alles Mögliche auf die Beine stellen. Doch im Augenblick ist er mit unserer Freundin glücklich. Gönnt ihr das den beiden etwa nicht? Adam hat keinem von euch was getan, er hat auch keinem anderen Menschen den Partner ausgespannt, so wie Lexi hier am Tisch. Und dennoch behandelt ihr ihn wie einen verdammten Idioten, während ihr zu Pauls Tussi freundlich seid und eure Blicke nicht von ihren großen Titten lasst.«

Lotte stoppte, als sie bemerkte, dass alle sie vollkommen perplex anstarrten.

Sie stand auf, bemerkte, dass sie leicht wankte, sah Anna an. »Wären Sie bitte so freundlich, mir ein Tablett mit Essen für meine beiden verärgerten Freunde fertig zu machen? Ich würde es ihnen gerne nach oben bringen, damit sie in Ruhe und ohne weiteres Gestichel ihr Dinner genießen können.«

Anna sah sie an, nickte und machte sich eifrig daran, ihrem Wunsch zu entsprechen. Doch als sie das Essen auf den Tellern und Schälchen verteilt hatte, passten all die Speisen bei Weitem nicht auf ein Tablett.

»Ich helfe dir«, sagte Rosi, stand ebenfalls auf, warf erst Flori, dann ihrem Zukünftigen pikierte Blicke zu. Dann nahm sie Anna das erste Tablett ab, verschwand. Als Lotte nach dem zweiten Tablett griff, lächelte Anna sie verschmitzt an.

Sie lief aus dem Zimmer, die Treppe hinauf, fand Rosi auf einem der Sessel in der Nische vor Adam und Penelopes Zimmer wieder.

Sie sah sie fragend an, doch Rosi hob die Schultern, hob ohne ein Wort zu sagen ihren Zeigefinger in die Höhe.

Und dann hörte Lotte es auch …

Penelope und ihr Adam stritten, was das Zeug hielt.

Als ein Schluchzen ertönte, wusste Lotte, dass der Abend nicht mehr zu retten war. Zumindest nicht für alle von ihnen …

Sie sah Rosi an, stand auf. »Lassen wir den beiden ihre Privatsphäre und gehen wieder zu den anderen nach unten, bevor sie sich gegenseitig zerfleischen, jetzt, wo ihr Bauernopfer nicht mehr zur Verfügung steht.«

Rosi starrte sie an. »Dann ist es dir also auch aufgefallen?«

»Was meinst du?«

»Na, dass Florian irgendwie wütend auf Killian zu sein

scheint. Ich weiß auch nicht«, stieß Rosi aus. »Vielleicht bilde ich es mir ja auch nur ein.« Sie brach ab, wirkte plötzlich vollkommen verunsichert.

Lotte umfasste ihre Schultern. »Was ist los, Rosi?«

»Irgendwie hab ich das Gefühl, dass es besser gewesen wäre, wir wären nicht hergekommen. Die Sache mit dir und Paul, jetzt Pene und Adam und dann noch Tammi und Flori, bei denen ganz offensichtlich auch was im Argen liegt. Für mich fühlt es sich an, als steuerten wir alle zusammen auf eine furchtbare Katastrophe zu.

ZEHN
LODGE

Penelope

Als Penelope das Zimmer betrat, lag Adam noch immer schmollend auf dem Bett. Demonstrativ starrte er auf den Fernsehbildschirm. Aber sie kannte ihn gut genug, um zu sehen, dass er kaum etwas von dem Film mitbekam. Die steile Falte über seiner Nasenwurzel zeigte ihr, dass er wohl immer noch über ihren Streit nachsann.

Kurz nachdem sie und Adam fluchtartig das Wohnzimmer verlassen hatten, war eine WhatsApp-Nachricht von Lotte bei ihr eingegangen. Sie habe ihnen Essen in den Gang gestellt. So nett diese Geste war, hatten weder Adam noch sie Appetit gehabt. Sie hatten beide nur lustlos auf ihren Tellern herumgestochert und sich angeschwiegen. Irgendwann hatte sie es nicht mehr ausgehalten und war mit der Ausrede, das Geschirr wegzubringen, nach unten geflüchtet.

Natürlich hatte sie versucht, Flori und Killi die Köpfe zu waschen, doch die Männer waren schon ziemlich angetrunken gewesen, was ein vernünftiges Gespräch nahezu unmöglich gemacht hatte.

Am Ende war es Paul gewesen, der sie ermuntert hatte,

nach oben zu gehen und zuzusehen, dass Adam sich wieder einkriegte.

Und da saß sie ihm nun gegenüber und versuchte, zu Adam durchzudringen. »Genau das ist es doch, was die anderen bezweckt haben«, stieß sie hervor.

Endlich sah er sie wenigstens fragend an. »Ist das dein Ernst? Sie legen es darauf an, dass wir uns streiten?«

»Ja. Sie sticheln, bis einer beleidigt ist und daraus dann ein Streit entsteht. Danach freuen sie sich wie kleine Kinder. Vielleicht schließen sie sogar heimlich Wetten darüber ab, wie lange es dauert, bis es kracht.«

»Und trotzdem nennst du diese Leute deine Freunde …«

»Was willst du damit sagen?«

»Dass es eine Menge über dich aussagt, wenn du sie trotz dieser miesen Charaktereigenschaft noch zu deinen Freunden zählst.«

»Flori und Killi sind mit meinen Freundinnen liiert. Ganz davon abgesehen, kenne ich sie, seit wir alle Kinder waren. Ich bin mit dem Getue der beiden groß geworden, kenne sie in- und auswendig, weiß, wie ich damit umgehen muss.«

»Und doch tolerierst du es nicht, wenn jemand damit ganz und gar nicht klarkommt, so wie ich.«

»Das ist nicht wahr, Adam. Ich verstehe sehr wohl, dass es beleidigend ist, wie sie auf dir herumgehackt haben. Aber ich weiß eben auch, dass es nur Blödsinn ist. Sie meinen das nicht so, wollen dich nur aus der Reserve locken, was ihnen nun auch gelungen ist.«

»Vielleicht inszenieren sie das Ganze aber auch nur, weil sie wissen, dass ich sowieso nicht lange zu deinem Leben gehören werde.«

Penelope starrte ihn an, klappte den Mund auf, schloss ihn wieder. Sie brauchte einen Moment, um diesen Vorwurf sacken zu lassen. »Wie kommst du auf so was?«, fragte sie schließlich.

»Die Leute quatschen, Schatz. Und natürlich gab es auch einige, die mich vor dir gewarnt haben.«

»Was genau soll das heißen?«

»Sie sagen, dass du einen ziemlichen Verschleiß an Männern hast, Penelope. Und dass du wegläufst, sobald es ernst wird.«

Sie zuckte unter seinen Worten zusammen, senkte den Blick.

»Sei mal ehrlich, Penelope. Was erhoffst du dir von uns beiden? Etwas für die Dauer oder siehst du uns beide nur als Spaßbuddys, die ab und an nett vögeln?«

Penelope riss den Kopf hoch, starrte ihn an. »Wir sind gerade mal vier Monate zusammen, Adam. Was erwartest du nach dieser kurzen Zeit? Dass ich unsere Hochzeit plane?«

»Du hast recht, das mit uns geht noch nicht lange. Dennoch sind vier Monate eine lange Zeit. Und Zeit ist ein kostbares Gut, das niemand einfach so zu verschenken hat, wenn du verstehst, was ich meine.«

Irritiert schüttelte sie den Kopf.

Adam sog die Luft ein, blickte nach oben, bevor er sie wieder ansah. »Weißt du ...«, setzte er an, stieß die Luft aus, schien nach Worten zu ringen. »Es ist nur so, für mich bist du viel mehr als nur ein netter Zeitvertreib. Ich hab mich ernsthaft in dich verliebt und kann mir viel mehr vorstellen. Ich hatte gehofft, dass du irgendwann genauso empfinden könntest.«

»Du bist fünfundzwanzig, Adam.«

»Was hat unser Alter damit zu tun?«

Er starrte sie an, zuckte plötzlich zurück. »Verdammt … Du hast dir bewusst jemand viel Jüngeren gesucht, weil du hofftest, dass dieses Thema dann gar nicht erst aufkommt. Es ist alles so wie bei den Typen, mit denen du vor mir zusammen warst.«

»Das stimmt nicht. Ich hab mich für dich entschieden,

weil du mich mit deiner Art berührt hast, mich zum Lachen bringst und ich dich wirklich sehr gern habe.«

»Und dennoch bin ich dir nicht so viel wert, dass du darüber nachdenkst, unsere Beziehung auf das nächste Level zu heben.«

»Das da wäre?«

»Dass wir uns zum Beispiel öfter sehen und nicht nur an den Wochenenden oder wenn du Urlaub hast, so wie jetzt. Zu Hause rufst du nur an, wenn du gerade nichts zu tun hast.«

Penelope stieß die Luft scharf aus. »Wenn ich Aufträge habe, bin ich oft tagelang unterwegs, komme kaum zum Schlafen. Wir beide haben uns bei einem meiner Jobs kennengelernt. Du solltest also wissen, wie stressig das ist.«

»Andere Fotografen haben auch feste Beziehungen oder sind verheiratet. Sie haben sogar Kinder.«

»Adam, ich bitte dich«, appellierte Penelope an ihn. »Es sind erst vier Monate und du fängst jetzt schon an, Druck zu machen.«

»Ich rede nicht vom Heiraten, verdammt. Auch nicht davon, dass ich morgen ein Kind mit dir zeugen will. Ich rede davon, dass ich keine Lust dazu habe, Zeit in eine Beziehung zu investieren, von der sich am Ende rausstellt, dass sie für dich nur eine Affäre von vielen war.« Er kam ganz nahe zu ihr, packte sie an den Schultern. »Mir ist es scheißegal, dass du zehn Jahre älter bist als ich. Und mir würden auch deine großkotzigen Freunde am Arsch vorbeigehen, wenn ich wüsste, dass du es wirklich ernst mit mir meinst. Mit uns. Ich will einfach nur wissen, wo genau wir beide stehen.«

Sie sah ihn an, blinzelte gegen ihre Tränen an.

»Du weißt es nicht, oder? Habe ich recht?«

Penelope schluckte. »Adam … ich … kannst du mir nicht ein kleines bisschen Zeit geben, über alles nachzudenken?«

»Du musst nachdenken, um dir über deine Gefühle für mich klar zu werden?«

Sie schüttelte den Kopf. »Meine Gefühle für dich sind mir sehr wohl bewusst. Ich habe dich sehr gern. Andernfalls wärst du jetzt nicht hier. Es ist nur …«

»Was? Rede mit mir! Erklär es mir!«

Sie kämpfte mich sich, nickte dann aber. Sie sollte wenigstens versuchen, ihm ihre Ängste darzulegen. »Erinnerst du dich noch daran, wie ich dir von meinen Eltern erzählt habe? Wie sie sich gegenseitig zerstört haben, unter welchen Umständen unsere Familie zerbrochen ist? Ich war damals ein Kind und alles, was ich damals erlebt habe, hat sich tief in mein Inneres eingegraben. Es hat mich geprägt, verstehst du?«

»Was meinst du damit genau?«

»Dass ich deswegen extrem vorsichtig hinsichtlich einer festen Bindung bin. Ich möchte einfach nicht so enden wie meine Eltern, die sich auch heute noch bis aufs Blut hassen.«

Adam ließ sie los, schluckte. »Du bist nur das Kind deiner Eltern. Das bedeutet jedoch nicht, dass du bist wie sie. Oder dass wir irgendwann wie sie sein werden.«

»Das weiß ich natürlich.«

»Hast du jemals versucht, mit jemandem Professionellen über deine Kindheit zu sprechen?«

Penelope stieß ein bitteres Lachen aus. »Du meinst eine Therapie?«

»Ganz genau«, gab Adam zurück. »Nur so wirst du deine Bindungsängste loswerden.«

Sie schluckte, sah ihn an, wusste nicht, was sie sagen sollte. Natürlich hatte er recht. Und selbstverständlich verstand sie, was ihn umtrieb. Dennoch kam sie nicht gegen ihr inneres Gefühlschaos an, das sich wie üblich zu einem Fluchtreflex steigerte. »Ich muss raus hier, okay?«

Adam sah sie an. »Du willst abhauen? Jetzt? Es ist bald Mitternacht.«

Sie schüttelte den Kopf. »Ich will mir nur kurz die Beine vertreten und mal durchatmen. Einfach eine halbe Stunde allein sein. Bis zum Anstoßen bin ich wieder zurück.«

Er nickte, musterte sie nachdenklich. »Wenn es dir danach besser geht, in Ordnung.« Er sog seine Unterlippe ein, schien etwas auf dem Herzen zu haben.

»Was ist los?«

»Vielleicht könntest du ja versuchen, das neue Jahr als Neustart zu sehen. Sowohl für dich selbst als auch für uns?«

Während sie in ihre Klamotten schlüpfte, wirbelten die Gedanken in ihrem Kopf herum. Einerseits war ihr zum Heulen zumute, weil dieser Urlaub, den sie so dringend brauchte, zur Zerreißprobe wurde. Andererseits rührte es sie auf seltsame Weise, dass Adam trotz seines jungen Alters eher bereit für eine ernste Beziehung war als sie selbst. Sie sah ihn an, nickte. »Ich verspreche, dass ich darüber nachdenke.«

Als Penelope die Haustür öffnete, schlug ihr ein eisiger Wind entgegen. Außerdem hatte es heftig zu schneien begonnen. Kurz erwog sie, drin zu bleiben. Doch dann drang das laute Lachen der anderen zu ihr hinaus. Sie hasste diese Leute, die ihre Freunde waren, in diesem Moment, ertrug sie einfach nicht. Wütend zog sie die Schultern hoch, lief los, einfach geradeaus, bis es um sie herum vollkommen still war.

Alles war doch gut gewesen zwischen Adam und ihr, bis diese beiden Idioten angefangen hatten, ihre kindischen Spielchen abzuziehen.

Als Lotte Paul damals in ihre Truppe gebracht hatte, war es genauso gewesen. Penelope wusste, dass sie es nicht böse meinten, dass es zum Teil auch an ihr selbst lag, wie sie mit Adam umgegangen waren, und verfluchte sich in

Gedanken dafür, dass sie Killian anvertraut hatte, dass zwischen Adam und ihr nichts Ernstes war. Nichts Ernstes sein konnte.

Sie hätte verdammt noch mal ihren Mund halten sollen.

Aber wie hätte sie auch ahnen können, dass Adam einer von jenen jungen Männern war, denen es nicht nur darum ging, ein wenig Spaß zu haben und sich auszuprobieren?

Immerhin lagen zwischen ihnen beiden Welten und zehn Jahre Altersunterschied.

Wie stellte Adam sich das eigentlich vor?

Wenn sie in fünf Jahren vierzig wurde, wäre er gerade dreißig. Ein junger Mann, während sie bereits auf die Perimenopause zusteuerte. Irgendwann würde man ihr das Alter ansehen und anfangen zu tuscheln, was ein junger Mann wie Adam mit einer alten Kuh wie ihr zu schaffen hatte.

Sie blieb stehen, lachte.

Es war der Fluch der Jugend, dass Adam sich über solche Dinge noch keine Gedanken machte – im Gegensatz zu ihr.

Ganz davon zu schweigen, dass sie sich, obwohl sie schon Mitte dreißig war, noch nicht bereit fühlte, eine dauerhafte Beziehung einzugehen, vielleicht niemals dazu bereit sein würde.

Sie war einfach zu verkorkst, um jemals eine Familie gründen zu können, hatte eine Wahnsinnsangst davor, ihren Kindern am Ende dasselbe anzutun wie ihre Eltern ihr.

Sie lief weiter, strauchelte über einen im Schnee verborgenen Ast, schaffte es gerade noch, sich abzufangen und nicht mit dem Gesicht voraus auf dem Boden zu landen.

Als sie nach weiteren zehn Minuten anfing zu frösteln, beschloss sie, dass sie durchgefroren genug und es Zeit zur Umkehr war.

Sie sah sich um. Offenbar war sie tiefer in den Wald vorgedrungen als geplant. Alles sah gleich aus und sie hatte keinen Schimmer, in welche Richtung sie laufen musste, um zur Lodge zurückzufinden.

Sie angelte das Handy aus ihrer Manteltasche, versuchte, es zu aktivieren, und steckte es frustriert wieder ein, als sie sah, dass sie so weit weg von der Lodge keinen Empfang hatte.

Was jetzt?

Einige Male drehte sie sich um die eigene Achse, in der Hoffnung, sich an ihren Fußstapfen orientieren zu können, als ein Geräusch sie innehalten ließ.

Ein Knirschen. Es wurde lauter.

Jemand kam durch den Schnee direkt auf sie zu.

Panik flutete ihre Adern.

Sie stieß ein hysterisches Lachen aus.

»Adam?«, rief sie. »Bist du das?«

Das Knirschen brach ab.

Die plötzliche Stille war seltsam.

Kein Knirschen mehr.

Hatte sie es sich nur eingebildet?

Nein!

Sie hatte etwas gehört, da war sie absolut sicher.

Sie zuckte zusammen, als das Knirschen erneut erklang.

Irgendjemand war hier draußen und kam näher. Doch dieser Jemand war nicht Adam. Ihr Freund hätte längst auf ihre Rufe geantwortet.

Vielleicht war es ein Tier?

Ein Hirsch vielleicht …

Oder ein Wolf!

Gab es hier überhaupt Wölfe?

Der Schweiß brach ihr aus.

Kälte und Angst lähmten ihre Glieder.

Das Knirschen kam näher, erst langsam, dann schneller.

Plötzlich wieder Stille, die nur Sekunden später von einem weiteren Geräusch durchbrochen wurde.

Einem lauten Ploppen, das in ein merkwürdiges Reißen überging.

Zersplitterndes Holz …

An was genau erinnerte sie dieses Geräusch bloß?

Eine Axt, die etwas spaltete?

Lauerte hier jemand, der eine Axt bei sich hatte?

Schwachsinn, versuchte sie sich zu beruhigen.

Wozu brauchte jemand mitten in der Nacht, noch dazu an Silvester, eine verdammte Axt?

LAUF!

Die kreischende Stimme in ihrem Kopf riss sie zurück in die Realität. Penelope bündelte all ihre Kräfte, dann wirbelte sie herum und stürmte davon.

ELF
LODGE

1. JANUAR 2023

Tamara

»Ich geh schon mal runter zu den anderen. Ist das okay für dich?«

Florian reagierte nicht, doch sie wusste, dass er nicht mehr schlief. Sie konnte es an seinen unregelmäßigen Atemzügen hören.

Sekunden später schloss Tamara behutsam die Tür hinter sich. Doch dann blieb sie im Gang stehen, schluckte angestrengt. Sie hatte gestern so viel getrunken, dass sie sich kaum noch daran erinnerte, was in der Silvesternacht passiert war.

Eines wusste sie jedoch noch ganz genau …

Florian hatte um Mitternacht zwar mit ihr angestoßen, es aber nicht über sich gebracht, sie auch nur zu küssen. Auch später, als sie gegen zwei Uhr zu Bett gegangen waren, hatte er sich von ihr abgewandt und vorgegeben zu schlafen.

Offensichtlich war er sauer auf sie, zeigte ihr die sprichwörtlich kalte Schulter und sie wusste beim besten Willen nicht, wieso.

Dass Adam und Penelope beim Anstoßen nicht dabei gewesen waren, hatte bei ihnen allen die Stimmung getrübt.

Unten angekommen sah sie Paul und Lexi. Sie saßen im Esszimmer, je eine Tasse Kaffee vor sich und einen Teller mit Rührei.

Beim Anblick des Essens schnürte sich Tamaras Hals zu.

»Guten Morgen zusammen«, begrüßte sie das Paar. »Seid ihr die Ersten?«

»Rosi und Killi haben sich gleich nach dem Frühstück wieder nach oben verkrümelt.« Paul zwinkerte ihr zweideutig zu.

»Es sei ihnen vergönnt«, sagte Tamara grinsend. »Was ist mit Anna? Ist sie in der Küche? Ich brauche dringend Kaffee.«

Paul nickte, wollte aufstehen, doch Tamara winkte ab und ging selbst.

Nachdem sie sich ihren Kaffee besorgt hatte, setzte sie sich zu den beiden an den Tisch. »Hat Penelope sich schon blicken lassen?«

»Ich schätze, sie ist immer noch ziemlich sauer«, nuschelte Lexi gleichmütig in ihren Kaffee, als interessiere es sie nicht.

»Ich hab sie heut noch nicht gesehen«, erklärte Paul.

Tamara nickte ihm zu und vermied bewusst den Blick auf Lexi, die sie immer mehr verabscheute. Was fand Paul nur an dieser Tussi?

Sie trank einen Schluck, wünschte, Lotte wäre hier.

»Was steht eigentlich heute auf dem Plan?«, fragte sie an Paul gewandt.

»Was schon? Schau mal aus dem Fenster«, antwortete Lexi an seiner statt, machte eine Kopfbewegung an ihr vorbei.

Tamara drehte sich um, stieß ein erschrockenes Grunzen aus. Sie erhob sich, eilte zur Fensterfront und starrte hinaus. »Das muss ein halber Meter Neuschnee sein«, stieß sie aus. »Und es schneit noch immer.«

»Zum Skilaufen gerade richtig«, sagte Paul und grinste wie ein Schuljunge.

»Sie überlegen, ob sie die Alarmstufe von Gelb auf Orange erhöhen«, meldete sich Lotte zu Wort, die gerade ins Zimmer trat. »Besser, ihr geht da nicht raus.«

»Was für eine Warnstufe?«, fragte Lexi und starrte dümmlich in die Runde.

»Hier in der Gegend besteht natürlich erhöhte Lawinengefahr, Schatz«, antwortete Paul und jeder im Raum konnte sehen, wie unangenehm es ihm war, dass seine Freundin nicht einmal über dieses elementare Wissen verfügte.

»Also ist Skilaufen im Moment zu gefährlich?«, hakte Lexi nach.

Paul hob die Schultern. »Bei Gelb ist nur erhöhte Vorsicht geboten, aber man weiß ja nicht, wann sie auf Orange setzen. Wenn wir zu dem Zeitpunkt draußen sind und nichts mitbekommen ...« Er brach ab. »Warten wir einfach ab, bis die anderen da sind, und überlegen gemeinsam, was wir machen.«

Tamara spürte einen Luftzug im Rücken, dann stand Florian neben ihr, bereits mit einem Teller voll Ei in der einen und einer Tasse Kaffee in der anderen Hand. Mit einem brummigen »Morgen zusammen« setzte er sich und fing an, das Ei in seinen Mund zu schaufeln.

»Kopfschmerzen?«, fragte Paul, was ihm ein Augenrollen von Flori einbrachte.

Als er seinen Teller leer hatte, lehnte Florian sich zurück, blickte in die Runde. »Wollten wir heute nicht früh raus und zum Skilaufen?«, fragte er und blickte demonstrativ auf seine Uhr. »Es ist schon fast zehn.«

Lotte setzte ihn über die aktuelle Lage in Kenntnis, was er mit einem lapidaren Schulterzucken kommentierte. »Ich hab schon mit Anna darüber gesprochen. Sie meinte, es sei okay, wenn wir die Piste hier in der Nähe nehmen. Die ist zwar nicht so beeindruckend, aber wir könnten zu Fuß dorthin gelangen. Dafür brauchen wir kaum zwanzig Minuten.«

»Also ich weiß ja nicht«, kam es von Lexi, die Paul ängstlich ansah. »Was, wenn euch so ein Ding überrascht?«

»Lawine, das Ding heißt Lawine«, grummelte Lotte.

Lexi nickte eifrig. »Ich hab das mal im Fernsehen gesehen. Da wurde ein ganzes Dorf unter den Schneemassen begraben.«

»Dafür gibt es Handys«, stieß Tamara aus, sah Lexi provozierend an. »Wenn die Warnstufe erhöht wird, rufen wir die Männer einfach an, falls sie es nicht mitbekommen haben. Wenn es wirklich nur zwanzig Minuten Fußmarsch sind, schaffen sie es locker hierher zurück.«

Lexi kommentierte ihren Einwand wieder mit ihrem üblichen gelangweilten Schulterzucken. Doch Tamara bemerkte, wie ihr die Mundwinkel leicht entglitten. Sie schien sich zu ärgern.

Na endlich mal eine menschliche Gefühlsregung, dachte sie.

»Was meinst du?«, wandte sie sich an Lotte.

»Sehe ich genauso«, gab diese zurück. Sie klang belustigt.

Im gleichen Moment betrat Adam den Raum und sah sich um, bevor er sich Florian gegenüber auf einen Stuhl setzte. Grimmig dreinschauend suchte er dessen Blickkontakt. »Wo ist dein Kumpel? Ich hab da was, was ich dringend loswerden muss.«

Florian legte den Kopf schräg. »Wo Killian ist, weiß ich nicht, aber leg doch einfach schon mal los.«

Adam verzog das Gesicht. »Von mir aus ...« Er räusperte sich, sah aus, als müsse er all seinen Mut zusammennehmen. Dann stieß er den Atem scharf aus, fixierte Florian mit stechendem Blick. »Du bist ein Arschloch, okay? Und ich vermute, dass ich nicht der erste Mensch bin, der dir das unter die Nase reibt.«

Florian verzog den Mund zu einem Grinsen, schwieg aber.

»Und dein Kumpel Killian ist kaum besser. Er ist nichts weiter als ein Vollpfosten, was ich ihm auch noch persönlich vor den Latz knallen werde. Es ist eure Schuld, dass Penelope abgehauen ist, und mein erster Impuls war …«

»Sie ist was?«, unterbrach Lotte ihn scharf.

Adam seufzte. »Sie ist gestern gegen elf noch mal raus und nicht zurückgekommen. Ich hab es euch gesagt und euch drum gebeten, mir bei der Suche nach ihr zu helfen. Doch ihr Arschlöcher wart alle schon so hacke, dass ihr mich nicht für voll genommen habt. Dich eingeschlossen.« Er sah Lotte kopfschüttelnd an. »Hast du das etwa vergessen?«

»Moment mal ...«, begann Lotte.

Doch Adam unterbrach sie. »Du hast mich doch beschwichtig und erklärt, dass Penelope oft sehr schnell beleidigt ist und sich schon wieder einkriegen wird. Am Ende bin ich allein da raus. Doch der Schneesturm war zu heftig. Ich kam einfach nicht weiter. Also bin ich wieder ins Haus zurück.«

Tamara spürte, wie ihr eiskalt wurde, und auch die anderen starrten Adam aus weit aufgerissenen Augen an.

Lotte gewann als Erste ihre Fassung zurück. »Was soll das heißen, Adam? Dass du dich letzte Nacht seelenruhig ins Bett gelegt hast, während deine Freundin durch das Schneetreiben irrt?«

ZWÖLF
LODGE

Rosi

Noch immer schwelte der Streit zwischen den Freunden, in deren Mitte sich Adam wie ein Racheengel aufbaute, nachdem er mit der Nachricht von Penelopes Verschwinden alle geschockt hatte. Längst stritten sich alle darum, wer daran schuld sei. Nur Rosi, die frisch dazugekommen war, schien noch ahnungslos.

»Was ist denn hier los, worüber diskutiert ihr?«, fragte sie an Lotte und Adam gewandt.

Lotte schloss nur kopfschüttelnd die Augen.

»Was denkst du denn?«, fragte Adam mit einem bitteren Unterton. »Penelope ist auf und davon. Sie ist verschwunden. Seit letzter Nacht schon.«

Rosi sah ihn an, konnte zuerst nicht fassen, was er gesagt hatte. »Was heißt verschwunden?«, fragte sie schließlich.

»Adam behauptet, er habe uns letzte Nacht mitgeteilt, dass sie nach draußen gestürmt sei. Aber wir hätten es nicht mitbekommen, weil wir schon zu viel getrunken hatten«, erklärte Lotte.

Adam lachte bitter, sah sie reihum an. »Mitbekommen habt ihr es, aber es war euch egal.«

»Was willst du damit sagen?«, mischte sich Paul ein.

»Dass es euch allen am Arsch vorbeiging, wie es meiner Freundin geht. Wegen euch!«

»Was, wenn ihr etwas passiert ist?«, fragte Rosi.

Tamara gesellte sich zu ihr, blickte immer wieder zwischen dem Fensterausblick in das Schneegestöber und Adam hin und her. »Sag, dass das nicht wahr ist! Sie ist nicht seit gestern da draußen.«

Rosi folgte ihrem Blick. »Verdammt. Es hat doch die ganze Nacht geschneit. Was ist, wenn sie den Rückweg zum Haus nicht gefunden und sich da draußen verlaufen hat?« Sie starrte Adam an. »Wieso stehst du so seelenruhig da und machst uns dumm an, statt nach ihr zu suchen?«

Adam brach in ein bitteres Lachen auf. »Für was für einen Idioten haltet ihr mich eigentlich? Denkt ihr wirklich, ich hätte letzte Nacht in Ruhe schlafen können, wenn ich wusste, meine Süße irrt durch die Kälte?«

Verblüfft erwiderte Rosi seinen Blick. »Was dann? Red schon! Was ist mit ihr?«

Adam nickte verbissen, zog sein Smartphone hervor und tippte etwas ein, bevor er wieder zu Rosi und den anderen aufblickte. »Na schön, ich sags euch. Ich wollte euch nur vorführen, was ihr mit eurem Scheißverhalten ausgelöst habt. Aber beruhigt euch. Ich bekam eine Nachricht von ihr. Sie ist ins Tal runtergelaufen, hat sich in einem Hotel eingemietet. Ich wollte schon gestern zu ihr, doch sie bestand darauf, dass ich ihr etwas Raum für sich gebe. Sie ist angepisst, versteht ihr? Angepisst wegen euch ...«

»Wieso das?«, fragte Rosi.

»Das fragst du noch? Du fragst ernsthaft, wieso Penelope keinen von euch sehen will? Nicht mal mich.«

Rosi zuckte hilflos mit den Schultern. Auch die anderen blickten sich ratlos an.

Adam nickte verbissen und reichte das Handy an Rosi

weiter. »Lies selbst, oder lies es diesen Knallköpfen gleich vor.«

Rosi nahm das Gerät entgegen, las jedoch Penelopes Nachricht nur selbst:

Mach dir keine Sorgen um mich, okay? Ich bin in dem neuen Hotel, unten im Ort. Hab mir hier ein Zimmer gebucht, um runterzukommen.

Meinen »Freunden« schadet es sicher nicht, wenn sie mal mitbekommen, dass die Art und Weise, mit der sie andere behandeln, nicht für jeden so lustig ist!

Sie reichte Adam das Smartphone zurück. »Tut mir echt leid.«

»Was schreibt sie?«, fragte Killian.

»Sie ist wegen dir und Florian abgehauen, wegen eurer dummen Sprüche, mit denen ihr Adam aufgezogen habt«, antwortete Rosi. »Wahrscheinlich haben sich auch Penelope und Adam gestritten. Denkt ruhig mal darüber nach, was ihr da angerichtet habt.«

»Shit!«, stieß Killian aus, packte Adam am Arm. »Sorry, Kumpel, das war auf keinen Fall meine Absicht. Ich hab nur Spaß gemacht, ohne groß drüber nachzudenken.«

Rosi hob die Brauen, sah Florian auffordernd an. »Und du? Hast du auch nicht nachgedacht, bevor du diesen Mist abgelassen hast?«

»Mir tuts auch leid, verdammt! Aber wer konnte auch ahnen, dass Penelope das alles so in den falschen Hals kriegt. Himmel noch mal, wir waren betrunken. Wir wollten doch keinem zu nahe treten. Das war schlicht dem Alkohol geschuldet.«

Und irgendetwas anderem, was du zu kompensieren versuchst, schoss es Rosi durch den Kopf.

Sie sah Adam an. »Was denkst du? Sollen wir runterfahren und nach Penelope sehen?«

»Ich glaube nicht, dass sie mich sehen will.« Adam senkte den Blick. »So ganz unschuldig daran, dass sie davongelaufen ist, bin ich auch nicht.«

»Euer Streit?«, fragte Rosi nach.

Er nickte und Rosi entdeckte in seinen Augen Tränen.

»Ich hab sie bedrängt, ihr Druck gemacht, was uns beide angeht, verstehst du?«

Rosi räusperte sich. »Dann willst du abwarten, bis sie von selbst zurückkommt?«

Adam nickte. »Wird wohl das Beste sein.«

Auf dem Weg nach oben ging Rosi die Reaktion ihrer Freundin nicht aus dem Kopf. Sie setzte sich auf einen der herumstehenden Sessel in der Nische vor ihrem Zimmer, tippte eine Nachricht an Penelope, drückte auf Senden.

Anschließend wartete sie eine Weile. Doch nichts geschah. Wahrscheinlich hatte Penelope ihr Handy ausgeschaltet, was sie ihr nicht verübeln konnte.

Sie erhob sich, ging in ihr Zimmer. Killian stand dort in Thermounterwäsche und starrte gedankenverloren aus dem Fenster. »Was ist los?«, fragte sie verblüfft. »Ich dachte, du bist längst fertig und bereit für die Piste.«

Er wirbelte herum, grinste schief, so wie er es immer tat, wenn ihm etwas im Kopf herumspukte. Etwas, das ihm zu schaffen machte.

Schnell eilte sie auf ihn zu, nahm ihn in die Arme, legte ihren Kopf an seine Brust. Doch anders als sonst zog er sie nicht noch enger an sich, sondern stand einfach nur da.

»Alles in Ordnung?«, fragte sie irritiert.

Er ging nicht mal auf ihre Frage ein, löste sich von ihr,

sah sie ernst an. »Ich muss kurz runter. Ich will zu Anna, mit ihr wegen des Wetters reden.«

Rosi schluckte. »Ist vielleicht wirklich keine schlechte Idee. Sie ist eine Einheimische. Wenn jemand die Gefahr einer Lawine realistisch beurteilen kann, dann sie.«

Killian nickte, machte sich auf den Weg zur Tür.

»Willst du so gehen?«, fragte sie ihn schmunzelnd.

Er sah an sich hinab, zuckte mit den Schultern. »Ich schätze, sie wird es überleben.«

Allein im Zimmer, setzte Rosi sich aufs Bett, atmete tief durch. Machte sich Killian wirklich nur Sorgen wegen des Schneefalls? Oder ging ihm die Sache mit Adam und Penelope doch näher, als er zugeben wollte?

Sie schüttelte den Kopf, zwang sich, an etwas anderes zu denken.

Die Männer wollten raus auf die Piste und sie sollte sich mit den Mädels einen Wellnesstag gönnen. Am besten würde sie gleich Lotte und den anderen Bescheid sagen und Anna bitten, die Sauna und den Pool aufzuheizen. Das tat sie, sagte erst Lotte, dann Lexi Bescheid.

Als sie bei Tamara klopfte, öffnete Florian und musterte sie erstaunt. »Was machst du hier?«

»Sagst du kurz Tammi Bescheid?«, bat sie und versuchte, an ihm vorbei ins Zimmer zu lugen.

»Ich versteh nicht.« Er runzelte die Stirn. »Sie wollte doch zu dir. Sie ist schon vor Minuten weg.«

»Oh.« Rosi sah Florian nachdenklich an. »Bei mir war sie nicht. Aber vielleicht hab ich sie nicht klopfen gehört. Wir müssen uns verpasst haben. Kannst du ihr was ausrichten, wenn zurückkommt?«

»Ja sicher.«

»Sag ihr, wir Mädels treffen uns nachher im Spa. Sie soll doch einfach dazukommen. Es sei denn, sie will mit euch zusammen Ski laufen.«

Florians Blick verdunkelte sich für den Bruchteil einer Sekunde. Dann grinste er.

Sie war sich nicht sicher, ob sie sich die Düsternis in seinen Augen nur eingebildet hatte.

Im Erdgeschoss angekommen, suchte Rosi zunächst in der Küche nach Anna. Doch dort war sie nicht. Dann erinnerte sie sich daran, dass ein Teil des Wellnessbereiches im Keller des Haupthauses war, während das große beheizte Hallenbad in einem der Nebengebäude lag.

Sie nahm die Treppe nach unten, hielt inne, als sie Getuschel vernahm. Zuerst konnte sie die Stimmen nicht zuordnen, doch dann wurden sie lauter. Sie erkannte Killians Stimme, schließlich die ihrer Freundin.

Tammi …?

Sie wollte schon nach der Freundin rufen, als ihr bewusst wurde, was an dem Szenario nicht stimmte. Angeblich suchte Tammi doch nach ihr. Das jedenfalls hatte sie Florian gegenüber behauptet.

Was machte Tamara dann hier unten?

Und was war mit Killian? Hatte er nicht gerade eben behauptet, Anna suchen zu wollen, um sie wegen des Wetters zu befragen?

Sie hörte ein Schluchzen. Es kam von Tammi. Ihre Freundin weinte und Killis Stimme war aufgebracht.

Was ging hier vor?

Sie schlich näher, blieb stehen, als sie ihren Zukünftigen leise fluchen hörte.

»Aber du warst nicht dabei«, stammelte Tammi zwischen ihren Schluchzern. »Er ist irgendwie anders als sonst, fast aggressiv. Irgendwas ahnt er und ist total sauer auf mich.«

»Das kann nicht sein!«, ertönte Killis Stimme. Er klang beschwörend, so, als wollte er Tamara beruhigen. »Überleg doch mal, Tammi, woher soll er es wissen?«

Rosi zuckte zurück, als vor ihrem inneren Auge plötzlich ein Film ablief. Tammi, eine ihrer besten Freundinnen, und Killian, der Mann, den sie in Kürze heiraten wollte?

Die beiden?

Sie schnappte nach Luft. War das möglich?

Entsetzt wirbelte sie herum, wollte nur fliehen. Stattdessen prallte sie mit Florian zusammen, der sie durchdringend anstarrte.

Er grinste böse. »Und? Hast du es jetzt auch gerafft?«, zischte der Mann ihrer Freundin in ihr Ohr.

Unfähig, einen Ton zu sagen, wies sie in Richtung der Stimmen.

Florian nickte weiter mit diesem bösen Grinsen auf dem Gesicht. »Verstehst du es jetzt?«

DREIZEHN
MÜNCHEN

30. DEZEMBER 2022

VIVIANE

Viviane schlug die Akte vor sich zu, als ihr Kollege Kai ihr Büro betrat und sich auf dem Besucherstuhl ihr gegenüber niederließ. »Und, hast du was Neues?«

Kai schüttelte frustriert den Kopf. »Das Handy des Opfers ist nach wie vor verschwunden und ausgeschaltet, was eine Ortung unmöglich macht.«

»Was ist mit dem letzten Sendesignal?«

»München-Stadtmitte ... Irgendeine Kneipe. Wir waren vor Ort, haben mit den Kellnern und den Barkeepern gesprochen. Niemand erinnert sich an Noah.«

»Gibt es dort Kameras?«

»In der Kneipe selbst gibt es nur eine im Kassenbereich hinter der Theke. Was die umliegenden Geschäfte angeht, ist noch ein Zweierteam vor Ort.«

»Dann sind wir für den Augenblick durch und können nichts mehr tun?«

Kai hob die Schultern. »Wir haben alle Personen, die mit unserem Toten in irgendeiner Weise zu tun hatten, befragt. Niemand weiß etwas darüber, dass er Streit mit jemandem hatte oder in Schwierigkeiten steckte.«

»Was ist mit den Alibis seiner Freunde und Kollegen?«

»Alle überprüft, ohne Ergebnis.«

»Haben die Techniker sich schon gemeldet?«

»Das war unsere letzte Hoffnung«, antwortete Viviane. »Sein Laptop ist sauber.«

»Seine Konten?«

Viviane schlug seufzend auf das Aktenmäppchen. »Nichts! Es gibt keine Ungereimtheiten. Nichts, was zum Beispiel auf eine Verbindung zur Drogenszene oder zum Milieu hindeutet.«

»Das heißt, wir stecken fest.«

Viviane seufzte. »Sieht so aus.«

»Demnach haben wir einen Toten, von dem wir nur wissen, um wen es sich handelt. Doch das war es auch schon.«

»Nicht ganz«, sagte Viviane. »Was hältst du von seinem Vater?«

Kai riss die Augen auf. »Du verdächtigst doch wohl nicht diesen grantigen alten Sack?«

»Wohl kaum«, stieß sie aus. »Aber es war schwer zu übersehen, dass er für seinen Jungen nicht allzu viel übrig hatte. Selbst mit dem Wissen, dass er nicht mehr lebt, zeigte er kaum Anzeichen von Trauer, ganz im Gegensatz zur Mutter des Toten.«

Kai verzog das Gesicht. »Ich denke, dass man es dem Vater einfach nur nicht so extrem angemerkt hat, dass er um seinen Sohn trauert. Die ältere Generation hat in dieser Hinsicht ein wirklich verschrobenes Denken. Männer sind oft der Ansicht, es lasse sie schwach wirken, wenn sie weinen, was ihnen wiederum von ihren Vätern eingetrichtert wurde.«

»Das ist mir durchaus bewusst«, antwortete Viviane. »Ich finde es nur wirklich bedauerlich, dass Vater und Sohn einander nicht nahe waren. Wäre es anders gewesen, hätte Noah sich seinem Vater gegenüber vielleicht geäußert, falls er Sorgen oder Probleme hatte.«

»Dann hast du die Mutter ausgequetscht und sie wusste auch nichts?«

»Nur dass Noah wegen des grantigen Vaters nicht gerne nach Hause kam. Wenn er mal zu Besuch war, stritten Vater und Sohn die ganze Zeit über, was Noah dann wiederum veranlasste, sich danach Ewigkeiten nicht mehr blicken zu lassen. Mir tut die Frau wirklich leid … Erst bekommt sie ihr Kind kaum zu Gesicht, dann erfährt sie, dass es ermordet wurde. Ich will einfach, dass wir das Monster, das ihr das Kind genommen hat, so schnell wie möglich hinter Gitter bringen.«

»Irgendwann kriegen wir ihn …«

»Woher willst du wissen, dass es ein ER war?«

»Weil ich einer Frau weder eine solch grausame Vorgehensweise noch die nötige Kraft zutraue, um so ein Verbrechen zu begehen.«

Viviane musterte Kai nachdenklich. »Nur weil man bei der gerichtsmedizinischen Untersuchung des Leichnams keinen Hinweis mehr gefunden hat, dass Noah vor seinem Tod betäubt wurde, heißt das noch lange nichts. Es gibt Drogen, die sich schwer oder überhaupt nicht nachweisen lassen. Lass uns das bei den weiteren Ermittlungen berücksichtigen.«,

»Und was sollen wir jetzt machen? Den Irren da draußen einfach fröhlich weiterleben lassen?«

»Irgendwann macht er oder sie einen Fehler und dann werden wir zur Stelle sein und unseren Job machen.«

Kai legte den Kopf schräg, musterte sie. »Irgendwas hältst du doch zurück, ich kenn dich.«

Viviane winkte ab. »Was unseren Fall angeht, weiß ich nicht mehr als du. Aber inzwischen ist etwas passiert. Die Kollegen in Rosenheim haben sich gemeldet. Dort hat man vergangene Nacht die Leichen eines brutal ermordeten Pärchens gefunden.«

Kai starrte sie mit weit aufgerissenen Augen an. »Gibt es Verbindungen zu unserem Fall?«

»Nicht hinsichtlich der Tötungsart. Beide Opfer haben noch ihren Kopf auf den Schultern. Das ist aber das Einzige, was nur im Entferntesten positiv daran ist.«

»Und wieso denkst du, es gäbe eine Verbindung? Das tust du doch, oder irre ich mich?«

Viviane blies die Wangen auf, stieß dann die Luft aus. »Die Grausamkeit, mit der der Täter in Rosenheim vorging, lässt mich tatsächlich glauben, dass es einen Zusammenhang geben könnte.«

Abwartend blickte Kai sie an. »Demnach hast du schon Einzelheiten?«

»Ja!« Sie räusperte sich. »Die beiden wurden hingerichtet, Kai, nicht nur einfach ermordet. Angesichts der schweren Verletzungen und der Art der Wunden gehen die Kollegen davon aus, dass der Mann mit einer Axt niedergemetzelt wurde.«

»Und die Frau?«

»Musste zusehen«, antwortete Viviane und schluckte, als sich ihr die dazu passenden Bilder aufdrängten. »Sie war auf einem Stuhl sitzend festgebunden, mit Blick auf den Zerstückelten.«

»Dann ist sie am Leben?«

Viviane verneinte stumm. »Ihr wurde eine Plastiktüte über den Kopf gestülpt und mit Klebeband fixiert.«

»Scheiße«, stieß Kai aus. »Aber wie kommen die Kollegen aus Rosenheim darauf, sich mit uns in Verbindung zu setzen?«

»Dazu muss ich etwas ausholen. Kennst du die Story von den Morden aus der Gegend um Elendskirchen? Das war damals in aller Munde. Das Ganze liegt allerdings bereits über zwanzig Jahre zurück …«

Kai schüttelte stumm den Kopf.

»Damals wurde eine ganze Familie kaltblütig abgeschlachtet. Der Vater und seine neue Ehefrau im Bett mit einer Spitzhacke erschlagen. Von den drei Kindern kamen in jener Nacht ebenfalls zwei ums Leben – ein erwachsener

Sohn und ein Kleinkind. Auch sie wurden mit einer Spitzhacke niedergemetzelt. Die älteste Tochter der Familie war damals fünfzehn. Sie überlebte schwer verletzt.«

»Wie hat sie das geschafft?«

»Mit einem Messer, das sie auf ihrer Flucht vor dem Täter durchs Haus aus dem Messerblock in der Küche genommen hatte. Sie stieß es ihm mehrfach in den Rücken und in den Hals, während er auf ihr lag, um sie zu vergewaltigen.«

Kai sah vollkommen schockiert aus. »Davon höre ich jetzt zum ersten Mal«, erklärte er. »Demnach hat die damals fünfzehnjährige Tochter den Mörder ihrer Familie in der Mordnacht ausgeschaltet?«

»Ganz genau«, gab Viviane zurück. »Er war bereits tot, als die Polizei vor Ort eintraf. Die überlebende Tochter hatte die Gräueltaten an ihrer Familie nicht nur mitbekommen, sie hat den Täter auch umgebracht.«

»Und in welcher Verbindung steht das zu der heutigen Tat?«

»Das weibliche Opfer aus Rosenheim, die Frau, die zusehen musste, wie ihr Lebensgefährte vor ihren Augen abgeschlachtet wurde, ist dieses Mädchen von damals. Die einzige Überlebende des Gemetzels von Elendskirchen, verstehst du? Aber das ist noch nicht alles. Noah, unser kopfloses Opfer, stammt auch aus der Gegend. Er wurde bei dem Familienmassaker als einer von unzähligen Zeugen befragt, weil er wohl den Täter gekannt hat.«

VIERZEHN
LODGE

Anna

Im Hallenbad roch es durchdringend nach Chlor und Putzmitteln. Zu streng und unangenehm für die Gäste. Anna nahm noch weitere Gläser mit Duftstäben aus dem Schrank im Putzraum, um sie im gesamten Anbau zu verteilen. Danach überprüfte sie die Wassertemperatur.

Eilige Schritte kamen näher.

Anna wirbelte herum, sah eine zierliche Brünette auf sich zukommen.

Rosi.

Vor ihrer Ankunft hatten sie einige Male telefoniert, und seit sie hier war, hatte sich Annas Eindruck von der Frau vertieft. Rosi war eine Frau, die auf den ersten Blick Unsicherheit und Ängstlichkeit, ja sogar eine tief sitzende Traurigkeit ausstrahlte, doch heute spürte Anna, dass da noch mehr war.

Die Art und Weise, in der Rosi auf sie zugeeilt kam, ihr düsterer, verkniffener Blick – diese Frau war wütend, und sie wirkte wie jemand, der kurz davorstand, zu explodieren. War jemand, vor dem sich Anna lieber in Acht nahm, noch mehr als vor den anderen.

»Anna, ich habe Sie gesucht«, flötete sie, doch selbst ihre Stimme zitterte vor unterschwelliger Aggression. Auch ihr aufgesetztes Lächeln misslang, ließ ihr Gesicht wie eine verzerrte Fratze aussehen. »Meine Freundinnen und ich planen heute einen Wellnesstag, daher wollte ich Sie bitten, alles startklar zu machen.«

»Bin gerade dabei«, gab Anna möglichst ruhig und freundlich zurück. »Whirlpool und Sauna sind aufgeheizt. Bademäntel habe ich in die Umkleide gelegt. Das Hallenbad ist ebenfalls fertig, ich wollte nur noch dafür sorgen, dass es nicht so extrem nach Chlor riecht, daher habe ich weitere Duftstäbchen aufgestellt.«

Rosi nickte, legte dann den Kopf schräg. »Hat mein Verlobter schon mit Ihnen gesprochen?«

Anna runzelte irritiert die Stirn. »Ich hab ihn nach dem Frühstück nicht wieder gesehen.«

Rosi presste für eine Sekunde ihre Lippen zu einem Strich zusammen, schnaubte. »Er wollte wegen des Wetters und einer möglichen Lawinengefahr mit Ihnen reden. Was denken Sie, ist es okay, wenn die Männer heute noch ein wenig Ski laufen?«

Anna schüttelte den Kopf. »Ich rate dringend davon ab. Wir haben noch immer Warnstufe gelb. Allerdings hab ich vorhin mitbekommen, dass zwei ihrer Freunde darüber gesprochen haben, dass sie es dennoch versuchen wollen. Ich schlage vor, die Piste in der Nähe des Hauses zu nehmen, auch wenn sie deutlich weniger anspruchsvoll ist. Dafür ist an dieser Stelle kaum etwas los, weil die meisten Touristen die Hauptpiste im Nachbarort bevorzugen.«

Für den Bruchteil einer Sekunde starrten sie einander einfach nur an, dann machte Rosi auf dem Absatz kehrt, eilte aus dem Anbau.

Anna fühlte sich augenblicklich erleichtert, jetzt, wo sie wieder alleine hier war.

Nicht dass sie sich vor Rosi gefürchtet hätte … aber an dieser Frau war etwas, das ihr unheimlich war. Sie schien gegen so viele unterdrückte Gefühle in ihrem Innern anzukämpfen, dass Anna lieber nicht dabei sein wollte, wenn diese irgendwann an die Oberfläche brachen.

Als sie mit ihrer Arbeit fertig war, sah sie sich ein letztes Mal um, nickte zufrieden.

Der mit unzähligen Palmen in mediterranem Stil dekorierte Anbau wirkte jetzt wie ein römisches Bad. Ein Ort aus längst vergangener Zeit, zu dem man kam, um inneren Frieden und Erholung zu finden.

Hoffentlich würde das auch den Fremden gelingen, die all ihre Probleme mit an diesen zauberhaften Ort gebracht hatten. Fast hatte sie das Gefühl, sie müsse den Ort vor den Fremden schützen.

Sie begab sich nach draußen, ging am Holzspeicher vorbei, nahm den bereits gefüllten Korb, schleppte ihn ächzend zur Haustür.

Durch den in dicken Flocken vom Himmel fallenden Schnee bemerkte sie Adam erst, als er direkt vor ihr stand und an dem Weidekorb riss. »Der ist doch viel zu schwer für Sie. Lassen Sie mich Ihnen helfen.«

Er packte den Korb, blieb an der Tür stehen, damit sie ihm diese öffnen konnte, schleppte ihn ins Wohnzimmer, wo er ihn vor dem Kamin abstellte. Lächelnd sah er zu Anna auf. »In diesem Haus befinden sich außer mir noch drei Männer. Sie müssen also wirklich nicht das schwere Zeig hereinholen. Das übernehmen wir ab sofort.«

Anna spürte, wie sie rot anlief, nickte schließlich. »Ich danke Ihnen«, brachte sie mit Mühe hervor und verfluchte sich innerlich dafür, dass dieser Fremde eine solche Wirkung auf sie hatte.

»Lassen Sie mich Ihnen als Dankeschön einen Punsch aufwärmen, ja?«

Adam grinste. »Ich glaube, ich sollte das mit dem Alkohol lassen, bis ich vom Skilaufen zurück bin, finden Sie nicht auch?«

»Sie wollen tatsächlich nach draußen?«, fragte Anna erschrocken.

»Na ja, die anderen Männer sind fest entschlossen, und ich vermute mal, dass die Mädels unter sich sein wollen: Sie fühlen sich bestimmt unwohl, wenn ich mich zu ihnen geselle.«

Anna sah ihn an, verzog das Gesicht. »Ich hab mitbekommen, dass Ihre Freundin heute nicht beim Frühstück war … Ist mit ihr alles in Ordnung?«

Augenblicklich verschwand das unbeschwerte Lächeln auf Adams Gesicht. Er wirkte traurig, nickte schwer. »Sie haben das Theater gestern Abend ja sicher mitbekommen.« Er brach ab, schien nach Worten zu suchen. »Penelope ist abgehauen, hat mich mit ihren idiotischen Freunden allein gelassen und sich im Hotel im Tal unten abgesetzt. Keine Ahnung, was genau das für uns bedeutet.«

Anna schluckte angestrengt. »Das tut mir wirklich sehr leid für Sie. Ich hoffe, alles kommt wieder in Ordnung.«

Adam räusperte sich. »Ich glaube, ich nehme jetzt doch einen Punsch.«

Als sie wenige Minuten später zu zweit am Küchentisch saßen, Adam einen Punsch vor sich auf dem Tisch, sie selbst eine Tasse starken Kräutertee, hatte sie das Gefühl, ihn so gut zu kennen, als wäre er ein Mitglied ihrer Familie.

Freizügig hatte er über sich und seine Vergangenheit gesprochen, über seine Beziehung zu dieser deutlich älteren Frau, dass sie sich mit ihm auf merkwürdige Weise verbunden fühlte. Adam war der Einzige, den sie von all diesen Fremden in der Lodge wirklich ins Herz geschlossen hatte, was nicht nur daran lag, dass er in ihrem Alter und extrem attraktiv war.

Als Einziger schien er sich nicht für etwas Besseres zu halten und behandelte sie wie eine Freundin, nicht wie eine Dienstmagd.

Es tat ihr leid, dass er Streit mit seiner Freundin hatte, für die er ganz offensichtlich starke Gefühle hegte, während er ihr nicht wichtig genug zu sein schien, um mehr in ihm zu sehen. Doch vielleicht war es am Ende ja besser so …

Für Adam.

Er hatte etwas Besseres verdient.

Natürlich nicht sie … aber ein Mädchen, das in seinem Alter war und ihn zu schätzen wusste.

Seine Stimme drang in ihr Bewusstsein und sie errötete, als ihr klar wurde, dass er eine Antwort zu erwarten schien.

»Sorry, ich war in Gedanken gerade bei meiner Mutter«, entschuldigte sie sich.

»Mich interessiert nur, wieso eine junge Frau wie Sie es vorzieht, über die Feiertage bei uns Fremden zu sein, anstatt es mit Freunden krachen zu lassen.«

Anna schluckte, hielt nur mühsam ihre Tränen zurück. »Ich hab nicht so viele Freunde«, brachte sie schließlich hervor. »Um ehrlich zu sein, ist da nur eine Freundin, und die ist gerade nicht da. Wir beide kennen uns schon unser ganzes Leben und sie ist wirklich ein toller Mensch.«

Adam hob die Schultern. »Sie haben ja auch vollkommen recht. Was nützen einem viele Freunde, wenn man sich am Ende auf keinen von ihnen verlassen kann? Am Ende braucht es doch nur einen Menschen: Den Richtigen.«

Anna sah ihn an, nickte. Sie sah das genauso, vor allem jetzt, da sie sich unter Menschen befand, angeblich langjährigen Freunden, die ganz offensichtlich alles andere als freundschaftliche Gefühle füreinander empfanden.

Kurz erwog Anna, Adam von ihrer Mutter zu erzählen, doch dann schob sie den Gedanken beiseite. Was würde er von ihr denken, wenn er wüsste, dass sie nur aus Angst vor ihrer eigenen Schwäche die Tage lieber hier verbrachte als ihren Vater zu unterstützen? Zudem hatte er eben nicht nachgefragt, als sie ihre Mutter erwähnt hatte. Besser, sie beließ es dabei.

Laute Stimmen durchbrachen ihre Gedanken. Sie sah Adam an, der genauso irritiert wirkte wie sie. Dann ertönte eine Art Klatschen, unmittelbar danach wütendes Geheul.

»Das kommt aus dem Wohnzimmer«, sagte sie alarmiert.

»Scheiße«, stieß Adam nickend aus. »Hört sich an wie eine Schlägerei.« Er sprang von seinem Stuhl auf, lief nach nebenan. Sie blieb sitzen, hörte kurz darauf seine Stimme. Es schien, als versuchte er, beruhigend auf jemanden einzureden.

Alles in Anna schrie danach, ebenfalls aufzustehen und nachzusehen, doch sie wollte nicht indiskret erscheinen, den Gästen ihre Privatsphäre lassen.

Stattdessen stand sie auf, nahm Adams und ihre Tasse, wusch beide ab, säuberte anschließend die Tischplatte.

Sie war fast fertig, als eine Frau in den Raum trat. Sie hatte vom Weinen verquollene Augen, hielt sich die feuerrote Wange. Von ihrer Unterlippe tropfte Blut auf ihr Kinn.

Anna erstarrte, wusste nicht, was sie sagen sollte.

Schließlich ging sie zur Spüle, öffnete den Unterschrank, nahm einen Gefrierbeutel zur Hand, ließ anschließend einige Eiswürfel aus dem Spender am Kühlschrank, wickelte alles in ein sauberes Geschirrtuch.

Sie reichte alles der Frau, an deren Namen sie sich dann auch erinnerte. »Tamara, richtig?«

Die Verletzte nickte, presste sich den Beutel mit dem Eis gegen die blutende Lippe.

»Kann ich sonst noch etwas für Sie tun?«, fragte Anna, fühlte sich beklommen und merkwürdig fehl am Platz.

Tamara verneinte stumm, schluchzte leise vor sich hin. Dann plötzlich zuckte ihr Kopf hoch. Tamara starrte sie aus weit aufgerissenen Augen an. »Für mich ist es längst zu spät, wie man unschwer erkennen kann. Aber vielleicht tun Sie sich selbst einen Gefallen und verschwinden von hier, bevor es auch für Sie zu spät ist …!«

FÜNFZEHN
LODGE

Lotte

»Sorry«, rief Lotte erschrocken, als sie auf dem Weg ins Wohnzimmer beinahe mit Anna kollidierte. Doch nach einem Blick auf die junge Frau stutzte sie. Anna, die ihr stets gleichbleibend freundlich und ausgeglichen begegnet war, schien erschüttert zu sein.

»Stimmt was nicht?«, fragte sie besorgt.

Anna schien zu zögern, wich ihrem Blick aus.

»Ich weiß nicht, ob es mir zusteht, darüber zu sprechen.«

Lotte trat auf sie zu, sah sie ernst an. »Worüber zu sprechen?«

Anna räusperte sich betreten. »Sie sollten in die Küche gehen und Ihre Freundin Tamara selbst fragen.«

»Danke.« Lotte nickte ihr zu und eilte in die Küche, wo sie ihre Freundin vollkommen aufgelöst auf einem der Stühle sitzend vorfand. Sie schluchzte leise vor sich hin.

»Hey, Tammi, was ist los?«, fragte sie und zuckte zurück, als diese sich ihr zuwandte. Ihre Freundin hatte eine geschwollene Lippe.

»Wie ist das denn passiert?«, brachte sie hervor, sah Tamara an, spürte, wie sich ihr Magen verkrampfte.

Anscheinend ahnte ihr Bauch bereits, was genau geschehen war.

»Er hat mich geschlagen«, sagte Tammi schließlich leise. »Zuerst war ich so wütend deswegen, dass ich es ihm am liebsten heimgezahlt und ihm richtig wehgetan hätte. Aber dann ist mir klar geworden, dass es meine Schuld ist, dass er so ausgerastet ist.«

»Was redest du da?« Lotte schüttelte fassungslos den Kopf, trat näher zu Tammi, nahm sie in die Arme. »Das darfst du nicht sagen«, flüsterte sie. »Noch nicht einmal denken, hörst du.« Sie ließ Tammi los, sah ihr ins Gesicht. »Kein Mann sollte sich an seiner Frau vergreifen, ganz egal wie wütend sie ihn gemacht hat.«

Tammi blinzelte heftig. »Ich hab ihn betrogen, verstehst du? Deswegen ist er so aggressiv und geht auf alles und jeden los. Dabei geht es nur gegen mich, alles ...«

Lotte starrte die Freundin sprachlos an. »Du hast eine Affäre am Laufen?«

Tamara grunzte böse. »Natürlich hab ich keine Affäre. Ich meinte damit, dass ich Flori betrogen habe, indem ich ein paar Mal außer Haus gevögelt habe. Es war nie was Ernstes. Mit keinem der Typen hab ich mich öfter als einmal getroffen.«

»Es gab mehrere?« Lotte schaffte es kaum, ihren Mund zuzuklappen.

»Insgesamt waren es vier Typen, also ja.«

»Dann hast du es ihm gebeichtet?«

Tammi verneinte stumm.

»Aber woher weiß er es dann? Hat er dich erwischt?«

»Nein, hat er nicht. Außerdem ist das alles schon ewig her. Ich dachte wirklich, es wäre vorbei, er würde es niemals erfahren, doch dann ...«

»Was ist passiert? Wer hat es ihm verraten?«

Tammi senkte den Blick, atmete schwer.

»Niemand. Er hat es durch eine Routineuntersuchung beim Urologen herausgefunden ...« Tammi sah Lotte an, hob abwehrend die Hände, weil sie ihr wohl anmerkte, dass sie kurz davorstand, eine sehr private Frage zu stellen.

»Nein, ich habe meinem Ehemann keinen Tripper oder Ähnliches angehängt. Es gibt einen anderen Grund, weshalb er es herausfand.« Sie brach ab, sog die Luft scharf ein, als müsste sie all ihre Kräfte bündeln, um weitersprechen zu können. Schließlich sah sie sie aus tränennassen Augen an. »Es stellte sich heraus, dass er zeugungsunfähig ist, wenn du verstehst, worauf ich hinauswill …«

Lotte stieß einen schockierten Zischlaut aus, ließ sich dann neben Tammi auf einen der Stühle sinken.

Eine Weile schwiegen sie, dann war es Tammi, die die Stille brach. »Jetzt hältst du mich auch für ein Miststück, nicht wahr?«

Lotte riss erschrocken den Kopf zu Tammi herum, verneinte heftig. »Das würde ich niemals denken, schließlich sind wir Freundinnen.« Sie brach ab, überlegte sich ihre nächsten Worte genau. »Er wusste es bislang nicht?«

»Genauso wenig wie ich.«

»Dann konntest du ja nicht ahnen, dass eure Tochter nicht von ihm ist.«

»Was den Betrug nicht besser macht.«

»Das stimmt natürlich. Dennoch hast du ihn nicht bewusst getäuscht, ihm die Kleine nicht absichtlich als sein Kind untergeschoben. Du dachtest schließlich, es sei seins, oder nicht?«

Tammi sah zu Boden, schluckte angestrengt. »Um ehrlich zu sein, hab ich es wohl von Anfang an geahnt. Unbewusst, verstehst du? Flori war seit Ivys Geburt so ein liebevoller Vater. Es hätte mich glücklich machen sollen, wie zufrieden er aussah, wenn er bei ihr war. Doch es fühlte sich die ganze Zeit über falsch an. Zuerst redete ich mir noch ein, es läge daran, dass ich eigentlich nie Kinder wollte, doch dann wurde mir klar, dass ich Angst hatte. Angst davor, dass sich irgendwann rausstellt, dass Ivy nicht seine Tochter ist.«

»Dann resultierte deine postnatale Depression aus dieser Angst heraus?«

»Unter anderem. Ich wollte nie Mutter werden, daran hat sich nichts geändert. Doch ich hätte unter anderen Umständen vielleicht damit zu leben gelernt, wäre vielleicht sogar glücklich gewesen.«

Lotte klappte den Mund auf, schloss ihn gleich wieder.

Tammi neben ihr lachte bitter. »Es ist noch genau wie früher … Ich kann in deinem Gesicht lesen. Hast du das vergessen?«

Lotte spürte, dass sie errötete.

»Du fragst dich, wieso ich nicht verhütet habe, nicht wahr?«

Lotte schluckte, blieb Tammi jedoch eine Antwort schuldig.

»Ich hab natürlich die Pille genommen, keine Ahnung, warum ich trotzdem schwanger geworden bin. Ich hatte damals oft Magen-Darm Probleme, vielleicht habe ich mich erbrochen oder hatte Durchfall, was die Wirkung herabgesetzt hat. Ist ja eigentlich auch egal …«

»Hast du über einen Abbruch nachgedacht?«

»Ich hatte schon einen Termin dafür, aber wie du weißt, kam mir Flori dazwischen. Er wollte dieses Kind unbedingt und ich dachte damals nicht im Traum daran, dass es von einem meiner Ausrutscher sein könnte. Dass die Gefahr bestand, wurde mir erst klar, als die Schwangerschaft fortschritt.«

»So eine Scheiße«, entfuhr es Lotte.

»Du sagst es«, kommentierte Tammi ihren Fluch. »Das Schlimme ist, er weiß es schon seit ein paar Wochen, hat seine Wut aber die ganze Zeit in sich reingefressen, weshalb er erst jetzt explodiert ist. Hier, vor all unseren Freunden.«

»Zumindest liegen die Karten jetzt offen, sodass ihr drüber reden könnt. Wie steht er seither zu eurer Tochter? Wenn er es schon länger weiß, ist dir vielleicht aufgefallen, dass er anders zu der Kleinen ist?«

Tammi schüttelte den Kopf. »Er vergöttert sie nach wie vor, verhält sich nur mir gegenüber abweisend und aggressiv.«

»Das ist schon mal ein gutes Zeichen, so blöd es sich anhören mag. Seine Gefühle für das Kind sind noch dieselben, der Rest wird sich finden. Gib ihm einfach ein wenig Zeit, sich zu beruhigen, dann redet ihr miteinander. Wenn er dich wirklich noch von Herzen liebt, dann wird er es dir verzeihen.«

»Ich weiß nicht recht«, stammelte Tammi mit brüchiger Stimme. »Wenn er mich ansieht, dann hab ich das Gefühl, dass er mir am liebsten den Hals umdrehen würde.«

»Das er sich kaum im Griff hat und nicht mehr er selbst ist, das ist mir gleich aufgefallen«, erwiderte Lotte. »Vielleicht wäre es für euch beide besser gewesen, nicht herzukommen … Rosi und Killi hätten das ganz sicher verstanden.«

Tammi stieß ein Lachen aus, das nichts Freundliches an sich hatte. »Natürlich hab ich versucht, eine Katastrophe von unseren Freunden abzuwenden, indem ich Flori angebettelt habe, dass er mir sagt, was mit ihm los ist. Ich hab ihm auch vorgeschlagen, dass wir zu Hause bleiben. Aber obwohl er so zornig war, bestand er darauf, dass wir die Einladung annehmen. Erst jetzt ergibt das auch einen Sinn für mich.«

»Ach ja?« Lotte sah Tammi überrascht an.

Die nickte verzweifelt.

»Ich wusste bis heute ja überhaupt nicht, dass er zeugungsunfähig ist, dachte, er sei sauer auf mich, weil ich gegenüber unserer Tochter nicht so aufopfernd und glücklich bin wie er.«

»Und was glaubst du, wieso er unbedingt trotzdem hier sein wollte?«

Tammis Gesicht verdüsterte sich. »Wegen Killi«, stieß sie mit bebender Stimme aus. »Ich glaube, Flori denkt, dass er der Vater meiner Tochter ist.«

SECHZEHN
LODGE

Tamara

Lotte starrte Tamara entsetzt an. »Du meinst unseren Killi? Rosis Killian?«

Tammi schluckte, sah die Freundin düster an.

»Scheiße, verdammt!«, stieß Lotte aus. »Wie kommt er denn auf die Idee?«

Tammi senkte den Blick, atmete schwer.

»Halt … du hast doch wohl nicht … ist Killi etwa …?«

Tammi riss den Kopf hoch, starrte Lotte böse an. »Spinnst du? Natürlich hatte ich nichts mit dem Lebensgefährten meiner Freundin. Killi und ich sind genauso befreundet wie du und er. Da läuft und lief nie etwas zwischen uns.«

»Und wie kommt Florian dann auf so etwas?«

»Ich habe keine Ahnung.«

»Hast du dich vielleicht mit Killi getroffen? Allein? Hast du deinem Ehemann vielleicht unbewusst Anlass zum Zweifeln gegeben?«

Tammi sah Lotte an. »Ich kenne Killian schon mein ganzes Leben. Du weißt doch, dass er und ich schon als kleine Kinder enge Freunde waren. Wir konnten immer über alles reden, waren uns so nah, wie Bruder und Schwester. Als Flori und ich dann zusammenkamen, hatte er anfangs Probleme mit meiner Freundschaft zu Killian. Er dachte wohl, dass wir ein Paar gewesen waren. Es hat eine Weile gedauert, bis er begriffen hat, was für eine Art von Freundschaft Killian und mich in Wahrheit verbindet. Aber das liegt lange zurück. Ich dachte wirklich, dass er diese Wahnvorstellung, was Killi und mich betrifft, ein für alle Mal überwunden hat.«

»Du hast meine konkrete Frage nicht beantwortet. Hast du dich allein mit Killian getroffen? Ohne Florian?«

Tammi nickte. »Natürlich habe ich das … Er lebt in Stuttgart, ich bekomme ihn kaum zu Gesicht, und hin und wieder treffen wir uns zum Quatschen, vertrauen einander Dinge an, die uns belasten.«

»Und wie kam es dazu, dass du andere Männer getroffen hast? Hatten Flori und du eine Krise? War das vielleicht der Grund dafür, dass du überhaupt fremdgegangen bist?«

»Ja, schon. Aber das war, bevor ich schwanger wurde. Damals sah es eine Zeit lang wirklich beschissen aus zwischen uns. Flori war rund um die Uhr mit seinem Job beschäftigt, abends dann mit Kollegen unterwegs, hatte kaum noch Energie für mich übrig. An den Wochenenden lagen wir nur zur Hause auf dem Sofa rum, glotzten fern, unternahmen kaum noch etwas zusammen. Wir waren wie das typische Klischee eines verheirateten Paares.«

»Aber ich habt euch doch mal geliebt?«, warf Tamara ein.

»Natürlich, sehr sogar. Bis zur Hochzeit war zwischen uns alles super und danach ging es langsam, aber sicher in die Phase, in der die Begeisterung für die Ehe allmählich abflaute. Es wurde alles zur Gewohnheit. Wir hatten alles, liebten uns und unser Leben.«

»Aber …?«

»So richtig glücklich bin zumindest ich nicht gewesen.

Mir fehlten die Funken von früher, die Schmetterlinge im Bauch, das Kribbeln im Magen, verstehst du?«

Lotte verzog das Gesicht zu einem Grinsen. »Ihr seid zusammen, seit ihr Teenager wart, was hast du erwartet? Dass es sich nach all den Jahren noch genauso anfühlt wie am ersten Tag?«

Tammi winkte ab. »Ich bin nicht bescheuert, Lotte, das ist mir sehr wohl bewusst. Doch unser Problem ging weit darüber hinaus. Manchmal hatte ich den Eindruck, Flori würde mich gar nicht mehr wahrnehmen, sich nicht mehr für mich interessieren. Ich weiß, dass das wie eine lasche Ausrede klingt, doch nach meinem ersten Ausrutscher fühlte ich zum ersten Mal seit Monaten wieder echte Zufriedenheit. Und ja, ich weiß, dass es falsch war, doch es fühlte sich eben auch gut an. Zu gut, wenn ich ehrlich bin, deswegen bin ja auch wieder und wieder schwach geworden.«

»Wer waren all die Typen überhaupt?«

Tammi schluckte. »Kollegen aus dem Verlagshaus, in dem ich arbeite. Männer, die ich interviewt habe, Fremde …«

»Waren Ehemänner dabei?«

Tammi hörte den Argwohn aus der Stimme ihrer Freundin heraus, beschloss jedoch, trotz allem absolut ehrlich zu sein. Sie wollte nicht mehr lügen und betrügen, war fest entschlossen, endlich mit offenen Karten zu spielen. »Ja, sie waren alle verheiratet.«

»Verdammt, Tammi«, stieß Lotte aus, »was zum Teufel ist nur in dich gefahren?« Die Freundin klang sauer, was Tamara angesichts der Affäre ihres Ehemanns nur zu gut nachvollziehen konnte.

»Nicht nur ich habe falsche Entscheidungen getroffen, sondern auch diese Typen. Sie hätten ihre Frauen nicht betrügen müssen, verstehst du?«

Lotte sah sie an und für den Bruchteil einer Sekunde

glaubte Tamara, Verachtung in den Augen der Freundin zu erkennen.

»Also ist einer von diesen Typen der Vater deiner Tochter?«

Tamara nickte beschämt. »Tatsächlich kommen nur zwei von ihnen infrage. Ein Kollege und ein Künstler, den ich interviewt habe.«

»Und warum sagst du Flori nicht einfach, dass es die beiden sein könnten? Dann würde er wenigstens nicht mehr Killian verdächtigen.«

»Er würde Namen wissen wollen, einen riesigen Terz veranstalten, vielleicht eine DNS-Analyse verlangen. Alles käme ans Licht. Er würde zwangsläufig erfahren, dass es nicht nur ein Mann war, mit dem ich etwas hatte.«

»Was immer noch besser ist, als dass er seinen besten Freund für das Arschloch hält, das seine Frau gevögelt und schließlich geschwängert hat.«

Tamara nickte zögernd. »Du hast recht, ich werde es ihm sagen, allerdings bezweifle ich, dass es etwas bringt. Aus unerfindlichen Gründen hat er sich auf Killi eingeschossen, keine Ahnung, wieso.«

Als Tamara ihr Zimmer betrat, stand Florian in seiner Skihose am Fenster, blickte hinaus.

Sie ließ die Tür hart ins Schloss fallen, um ihrem Zorn wegen der Ohrfeige Ausdruck zu verleihen. Natürlich konnte sie nachvollziehen, dass er die Nerven verloren hatte. Aber sie musste ihm unmissverständlich klarmachen, dass es ein absolutes No-Go war, sich mit Gewalt Luft zu verschaffen.

Sie gab ihm Zeit, sich zu sammeln, wartete ab. Als er sich zu ihr umdrehte, sah sie, dass er geweint hatte.

Sie spürte einen Stich in ihrem Inneren, wollte etwas sagen, doch er hob abwehrend die Hand.

»Es tut mir leid, dass ich dich geschlagen habe«, begann er leise. »Ich hoffe, du glaubst mir das.«

Tamara sah ihn nur abwartend an.

»Es ist nur …«, stammelte er.

»Was?«, fragte sie ebenso leise.

»Ich bin so wütend auf dich. Du hast mir das Herz gebrochen, verstehst du? Nicht nur wegen des Betruges allein, sondern weil du es verschwiegen hast. Du wusstest um die Gefahr, dass unsere Kleine nicht mein leibliches Kind sein könnte, und hast mich dennoch in dem Glauben gelassen, ich sei der Vater.«

»Würde das denn einen Unterschied machen? Du wolltest doch, dass ich das Baby nicht abtreibe. Du wolltest unbedingt Vater werden, obwohl wir eine Elternschaft nie in Betracht gezogen hatten. Ich habe das alles dir zuliebe durchgezogen, weil es dein Wunsch war, dass ich dieses Baby zur Welt bringe. Es ist trotz allem unser Kind. Du liebst Ivy, seit sie auf der Welt ist. Sie ist deine Tochter, auch wenn du sie nicht gezeugt hast. Doch das wusste nicht mal ich selbst. Ich wusste genauso wenig wie du, dass du keine Kinder zeugen kannst.«

Florian nickte, sah sie offen an. »Das ist auch der einzige Grund, aus dem ich noch hier bei dir bin. Weil unser Kind seine beiden Elternteile braucht und weil ich anerkenne, was du damals für mich getan hast, als du dich entschlossen hast, sie zu bekommen.« Er brach ab, ging in die Hocke, barg den Kopf in seinen Händen. Als er wieder aufsah, wirkte er noch fahler als zuvor. »Ich will es wissen, Tamara! Wer ist der leibliche Vater unserer Tochter?«

Sie schluckte, spürte, wie ihr jetzt wirklich übel wurde.

»Auf jeden Fall nicht Killian, falls du darauf anspielst. Ich weiß nicht, wie du auch nur denken kannst, dass er und ich …« Sie brach ab, weinte jetzt ebenfalls. »Killi und ich sind Freunde, nur Freunde, okay? Wir haben niemals miteinander geschlafen, nicht ein einziges Mal. Und es wird auch nie passieren. Er ist wie ein Bruder für mich.«

Florians Blick verdüsterte sich. »Und was sollte das dann vorhin im Keller? Euer Getuschel?«

Tamara zuckte zusammen, schloss ergeben die Augen. »Das hast du missverstanden, Florian. Er und ich haben miteinander gesprochen, das stimmt. Aber das hat nicht zu bedeuten, dass er und ich eine Affäre hatten oder haben. Er ist nicht Ivys Vater. Das musst du mir glauben, bitte!«

Er musterte sie, stieß die Luft aus. Dann schüttelte er den Kopf, ging an ihr vorbei zur Tür, wo sein Anorak an einem Haken hing. Er war schon fast zur Tür hinaus, als er sich noch mal zu ihr umdrehte. »Eigentlich wollte ich längst weg sein, hab mich aber umentschieden … Ich gehe jetzt mit den anderen zum Skilaufen und wenn ich zurück bin, erwarte ich, dass du mir die Wahrheit sagst. Ich verlange, alles zu wissen. Alles! Danach entscheide ich allein, wie es mit uns beiden weitergeht.«

SIEBZEHN
LODGE

Rosi

»Ich habe echt Angst!« Rosi sah Killian flehend an. »Bleib lieber hier, das Wetter ...«

»Ach was«, unterbrach Killian sie. »Du machst dir einfach zu viele Sorgen, Schatz. Was soll schon passieren? Wir sind ganz in der Nähe und schnell zurück, falls die Warnstufe auf Orange gestellt wird. Wir haben alle unsere Handys dabei, sind bis auf Adam erfahrene Skiläufer. Ich bin also nicht allein da draußen.«

Sie kämpfte gegen die Tränen an, als sie Killians Blick auf sich spürte, und rang sich ein Lächeln ab. Auf keinen Fall durfte sie ihm wegen ihrer diffusen Ängste den Tag verderben oder ihn davon abhalten, seinem Vergnügen nachzugehen. Er sollte ihretwegen nicht auf etwas verzichten, was ihm wichtig war. Das würde er ihr sonst kaum verzeihen, sie vielleicht dafür hassen.

Killian nahm ihr Kinn zwischen Zeigefinger und Daumen, küsste sie sanft.

Als er sich von ihr löste, musterte er sie besorgt. »Du bist ganz weit weg von hier, hab ich recht?«

Rosi wich seinem Blick aus, räusperte sich.

»Raus mit der Sprache, was bedrückt dich wirklich?«

»Ich habe dich vorhin mit Tammi im Keller gehört. Ihr habt getuschelt und es klang ziemlich ernst.« Sie brach ab, sah ihn an, schaffte es aber kaum, seinem Blick standzuhalten. »Um was ging es dabei?«

Betreten räuspernd trat er einen Schritt zurück, weg von ihr. »Das darf ich nicht sagen. Ich musste Tammi hoch und heilig schwören, mit niemandem darüber zu reden. Auch nicht mit dir oder mit den anderen Mädels.«

Rosi schluckte, wusste nicht, was sie ihm antworten konnte, ohne verletzt zu klingen.

»Vertraust du mir?«, wollte Killi von ihr wissen und suchte ihren Blick.

Zuerst zuckte sie unschlüssig mit den Schultern, nickte dann aber umso energischer.

Zu spät, wie sein skeptischer Blick signalisierte.

»Tu mir das nicht an, Rosi«, raunte er fast mehr zu sich als zu ihr. »Du glaubst doch nicht etwa, dass sie und ich ...?« Er stoppte, runzelte die Stirn, als sie unter seinen Worten zusammenzuckte.

»Das ist es also.« Er hob die Hände, legte sie sich hinter den Kopf. »Oh nein, Rosi. Du weißt doch, dass Tammi und ich nur gute Freunde sind. Das habe ich gesagt, als wir beide zusammenkamen. Ich verstehe einfach nicht, wieso du plötzlich an meiner Aufrichtigkeit dir gegenüber zweifeln kannst. Kein einziges Mal habe ich dir dafür einen Grund gegeben.«

»Schon«, gab Rosi leise zurück. »Aber da ist auch noch Florian.«

»Was ist mit ihm?«

»Er benimmt sich merkwürdig, seit er hier ist. Fast wie ein eifersüchtiger Gockel. Dabei kommt er teilweise richtig aggressiv rüber, und auch Tammi ist nicht wie sonst. Sie scheint mir total verzweifelt zu sein.«

»Rosi, Babe, ich schwöre dir, dass deine Sorge unbegründet ist, doch dabei muss ich es belassen. Kannst du mir dahingehend bitte vertrauen?«

Sie sah ihn einen Moment lang schweigend an, nickte schließlich. »In Ordnung, ich vertraue dir.«

Er kam wieder zu ihr, nahm sie fest in seine Arme. »Du bist meine zukünftige Ehefrau«, murmelte er dicht an ihrem Ohr. »Ich würde dich niemals betrügen, ich liebe dich doch.«

Auf dem Weg nach unten spürte Rosi, dass sie trotz Killians Versuch, sie zu beruhigen, noch immer entsetzlich nervös war. Nein, es war sogar noch mehr. Sie spürte eine innere Unruhe, die sie nicht erklären konnte.

Sie wollte Killian jedes Wort glauben, wusste auch, dass er hinsichtlich des heutigen Skiausflugs und der Sicherheit der Truppe recht hatte. Daher ergab ihre Aufgewühltheit keinen Sinn. Doch sie kam nicht dagegen an.

Sie erinnerte sich an die Worte ihres Arztes.

Genau auf diese Weise äußert sich eine generalisierte Angststörung. Die Betroffenen reagieren auf alles mit Panik, oft ohne ersichtlichen Grund.

War das ein Auswuchs ihrer Angststörung? Oder war es weit mehr?

Als sie aus der Haustür zu den anderen traten, brach Rosi trotz der Kälte der Schweiß aus.

»Bereit?«, fragte Killian in Adams Richtung und dieser nickte hibbelig. Rosi hatte mitbekommen, wie er den anderen erzählt hatte, dass er noch unerfahren im Wintersport war. Doch sah er keineswegs besorgt aus. Er schien es kaum erwarten zu können.

Sie schluckte, beobachtete die anderen.

Auch Paul wirkte auf sie völlig entspannt.

Einzig Florian konnte man ansehen, dass ihn irgendwas umtrieb, er wirkte regelrecht wütend.

Als sie bemerkte, dass er peinlich darauf zu achten schien, Killian weder anzusehen noch sich von ihm in ein Gespräch verwickeln zu lassen, entflammte die Angst in ihrem Inneren wieder.

Er hat es versprochen, wisperte ihre innere Stimme, doch das half wenig. Und was war Killians Versprechen wert, wenn es zur Konfrontation kam?

Nichts, gestand sie sich ein.

Es reichte nicht, dass sie ihm vertraute, solange Florian, sein bester Freund seit Jugendtagen, ihn aus irgendeinem Grund zu verabscheuen schien. Es gab da etwas, das zwischen den Freunden schwelte, und sie war alt genug, um zu erkennen, dass Zorn für Männer im Adrenalinrausch ein schlechter Begleiter war.

Sie schluckte, drehte sich um, suchte Tammi, doch wie es aussah, war sie nicht mit nach unten gekommen, genauso wenig wie Lotte. Nur Lexi war hier, um sich überschwänglich von Paul zu verabschieden, was der gesamten Situation etwas Groteskes verlieh.

»Sollen wir dann mal los?«, fragte Adam, sah in die Runde, wie ein Hampelmann auf und ab hüpfend.

Rosi grinste, kam nicht umhin zuzugeben, dass sie Penelopes Freund mochte. Er war der Einzige in der Gruppe, der, trotz des Krachs mit seiner Freundin, noch immer Harmonie und Frieden ausstrahlte. Der es tatsächlich schaffte, sie mit seiner inneren Ausgeglichenheit zu beruhigen, obwohl sie einander gar nicht kannten.

Als Bewegung in die Gruppe kam, Killian sich zu ihr beugte, sie fest an sich zog und küsste, hatte sie auf einmal das überwältigende Bedürfnis, ihn nicht mehr loszulassen. Eine Weile standen sie deshalb einfach nur da, eng umschlungen. Sie konnte absolut nichts dagegen tun, dass ihr schon wieder Tränen in die Augen stiegen.

Sie musste alle Kraft aufbringen, ihn loszulassen, breit

zu grinsen, zu überspielen, dass sie in ihrem Inneren einen Kampf ausfocht.

Jede Faser ihres Körpers brannte darauf, ihn zurückzuhalten, ihn anzuflehen, heute hierzubleiben, bei ihr. Doch am Ende blieb sie stark, winkte den Männern gemeinsam mit Lexi nach, bis sie schließlich aus ihrem Sichtfeld verschwunden waren.

»Alles okay bei dir?«, fragte Pauls Geliebte, während sie ins Haus zurückgingen.

Obwohl sich alles in ihr dagegen sträubte, diese Ehebrecherin nett zu finden, fand sie es seltsam tröstlich, dass Lexi sie besorgt ansah. Es schien Lexi tatsächlich zu interessieren, mit welchen Sorgen sie sich plagte.

»Ich weiß nicht«, stieß sie aus. »Irgendwie fühlt es sich für mich so an, als hätte ich Killian gerade eben zum letzten Mal umarmt. Ihn zum letzten Mal geküsst …« Sie brach ab, lachte, sah Lexi beschämt an. »Jetzt hältst du mich sicher für total hysterisch, stimmts?«

Lexi sah sie ernst an, schüttelte dann den Kopf.

Etwas an der jungen Frau war auf einmal anders, sie wirkte tiefgründig, nachdenklich.

»Ich weiß genau, was du meinst«, antwortete sie schließlich leise. »Es gab eine Zeit in meinem Leben, da habe ich mich genauso gefühlt wie du. Ich hatte große Angst, stand deshalb wie unter Strom, konnte mir nicht erklären, warum. Alle hielten mich damals für verrückt, doch am Ende …« Lexi brach ab, wirkte plötzlich verletzlich, fast wie ein kleines Mädchen.

»Was meinst du?«, fragte Rosi bestürzt. »Was war am Ende? Was ist damals passiert?«

Lexi sah aus, als würde sie jeden Augenblick in Tränen ausbrechen, doch dann straffte sie die Schultern, wich ihrem Blick aus. »Lass uns einfach reingehen, Rosi, ja? Es ist verflucht kalt hier draußen.«

ACHTZEHN
MÜNCHEN
31. DEZEMBER

VIVIANE

»Sie sind der Kollege, der sich bei uns gemeldet hat?«

Der Mann nickte. »Hans Sedlmeier, freut mich.«

Viviane schüttelte dem Mann die Hand. »Ich bin Viviane Grosbusch.« Sie deutete auf Kai. »Das ist mein Kollege Kai Heinken. Wir arbeiten zusammen an dem Fall Noah Michaelsen.«

»Ja richtig, scheinbar gibt es da einige Verbindungen zu einem unserer älteren Fälle.« Er kratzte sich verlegen am Hinterkopf. »Viel weiter als gestern bin ich allerdings noch nicht gekommen. Über die Festtage ist kaum jemand erreichbar. Die Leute sind im Urlaub oder unterwegs, um die letzten Besorgungen für Silvester zu erledigen.« Er hob die Schultern. »Ist einfach eine blöde Zeit, um wirklich weiterzukommen.«

Viviane winkte ab. »Das versteh ich, aber geben Sie uns fürs Erste ein schnelles Update, vielleicht reicht das ja schon.«

»Ich habe die komplette Ermittlungsakte von damals gelesen. Hat mich die Nacht über wach gehalten …« Er brach ab, nickte schwer. »War eine ziemliche Schweinerei. Der Täter, Rene Schindler, war gerade erst sechzehn, als er das Massaker von Elendskirchen veranstaltete.«

Viviane nickte. »Ich kenne den Fall. Der Junge war behindert, nicht wahr?«

Sedlmeier runzelte die Stirn. »Behindert würde ich es nicht nennen. Rene Schindler war zumindest körperlich bei bester Gesundheit. Anders sah es mit seiner geistigen Entwicklung aus. Zum Tatzeitpunkt war er auf dem Stand eines Sechsjährigen, was die ärztlichen Befunde bestätigten. Seine Schwester sagte damals aus, dass er ein ängstlicher Typ war, sich niemals freiwillig mitten in der Nacht aus dem Haus getraut hätte.«

Viviane warf Kai einen fragenden Blick zu, bevor sie erneut Sedlmeier ansah. »Was soll das heißen?«

»Es heißt, dass der Junge damals angeblich dazu gezwungen wurde, aus dem Haus zu gehen und bei Familie Friedrich einzubrechen. Seine Familie war absolut überzeugt davon, dass Rene Schindler niemals aus eigenem Antrieb zu einer solch grausamen Tat fähig gewesen wäre. Diese These wird vor allem von seiner Schwester bekräftigt. Sie denkt, dass Rene dazu angestiftet wurde.«

»Zu was angestiftet?«

»Sie sagte aus, dass er eine Art Aufnahmeritual über sich ergehen lassen sollte und Angst davor hatte, was sie sich für ihn ausgedacht hatten.«

»Dann ist er in dieser Nacht aus dem Haus gegangen, um sich mit anderen Jugendlichen zu treffen? Für dieses Ritual, von dem er nicht wusste, was ihn erwartete?«

»Ja, so hat sie es erklärt. Und es schien wichtig für ihn zu sein.«

»Warum genau?«

»Rene hatte wohl kaum Freunde und wünschte sich, irgendwo dazuzugehören. Dieses Ritual zu bestehen, war für ihn wohl der Schlüssel dazu. Dafür überwand er sogar seine Angst vor der Dunkelheit. Wie bereits erwähnt, war er auf dem geistigen Niveau eines sechsjährigen Jungen.«

»Irgendwie passt diese Aussage nicht so recht zu dem, was in jener Nacht passiert ist«, merkte Kai an.

»Wie alt war die Schwester damals?«, fragte Viviane.

»Gerade zehn Jahre alt.«

»Dann kann man ihre Aussage sowieso nicht für voll nehmen«, merkte Kai an. »Ganz davon zu schweigen, dass sie mit dem Täter eng verwandt war. Und ganz ehrlich … ja, die Jugend war auch damals schon ziemlich verroht, aber ich kann mir beim besten Willen nicht vorstellen, dass ein paar von denen einen geistig minderbemittelten jungen Mann zu einer solchen Tat angestiftet haben könnten.«

»Darüber hab ich mir auch den Kopf zerbrochen«, entgegnete Sedlmeier. »Vielleicht ist diese sogenannte Mutprobe irgendwie aus dem Ruder gelaufen.«

»Denken Sie etwa, das Szenario hat sich zugespitzt, als Rene schon im Haus war?«, fragte Viviane.

»Wäre doch möglich, dass der Junge in das Haus rein ist, die Leute erschrecken sollte und es dabei zu dieser Katastrophe kam, weil er die Nerven verloren hat.«

Viviane schüttelte den Kopf. »Er hatte eine Spitzhacke dabei. Und die wird wohl nicht irgendwo im Haus rumgelegen haben. Er muss sie also mit Bedacht ausgewählt und mitgenommen haben. Mag auch sein, dass er sie auf dem Hof gefunden und mit ins Haus genommen hat. Die Frage ist also, warum sollte ein junger Mann ohne böse Absicht eine solche Waffe mit sich herumtragen, wenn er nicht vorhatte, jemanden damit zu töten? Ganz davon zu schweigen, dass es ja eine Zeugin gab, die Rene Schindler als Täter identifizierte. Julia Friedrich hat ausgesagt, dass er es war, der ins Haus einbrach und ihre Familie tötete. Er hat auch sie schwer verletzt und versucht, sie zu vergewaltigen. Doch sie wehrte sich, wobei Rene selbst getötet wurde.«

Kai räusperte sich. »Mag sein, aber dann frage ich mich,

wieso heute jemand rumläuft und die einzige Überlebende der Familie Friedrich samt ihrem Lebensgefährten umbringt, noch dazu auf so grauenvolle Weise? Das kann ja wohl kaum ein Zufall sein. Und was ist mit Noah Michaelsen? Unserem heutigen Opfer, dem man den Kopf abgeschlagen hat? Sein Name steht ebenfalls in der Akte, weil er von den Kollegen damals befragt wurde, genau wie ein paar seiner Freunde.«

»Warum genau wurden die Jugendlichen damals unter die Lupe genommen?«, fragte Viviane.

»Bei den Zeugenaussagen gab es erhebliche Widersprüche. Die Aussagen von Rene Schindlers Eltern und seiner Schwester unterschieden sich krass von denen der Zeugin und Überlebenden der Morde. Ich vermute, dass die Kollegen damals keinen Fehler machen wollten«, erklärte Sedlmeier.

»Ist bei den Befragungen der Jugendlichen etwas rausgekommen?«

»Keiner von ihnen kannte Schindler näher.«

»Und was ist mit Michaelsen und Friedrich?«, hakte Viviane nach. »Noah wurde enthauptet. Julia wurde ebenfalls auf brutale Art und Weise ermordet. Die Tatsache, dass der Täter auch ihren Lebensgefährten tötete, lässt vermuten, dass sie für irgendwas betraft wurde. Die Frage ist also, was genau diese beiden damals und heute miteinander zu tun hatten?«

Gleich nach dem Gespräch mit dem Kollegen waren Viviane und Kai zusammen mit Sedlmeier losgefahren, um Noahs Mutter zu befragen. Dass es sich bei dem Geköpften um die massakrierte Leiche ihres Sohnes handelte, wusste die Frau inzwischen und sah entsprechend verhärmt aus, als sie den Polizisten die Tür öffnete.

»Kommen Sie doch bitte herein«, sagte Noahs Mutter, trat beiseite. »Darf ich Ihnen etwas anbieten? Einen Tee vielleicht? Kaffee?«

Viviane nickte freundlich. »Gegen Kaffee hätte ich nichts einzuwenden, wir sind schon ziemlich lange auf den Beinen.«

»Gehen Sie einfach geradeaus ins Wohnzimmer und machen Sie es sich bequem. Ich setze den Kaffee auf und rufe meinen Ehemann an, dass er nach Hause kommen soll.«

Als Noahs Mutter ein paar Minuten später zu ihnen kam, auf den Händen ein voll beladenes Tablett balancierend, sprang Kai auf, nahm ihr die Last ab, verteilte alles auf dem Tisch.

Nachdem sie sich gesetzt hatte, blickte die Frau sie abwechselnd an. »Wissen Sie inzwischen, wer meinem Noah das angetan hat?«

Viviane schüttelte bedauernd den Kopf. »Ich versichere Ihnen jedoch, dass wir rund um die Uhr mit den Ermittlungen beschäftigt sind. Wir werden den Mörder Ihres Sohnes finden, das verspreche ich.« Sie brach ab, sah die Mutter ernst an. »Sie könnten uns dabei helfen, indem Sie uns etwas über die Freunde Ihres Sohnes erzählen. Uns interessieren vor allem alte Jugendfreunde und -freundinnen.« Viviane spürte die Blicke ihrer Kollegen auf sich. »Erinnern Sie sich vielleicht, ob Noah mit einer Julia Friedrich befreundet war?«

Die Frau zuckte zusammen. »Sie meinen die kleine Friedrich, die damals als Einzige die schreckliche Tragödie in Elendskirchen überlebt hat?«

Viviane nickte. »Kannten Sie die Familie?«

»Alle kannten sie. Der Vater war nicht gerade beliebt in der Gegend. Man tuschelte, dass er seine erste Frau aus dem Weg geschafft haben soll. Er galt als aggressiver Unruhestifter, dem man besser aus dem Weg ging. Sein Sohn war nicht viel besser, immer auf der Suche nach

Ärger. Was die anderen Kinder angeht, weiß ich leider nichts.«

»Dann war Noah nicht mit Julia befreundet?«

»Nicht dass ich wüsste. Er hatte damals eine Handvoll enger Freunde, aber die Friedrich-Kinder gehörten nicht dazu.«

»Grüß Gott, zusammen«, brummte der Mann, der gerade ins Zimmer stapfte. Seine Haare standen zu Berge und auch seine zerknautschte Kleidung ließ darauf schließen, dass er womöglich geradewegs aus dem Bett kam.

»Die Herrschaften von der Polizei interessieren sich für Noahs Freunde von damals«, erklärte seine Frau ihm.

Der Mann sah Viviane finster an. »Haben Sie den Mörder meines Sohnes endlich gefunden?«

Sie schüttelte den Kopf. »Aber wie ich Ihrer Frau bereits sagte, stecken wir bis zum Hals in den Ermittlungen.«

»Und inwiefern hilft es Ihnen, seine Freunde von damals zu kennen? Vermuten Sie, dass es einer von denen war?«

»Sie haben gefragt, ob Noah die kleine Friedrich kannte«, warf seine Frau ein.

Ihr Mann sah sie an, verzog das Gesicht. »Die aus Elendskirchen?«

Sie nickte.

Der Mann riss den Kopf herum, sah Viviane an. »Geht es um die zwei Toten aus Rosenheim?«

»Sie wissen davon?«, stieß Kai schockiert aus, sah Sedlmeier scharf an.

»Die Welt ist ein Dorf«, kommentierte Noahs Vater. »Hier spricht sich alles rasend schnell herum.«

Viviane seufzte. »Und was sagen Sie? Ist es möglich, dass Noah und Julia damals befreundet waren?«

Noahs Vater runzelte die Stirn, schüttelte schließlich den Kopf. »Nicht dass ich wüsste. Ich erinnere mich nur an ein Mädchen, das er mit nach Hause gebracht hat. Noah war gerade vierzehn geworden und total verschossen in die

Kleine.« Er sah zu seiner Frau. »Erinnerst du dich an den Namen der Kleinen?«

Seine Frau überlegte kurz, schüttelte schließlich den Kopf. »Nicht genau. Da waren ja mehrere in seiner Clique. War das nicht die Rothaarige mit dem merkwürdigen Namen?«

Der alte Michaelsen schüttelte den Kopf. »Ich glaube, sie hieß Lotte, kann es aber nicht beschwören.«

»Erinnern sie sich noch an die Namen seiner Freunde von damals?«

»Das ist Ewigkeiten her.« Er runzelte die Stirn. »Aber vielleicht bekomme ich sie zusammen, wenn ich alte Fotos sehe.« Er sah zu seiner Frau. »Geh doch und hol bitte die Alben runter, dann können wir das sofort erledigen.«

Schließlich sah er wieder zu Viviane. »Die Tote aus Rosenheim ... Ist das die kleine Friedrich von damals?«

Sie räusperte sich. »Darüber darf ich aus ermittlungsrelevanten Gründen nicht reden.«

Der Mann winkte ab, grinste böse. »Das sagt alles. Ich hab ihr damals schon nicht über den Weg getraut.«

»Wie meinen Sie das?«

»Sie sagte damals aus, dass der arme Schindler-Bub ihre Eltern umgebracht hat. Doch das hab ich ihr von Anfang an nicht abgenommen.«

»Kannten Sie Rene Schindler denn?«

»Nur vom Sehen. Aber ich kannte seinen Vater ganz gut. Ein netter Kerl übrigens. Es ging mir damals wirklich nahe, dass alle ihn mieden, nachdem sein Sohn als der Hauptverdächtige der Morde an den Friedrichs galt.«

»Sie glauben nicht, dass es Rene war?«

»Nein. Der arme Kerl war wie ein kleines Kind, lammfromm und herzensgut. Ich kann mir beim besten Willen nicht vorstellen, dass er vier Menschen abgeschlachtet hat.«

»Und was glauben Sie stattdessen, wer es war?«

»Keine Ahnung«, gab Michaelsen zurück. »Aber was ich

sicher weiß, ist, dass die kleine Friedrich nicht ganz so unschuldig gewesen sein kann.«

»Soll heißen?«

»Sie hat gelogen, was Schindler angeht. Nur das ergibt für mich einen Sinn.«

Seine Frau kam zurück, ein paar Fotoalben in den Armen. Sie reichte sie ihrem Mann, der augenblicklich anfing, darin zu blättern, sich in den Fotos zu verlieren schien.

Schließlich sah er auf, hatte Tränen in den Augen.

»Da ist noch etwas, was mir erst jetzt so richtig klar wird …« Er räusperte sich, sah kurz zu seiner Frau, dann wieder zu Viviane. »Nach der Tragödie in Elendskirchen drüben fing mein Sohn mit dem Saufen an und …«

»Herrgott, sag das doch nicht«, fuhr seine Frau dazwischen. »Noah war sechzehn, ein Teenager. Die waren damals doch alle außer Rand und Band, nicht nur unser Junge.«

Ihr Mann schüttelte stur den Kopf, sah zu Viviane. »Es ist die Wahrheit, ob meine Frau das nun wahrhaben will oder nicht. Noah ist damals vollkommen abgestützt, fing mit dem Trinken an, nahm Drogen, was sich wiederum auf seine schulischen Leistungen auswirkte. Er vernachlässigte sogar seine Hobbys und Freundschaften, igelte sich ein, trieb plötzlich auch keinen Sport mehr, obwohl er in seinem Verein als einer der Besten galt. Er hatte zuvor Meisterschaften gewonnen, als Trainer gearbeitet, und dann … nichts mehr. Es war, als hätte ich auf einmal einen anderen Sohn, verstehen Sie? Bis heute war mir nicht klar, wie es zu dieser Wandlung hatte kommen können. Ich dachte bislang immer, dass es am Alkohol lag und an den Drogen, dass er sich verloren hat, doch jetzt wird mir bewusst, dass alles erst so weit gekommen ist, nachdem diese Tragödie bei den Friedrichs geschah.«

Viviane fiel auf, dass Sedlmeier bei den Worten des Mannes aufgeregt auf seinem Sessel herumrutschte.

Sie sah ihn auffordernd an.

Der Kollege setzte sich aufrecht hin, sah Michaelsen an. »Sie sagten, Noah sei damals in einem Sportverein gewesen? Was für einem Sport ging er damals nach?«

»Er war deutscher Jugendmeister im Judo«, erklärte Michaelsen. »Nebenbei bildete er den Nachwuchs aus. Kinder und andere Jugendliche.«

Sedlmeier blickte triumphierend zu Viviane, dann zu Kai.

»Worauf wollen Sie hinaus?«, fragte Viviane leise.

»Warten Sie«, bat er sie ebenso leise. Er wandte sich wieder Michaelsen zu. »In welchem Verein war Noah damals, erinnern Sie sich daran?«

Michaelsen nickte. »Die ersten Jahre hat er in Tuntenhausen trainiert, danach wechselte er nach Rosenheim.«

Viviane hielt es jetzt auch kaum noch auf ihrem Stuhl. Sie spürte, dass Sedlmeier etwas Wichtiges zurückhielt. Sie stand auf, sah Michaelsen an. »Ich möchte mich ganz kurz mit meinen Kollegen besprechen. Wären Sie bitte so nett und schreiben uns zwischenzeitlich die Namen der damaligen Freunde ihres Sohnes auf?«

Kai und Sedlmeier schossen ebenfalls in die Höhe, folgten ihr nach draußen.

»Schießen Sie los!«, sagte Viviane, kaum, dass sie unter sechs Augen waren.

Sedlmeier nickte aufgekratzt. »Es geht um Julia Friedrich.«

»Was ist mit ihr?«, drängte Viviane.

»Bis jetzt ist unser einziger Zusammenhang zwischen Noah und ihr, dass sie damals das Massaker überlebte und Noah im Rahmen der Ermittlungen befragt wurde. Niemand wusste, ob Noah und Julia sich tatsächlich kannten. Aber eben hab ich mich erinnert, dass wir in ihrer Wohnung ein paar Urkunden und schwarze Gürtel gefunden haben. Sie hat also definitiv auch eine Art Kampfsport betrieben. Wir müssen jetzt nur noch herausfinden, wann und wo genau.«

»Bingo!«, entfuhr es Viviane. »Noah und Julia Friedrich könnten sich also wirklich gekannt haben.« Sie klopfte Sedlmeier anerkennend auf die Schulter. »Wenn das stimmt, haben wir unsere direkte Verbindung zwischen den beiden Mordfällen.«

NEUNZEHN
LODGE

Anna

Seit sie heute in aller Herrgottsfrühe aus den Federn gestiegen war, spürte Anna diese unterschwellige Unruhe in ihrem Innern. Es fühlte sich an wie ein Kribbeln im Magen. Es war, als wollten ihre Innereien ihr etwas sagen. Sie warnen?

Vielleicht, dass sie sich tatsächlich vor diesen Fremden hier im Haus in Acht nehmen sollte. Aber vielleicht war es ja auch viel simpler. Sie sollte wohl verhindern, dass die Gäste bei dieser Wetterlage Skilaufen gingen. Dass sie die Gäste nur auf die nahe Piste hingewiesen hatte, reichte vielleicht nicht. Waren sie auch dort in Gefahr?

Anna stieß frustriert die Luft aus.

Du hast es versucht, sagte sie sich. Dennoch fühlte sie sich schuldig. Sie hätte mit mehr Nachdruck auf die Männer einreden sollen. Wenn ihnen jetzt etwas zustieß, traf auch sie Schuld an dem Unglück.

Wohl kaum, begehrte etwas in ihr auf. *Das sind erwachsene Männer, die haben selbst Gehirne, die sie benutzen können!*

Anna holte tief Luft, war jedoch nicht vollends überzeugt.

Sie bemerkte, dass ihr das Atmen schwerfiel, öffnete das Küchenfenster, genoss die frische Luft, die an ihr vorbei ins Innere des Raumes strömte.

Sie konzentrierte sich wieder auf die Sandwiches für den Lunch, den sie für die Damen zubereitete, während auf dem Herd bereits das Abendessen in mehreren Töpfen vor sich hin simmerte.

Sie wollte gerade eine Avocado aus dem Kühlschrank holen, um sie in feine Scheiben zu schneiden und auf dem Lachs zu verteilen, als sie zusammenzuckte.

Da war es wieder!

Lauter als beim ersten Mal, eindringlicher, mahnend.

Der Glockenturm.

In Windeseile nahm sie ihr Smartphone zur Hand, drückte auf Aufnahme, hielt das Gerät ein Stück weit aus dem Fenster.

Eine Weile stand sie einfach nur so da und lauschte dem Läuten. Als es schließlich verstummte, drückte Anna auf Abspielen und … erstarrte!

Da war nur ein Rauschen zu hören, nichts sonst. Kein Glockenläuten …

Was hatte das zu bedeuten?

Ratlos starrte sie auf ihr Handy, schüttelte den Kopf.

Was zum Teufel sollte das?

Du weißt, was das bedeutet!

Sie zuckte zusammen.

Hatte ihr Unterbewusstsein recht?

Bildete sie sich das Läuten wirklich nur ein, weil sie instinktiv spürte, dass etwas Unheilvolles in diesem Haus vor sich ging?

Sie schluckte, bemerkte, wie sie sich die feinen Härchen auf ihrem Körper aufstellten.

Zuerst der Streit beim Silvesteressen und der anschließende Streit zwischen Adam und seiner Freundin. Danach war es sogar zu Handgreiflichkeiten bei einem der anderen Paare gekommen.

Außerdem konnte ein Blinder erkennen, dass Florian einem seiner Freunde mit extremer Feindseligkeit begegnete.

All die Menschen in diesem Haus … Sie taten so, als seien sie einander noch nahe, doch sie machten sich alle etwas vor. Hielten an der lieb gewonnenen Erinnerung fest, was einst zwischen ihnen gewesen war, aber niemand von ihnen konnte die Realität erkennen.

Sie waren einander fremd geworden.

Einige von ihnen sogar zu Rivalen.

Sie belogen und betrogen einander, jeder wollte irgendwie besser sein als der andere, sie piesackten sich gegenseitig – mit Freundschaft hatte dies nicht wirklich viel zu tun.

Doch da war noch etwas …

Eine Art Düsternis, die von diesen Menschen ausging.

Anna hatte sie bereits am ersten Tag bemerkt, gleich nachdem alle in der Lodge angekommen waren.

Diese Leute, die angeblichen Freunde – sie alle verband etwas miteinander. Ein dunkles Geheimnis oder eine Tragödie, vielleicht sogar etwas noch Schlimmeres.

Wie kommst du darauf? Denk genau nach.

War es dieses düstere, nicht greifbare Geheimnis, das sie zusammenschweißte?

Ein Schauder überlief sie.

Schnell zwang sie sich, an etwas anderes zu denken, rief sich Adam vor Augen.

Er war der Einzige, der Wärme ausstrahlte, echte Menschlichkeit und nicht nur aufgesetzte Höflichkeit. Sie schämte sich dafür, doch tief in ihrem Innern wünschte sie sich von ganzem Herzen, dass die Beziehung zwischen seiner Freundin, die ihn hier unter all diesen Arschlöchern zurückgelassen hatte, und ihm nicht mehr von langer Dauer war.

Nicht dass sie sich irgendetwas erhoffte …

Adam spielte in einer vollkommen anderen Liga als sie.

Niemals würde er sich mit einem Mädchen wie ihr einlassen. Diese rothaarige Penelope war zwar wunderschön, doch davon abgesehen war sie wie ihre Freunde oberflächlich, egozentrisch, ichbezogen.

Adam hatte etwas Besseres verdient als sie, und Anna wünschte sich für ihn, dass er dies endlich erkannte.

Ein Geräusch riss sie aus ihren Gedanken.

War das ein Schrei gewesen?

Anna spürte, wie ihr Herz galoppierte, ließ das Messer in ihrer Hand fallen, rannte aus dem Raum.

Im Durchgang zwischen Speise- und Wohnzimmer blieb sie stehen und lauschte.

Stille …

Nichts war zu hören.

Wurde sie langsam irre?

Tat das Alleinsein hier oben ihr nicht gut?

Die Abgeschiedenheit?

Wobei sie ja nicht wirklich alleine war …

Graun war keine vierzig Minuten von hier oben entfernt, vorausgesetzt natürlich, das Wetter spielte mit.

Inzwischen war so viel Schnee gefallen, dass es unmöglich wäre, mit einem fahrbaren Untersatz von hier oben wegzukommen.

Und es schneite noch immer …

Sie schluckte gegen die Enge in ihrem Hals an.

War das der Grund dafür, dass ihre Nerven verrücktspielten?

Sie drehte sich um, sodass sie die Fensterfront im Wohnzimmer im Blick hatte, und ihre Sorge wuchs. Nicht mehr lange bis die ersten Ortschaften von der Außenwelt abgeschnitten sein würden. Die Lodge war gewiss schon jetzt nicht mehr vom Tal aus erreichbar.

Vielleicht sollte sie ihren Chef anrufen, ihm sagen, dass sie sich langsam Sorgen machte.

Schnell verwarf sie den Gedanken wieder.

Keine gute Idee, wenn sie vor ihren Kollegen nicht als

Angsthase gelten und auch weiterhin mit anspruchsvollen Jobs betraut werden wollte.

Da musste sie jetzt einfach durch und Ruhe bewahren.

Es befanden sich so viele Lebensmittel hier oben in beiden Kühlräumen, dass sie alle locker mindestens zwei Wochen auskommen würden, falls sie tatsächlich unter einer Lawine begraben oder eingeschneit werden sollten. Außerdem gab es eine Notstromversorgung unten im Keller. Das Haus wurde mit Holz beheizt und somit waren sie im äußersten Notfall nicht auf Gas oder Strom angewiesen.

Anna atmete tief durch. Die Gefahr hier oben ging definitiv nicht von der Natur aus oder von der Unberechenbarkeit des Wetters.

Viel mehr war es die Stimmung der Leute im Haus, die für mehr Spannung sorgte, die sich immer mehr auflud.

Was war das? Was hatte sie da gehört?

Jetzt hörte sie es deutlicher.

Ein kreischender Ton, der an den Schrei einer Frau erinnerte. Dann ein leises Poltern.

Das Geräusch war kaum hörbar, aber es war real.

Im Keller, sieh im Keller nach.

Augenblicklich wurde ihr speiübel vor Angst.

Kurz überlegte sie, sich mit einem Messer oder einem größeren Holzscheit zu bewaffnen, verwarf den Gedanken jedoch wieder.

Sie nahm ihren Mut zusammen, lief die Treppe nach unten, lauschte.

Das Kreischen hatte gedämpft geklungen, als käme es aus einem abgesperrten Raum.

Daraufhin überprüfte sie jeden einzelnen Raum. Die Waschküche und den Heizungsraum, danach die Sauna, zuckte zurück, als ihr ein Schwall des heißen Dampfes entgegenströmte, verschloss die Tür gleich wieder.

Die Kühlkammer, schoss es ihr durch den Kopf.

Sie lief los, riss an dem sperrigen Hebel, bis die Tür sich schließlich öffnete.

Anna stieß einen entsetzten Schrei aus, als ihr eine Gestalt entgegenprallte, sie fast zu Boden riss. Eine Frau ...

Beherzt packte sie die vollkommen Durchgefrorene und zu ihren Füßen Liegende, zog sie in eine aufrechte Sitzposition. Erst jetzt fiel ihr auf, dass alles, was sie am Leibe trug, ein Bikini war, an dem bereits Eiskristalle zu erkennen waren.

»Was ist passiert?«, fragte Anna, schlüpfte aus ihrem Cardigan, legte ihn der Frau um die Schultern.

Schließlich sprang sie auf, lief zurück zur Sauna, wo sich ein Regal mit frischen Handtüchern befand. Sie packte einen Stapel, lief zum Kühlraum zurück, wickelte die Ärmste darin ein, rieb ihr hart über den Rücken. Dann fixierte sie die Frau – und erkannte sie.

»Tamara, was ist passiert?«, fragte sie.

Tamara zitterte so heftig, dass ihre Zähne aufeinanderklapperten, starrte sie mit weit aufgerissenen Augen an.

»Was um Himmels willen haben Sie sich dabei gedacht, in den Kühlraum zu gehen?«

»Ich … ich … hab … trinken.«

Anna nickte, sah über Tamara hinweg in den Raum, bemerkte die Flasche am Boden.

Gin …

Nach der Attacke ihres Mannes hatte sie wohl das Bedürfnis verspürt, sich einen Drink zu genehmigen, und sich geniert, damit zu ihr zu kommen.

Doch wie hatte sie sich bei diesem nicht gerade anspruchsvollen Unterfangen in eine solche Lage bringen können? Die Tür der Kühlkammer verfügte über keinen Hebel auf der Innenseite, was bedeutete, dass jeder normal denkende Mensch die Tür weit offen ließ, wenn er den Raum betrat.

Zumindest hatte sie es bislang immer so gemacht.

Sie erinnerte sich auch nicht daran, dass einem ihrer Kollegen jemals etwas Ähnliches widerfahren war.

Sie sah Tamara an, sog die Luft ein, als ein Gedanke durch ihren Kopf schoss. Konnte es sein, dass jemand sie absichtlich in der Kühlkammer eingeschlossen hatte?

Anna fielen die Eiskristalle auf Tamaras Bikini ein. Mit angehaltenem Atem ging sie zu dem Thermostat an der Wand neben der Tür.

Sie erstarrte.

Jemand hatte ihn von acht Grad plus auf minus zwanzig Grad eingestellt …

ZWANZIG
LODGE

Lotte

»Entschuldigen Sie bitte, ich möchte nicht stören, aber …«

Lotte schreckte hoch, sah Anna vor sich mit Tammi, die in Handtücher eingewickelt vor sich hin starrte und zitterte. »Was ist denn mit dir passiert?«, fragte sie an Tammi gewandt, erhob sich aus dem warmen Wasser des Whirlpools, stieg hinaus. Dabei fiel ihr Blick auch auf Anna, die ebenso verstört wirkte und einen Schritt vor ihr zurückwich, als sie in ihren Bademantel schlüpfte.

»Was ist denn hier los? Ist jemand gestorben oder warum schaut ihr so?«

»Beinahe«, antwortete Anna. »Jemand hat Ihre Freundin in der Kühlkammer eingesperrt!« Annas Tonfall klang vorwurfsvoll und dennoch entlockte er Lotte ein Lachen.

»Wie bitte?«, stieß sie aus. »Falls das ein Scherz ist, muss ich Ihnen sagen, dass …«

»Halt die Klappe, Lotte, okay? Das ist kein verfickter Scherz! Jemand hat mich wirklich in diesem Kühlraum eingeschlossen und das Thermostat runtergestellt. Ich wäre jämmerlich erfroren, hätte Anna mich nicht schreien gehört!« Tammis Stimme bebte vor unterdrücktem Zorn.

Lotte sah verunsichert von ihr zu Anna, schüttelte irritiert den Kopf, als die Haushälterin bestätigend nickte.

»Das verstehe ich nicht. Wer sollte so etwas tun?« Lotte starrte Tammi an. »Du wolltest doch ins Hallenbad gehen? Was machst du dann hier?«

»Das Wasser dort ist mir zu kalt gewesen. Deswegen wollte ich in den Whirlpool, aber als ich hier ankam, lagst du schon drin und ich wollte nun mal alleine sein, okay? Also bin ich in die Sauna und wollte mir anschließend was zu trinken aus dem Kühlraum holen. Ich hab die Regale nach etwas Hochprozentigem durchsucht, als plötzlich die Tür zufiel.«

»Wie bitte?«, fragte Lotte ungläubig.

»Ich hab versucht, sie wieder aufzubekommen, doch innen ist kein Hebel. Wer auch immer mich dort eingeschlossen hat, muss das gewusst haben. Zusätzlich hat derjenige noch die Temperatur verändert. Sie war auf minus zwanzig Grad eingestellt und ich hatte nur einen Bikini an, verdammt!«

Lotte schnappte nach Luft. »Tammi«, stieß sie schließlich aus, »das glaubst du doch nicht wirklich … Ich meine, wer sollte wollen, dass du erfrierst? Bestimmt ist die Tür von selbst zugefallen.« Sie sah Tammi, dann Anna an, doch beide schüttelten synchron die Köpfe.

»Das ist schlicht und ergreifend unmöglich«, sagte Anna forsch, blickte sie herausfordernd an. »Kommen Sie mit, ich zeige es Ihnen.«

Lotte nickte, folgte den beiden. Am Kühlraum angekommen, betätigte Anna den Hebel, zog die Tür auf, ließ sie ganz nach hinten fallen, trat in den Raum, sah sie an. »Jetzt probieren Sie es bitte selbst!«

Lotte trat zögernd zu der Tür, schob sie nach vorne, spürte den Widerstand. Sie war tatsächlich viel zu schwer, um von selbst zuzugehen. Anna und Tammi hatten recht, jemand musste sie geschlossen haben. »Okay«, sagte sie, »also ist sie nicht von allein zugefallen, aber das bedeutet noch lange nicht, dass das mit Absicht passiert ist. Vielleicht war jemand hier unten, hat gesehen, dass die Tür sperrangelweit offen steht, und hat sie zugemacht, ohne nachzusehen ob jemand im Kühlraum ist.«

»Wer sollte so etwas Bescheuertes tun?«, fragte Tammi.

»Bleibt immer noch die Sache mit dem Thermostat«, warf Anna ein. »Ich bin absolut sicher, dass ich die Temperatur am Tag meiner und Ihrer Ankunft hier in der Lodge auf acht Grad gestellt habe.«

»Jedem kann doch mal ein Fehler passieren«, schoss Lotte zurück. »Vielleicht dachten Sie, Sie hätten die richtige Temperatur eingestellt. Mal ehrlich, wer sollte Tammi etwas so Schreckliches antun?«

Anna hob die Schultern, sah Tammi an. Dann nahm sie ein Stück Geräuchertes aus einem der Regale, warf es Lotte zu.

»Drücken Sie!«

Lotte starrte die Frau an. »Ich verstehe nicht, was soll das?«

»Wäre die Temperatur schon länger so niedrig eingestellt gewesen, dann wäre dieser Schinken jetzt hart wie ein Eisblock. Das ist er aber nicht, er ist lediglich angefroren. Und das bedeutet, dass die Temperatur des Kühlraums erst kürzlich runtergeregelt wurde. Es war also kein Fehler meinerseits. Eine andere Person hat sich an dem Thermostat zu schaffen gemacht.«

Anna trat aus dem Kühlraum, nachdem sie Temperatur wieder umgestellt hatte, verschloss die Tür und wandte sich wieder Lotte zu. »Ich frage mich, wieso ich Ihre Freundin schreien gehört habe, obwohl ich oben in der Küche gewesen bin, während Sie hier unten keine fünfzehn Meter von ihr entfernt waren …«

Ein hysterisches Lachen brach aus Lottes Kehle hervor. »Was wollen Sie damit sagen? Dass ich es gewesen bin, die Tamara eingeschlossen hat?«

Tammi schüttelte schnell den Kopf. »Lotte würde so

etwas niemals tun. Warum sollte sie auch? Wir sind Freundinnen, seit wir Kinder waren!«

»Aber warum haben Sie Ihre Freundin nicht schreien gehört?«

Lotte zupfte wütend an ihrem Cozy-Band, das locker um ihren Hals hing. »Weil ich zu dem Zeitpunkt vielleicht gerade Musik gehört habe? Ich hatte meine Kopfhörer auf und hab deswegen nichts mitbekommen! Gott verdammt, wo sind wir hier, im Kindergarten?« Sie funkelte Anna wütend an.

Doch Anna blieb vollkommen unbeeindruckt, erwiderte unerschrocken ihren Blick. »Wer kommt sonst noch infrage?«

Lotte hob die Schultern, sah zu Tammi.

Die wirkte genauso ratlos. »Der Einzige, der aktuell wirklich sauer auf mich ist, ist Florian. Doch der war längst weg, als das hier passierte.«

Lotte nickte, schickte sich an, zu gehen, doch Anna blieb stocksteif stehen. »Was haben Sie vor?«

»Na, was wohl? Wir suchen Rosi und Lexi. Wenn ich es nicht war und Sie auch nicht, dann bleibt ja nur noch eine von den beiden, oder nicht?«

Im Hallenbad angekommen, erwartete sie gähnende Leere. Weder Rosi noch Lexi waren noch da.

Lotte sah sich zu Anna um. »Ich kümmere mich darum, einverstanden? Ich gehe jetzt mit Tamara ins Haupthaus zurück, rede mit den beiden. Und sollte auch das kein Licht ins Dunkel bringen, dann beratschlagen wir später gemeinsam mit den Männern, wie dieses Beinahe-Unglück zustande kommen konnte. Vielleicht gibt es ja doch eine nachvollziehbare Erklärung dafür, dass die Tür zugefallen ist.«

Anna schien über ihre Worte nachzudenken, nickte schließlich. »Gut, ich gehe dann wieder in die Küche und richte den Lunch für sie alle her. Falls Sie mich benötigen, finden Sie mich dort.«

Als Lotte mit Tammi allein war, sah sie sie ernst an. »Bist du wirklich absolut sicher, dass du die Tür weit geöffnet und nicht nur angelehnt hast?«

Tamara hob aufgebracht die Brauen. »Für wie bescheuert hältst du mich? Natürlich bin ich sicher! Ich war in der Sauna, bin dann raus, hab mich kurz ausgeruht. Wegen der Sache mit Flori war ich total neben der Spur. Ich wollte unbedingt einen Drink, hab in den Vorratsregalen nachgesehen und schließlich diesen blöden Kühlraum gefunden. Ich hab die Tür aufgemacht, gesehen, dass sie sich von innen nicht öffnen lässt, und sie deswegen ganz aufgeschoben. Ich bin rein, war gerade dabei, mir eine von den Flaschen im Regal auszusuchen, als die Tür zuflog.« Tammi stoppte, sah sie ernst an. »Wirklich, Lotte, genauso ist es gewesen.«

»Okay, gut«, gab Lotte zurück, nahm Tammi in die Arme. Als sie sich voneinander lösten, schob sie sie auf Armeslänge von sich weg. »Wenn Florian glaubt, dass euer Kind von Killian ist, dann besteht die Möglichkeit, dass auch Rosi …« Sie brach ab, sah Tammi betreten an. »Begreifst du, worauf ich hinauswill?«

Die Augen der Freundin füllten sich mit Tränen, dann nickte sie.

»Trotzdem sollten wir nichts überstürzen. Lass mich ganz in Ruhe und unter vier Augen mit ihr reden.«

EINUNDZWANZIG
LODGE

Tamara

In ihrem Kopf drehte sich alles. Hinzu kam, dass sie sich wegen der Unterkühlung leicht benebelt fühlte, was bestimmt zum Teil auch am Schock liegen mochte. Nachdem sie aus ihrem noch immer feuchten Bikini geschlüpft war und sich warme Klamotten angezogen hatte, machte sie sich auf den Weg zu Rosis Zimmer. Sie hob die Hand, wollte schon klopfen, zögerte dann aber.

War Rosi, ihre ängstliche, zaghafte Freundin, die sich vor allem und jedem fürchtete, zu einer so kaltblütigen Tat fähig?

Du hättest Flori auch nicht zugetraut, dass er die Hand gegen dich erhebt.

Tamara schloss für eine Sekunde die Augen. Es stimmte. Niemals hätte sie gedacht, dass ihr Ehemann, den sie seit ihrer Teenagerzeit kannte, sie schlagen würde. Und doch hatte er ausgeholt, ihr eine so heftige Ohrfeige verpasst, dass ihr für den Bruchteil einer Sekunde speiübel geworden war.

Sie war in Tränen ausgebrochen, doch anstatt sich augenblicklich zu entschuldigen, sie in den Arm zu nehmen und spüren zu lassen, wie sehr er sie erschreckt und verletzt hatte, war er einfach nach draußen geflohen und hatte sie in ihrer Schockstarre allein zurückgelassen.

Tamara blinzelte gegen die aufsteigenden Tränen an, fragte sich, wie sie beide es so weit hatten kommen lassen können.

Ja, sie war daran nicht unschuldig. Sie war diejenige, die ihren Ehemann betrogen hatte. Doch zu jeder Ehekrise und den daraus resultierenden Fehltritten gehörten immer zwei Menschen.

Der alte Florian, in den sie sich damals verliebt hatte, wäre niemals mit einer solchen Aggression auf sie losgegangen. Er hätte versucht, das Problem mit Worten aus der Welt zu schaffen. Genau wie sie hätte er hinterfragt, warum sie auf diese Weise gehandelt hatte. Doch Florian heute, der gefragte Anwalt und erfolgreiche Geschäftsmann, war zum Egoisten mutiert und einzig Ivy hatte es geschafft, einen Teil seines alten Ichs wieder hervorzulocken.

Sie fragte sich, ob er ihr den Seitensprung allein hätte verzeihen können. Oder war er nur so verbittert, weil es auch um Ivy ging?

Lotte hatte natürlich recht. Wenn Florian wütend auf den Betrug reagierte, wie mochte es dann erst in Rosi aussehen? Was, wenn Florian ihr von seinem Verdacht gegen Killian erzählt hatte? Immerhin wollten die beiden demnächst heiraten.

Schließlich schob sie all ihre Bedenken beiseite, klopfte fest an die Tür der Freundin.

Rosi öffnete ihr und lächelte sie freundlich an. Erschien ihr völlig arglos. Oder war das nur gespielt?

Prüfend musterte Tamara sie. Konnte sie hinter dem Angriff im Kühlraum stecken? Wenn ja, war sie eine brillante Schauspielerin. Aber das würde sie gleich herausfinden. »Gehst du ein Stück mit mir?«, fragte sie.

»Rausgehen?« Rosi riss ungläubig die Augen auf. »Hast

du mal nach draußen gesehen? Es schneit immer noch. Heftiger als zuvor.«

Tamara hob die Schultern, legte den Kopf schräg. »Muss ja nicht lange sein. Wir bleiben in der Nähe des Hauses. Aber ich würde wirklich gerne etwas mit dir besprechen.«

»Na schön«, gab Rosi nach. »Warte, ich zieh mir was über.« Rosi verschwand im Innern ihres Zimmers, kam kurz darauf mit Stiefeln und Anorak bekleidet wieder zu ihr. »Dann los. Um ehrlich zu sein, brennt mir auch was auf der Seele.«

Schweigend gingen sie die Treppe nach unten, zur Haustür hinaus, wo ihnen ein eisiger Wind entgegenschlug, der augenblicklich durch ihre Kleidung bis auf die Knochen drang.

Tamara zog die Schultern hoch, schüttelte sich vor Kälte, überlegte, ob es nicht doch besser wäre, die Angelegenheit im Haus zu besprechen, vielleicht bei einem Tee. Doch schließlich verwarf sie den Gedanken wieder. Sie musste sich jetzt einfach mal frischen Wind um die Nase pusten lassen.

Sie sah Rosi an. »Alles okay bei dir? Frierst du?«

Die Freundin winkte ab. »Lass uns einfach loslaufen, dann wird es uns schon warm werden.«

Sie stapften eine Weile stumm nebeneinander durch den Schnee. Zuerst am Anbau vorbei, dann an dem Gebäude, in dem sich das Hallenbad befand, bis sie schließlich das Gelände verließen und auf den angrenzenden Wald zusteuerten.

»Was wolltest du mit mir besprechen?«, fragte Tamara, weil sie nicht genau wusste, wie sie das Gespräch eröffnen sollte.

Rosi sah sie kurz an und Tamara bemerkte, dass sich ihr Gesichtsausdruck verdüstert hatte.

Die Freundin blinzelte, schien sich sammeln zu müssen. »Ich hab dich mit Killi gesehen«, schoss es plötzlich aus Rosi hervor.

»Was meinst du? Wo hast du uns gesehen?«, fragte Tamara.

»Heute Vormittag, im Keller. Ihr habt wegen irgendwas diskutiert und für mich hörte es sich so an, als gäbe es da ein Problem zwischen euch. Es klang wie ein Streit.«

»Und warum kommst du damit zu mir?«, fragte Tamara. »Wieso hast du deinen Verlobten nicht darauf angesprochen?«

Rosi blieb stehen, sah sie ernst an. »Das habe ich. Doch er wollte mir partout nichts darüber sagen, meinte, dass ich ihm einfach vertrauen müsse. Ich hatte den Eindruck, dass er sich dir gegenüber dazu verpflichtet fühlte, zu schweigen und mir nichts zu erzählen.«

Tamara legte den Kopf in den Nacken, blieb ebenfalls stehen. »Na schön, sieht so aus, als würden es eh bald alle wissen, also kann ich es dir auch gleich sagen.«

»Was genau? Was geht da bei euch vor?«

»Bei dem Gespräch ging es um Flori und mich. Wir haben eine ernste Ehekrise.« Sie brach ab, wog genau ab, was sie Rosi erzählen durfte, entschied sich schließlich für die Wahrheit. »Ich hab Florian betrogen. Und unsere Tochter Ivy ist nicht sein Kind, sondern von einem der Männer, mit denen ich damals eine Affäre hatte.«

Rosi starrte sie fassungslos an, klappte den Mund auf, dann wieder zu, schüttelte ungläubig den Kopf.

»Ich hätte es ihm niemals gesagt«, fuhr Tamara fort, »und bestimmt wäre es auch niemals ans Licht gekommen, doch Florian erfuhr erst kürzlich bei einer Untersuchung beim Urologen, dass er zeugungsunfähig ist. Sein ganzes Leben lang bereits, was bedeutet, dass Ivy nicht sein leibliches Kind ist.«

»Dann ist er deswegen so wütend auf dich?«, fragte Rosi, die endlich ihre Fassung wiedererlangt zu haben schien.

Tamara nickte. »Da ist aber noch etwas …«

Rosi sah sie an. »Es geht um Killi, nicht wahr? Mir ist

aufgefallen, dass Florian sich ihm gegenüber seltsam abweisend verhält.«

Tamara nickte bedrückt. »Ich glaube, mein Ehemann denkt, dass Ivy Killians Kind sein könnte.«

Rosi zuckte vor ihr zurück. »Was sagst du da? Du und Killian, nein ...«

»Warte, natürlich ist das nicht wahr. Ich hatte nie etwas mit Killian und werde auch nie etwas mit deinem Verlobten anfangen. Wir sind Freunde und er war der Einzige, der von Anfang an wusste, dass ich daran zweifelte, dass Ivy von Florian ist, verstehst du?«

»Im Moment verstehe ich gerade gar nichts mehr. Wieso wusste mein Verlobter davon?«

»Damals als ich schwanger geworden bin, habe ich Killian von meinen Affären erzählt. Ich brauchte einen Vertrauten, jemanden, mit dem ich über mein Dilemma sprechen konnte.«

»Meinen Verlobten?«

»Ja, ich brauchte einen Rat von einem Freund. Killi riet mir damals, es Florian nicht zu sagen, das Baby abzutreiben, um kein Risiko einzugehen. Ich hatte sogar schon einen Termin für den Abbruch, als Florian das mit der Schwangerschaft herausfand und mich bekniete, das Kind zu bekommen. Unsere Ehe war damals in einer echten Krise und ich hatte noch die Hoffnung, dass dieses Baby unsere Ehe kitten könnte, selbst auf die Gefahr hin, dass es nicht von meinem Mann war.«

Rosi sah sie an, schien einen inneren Kampf auszufechten.

»Wie kommt Florian darauf, dass dein Kind von Killi sein könnte? Wieso misstraut er seinem besten Freund?«

»Ich habe keine Ahnung«, gab Tamara zurück. »Vielleicht hat er mich mal beobachtet, wie ich mit Killi telefoniert und dabei geflüstert habe. Oder er nimmt es einfach nur an, ohne jeden ersichtlichen Grund.«

Rosi nickte, schien sich damit zufriedenzugeben.

»Du glaubst mir?«, fragte Tamara vorsichtshalber nach, konnte jedoch nicht verhindern, dass ihre Stimme vor Misstrauen zitterte.

Rosi sah sie an, legte den Kopf schräg. »Natürlich glaube ich dir! Du bist meine Freundin und ich kenne dich in- und auswendig.«

Sie stoppte, musterte sie. »Raus mit der Sprache. Was ist los? Du schaust mich so seltsam an. Hat es mit dem zu tun, worüber du mit mir sprechen wolltest?«

»Ja, das hat es.« Tamara erzählte Rosi von der Attacke im Kühlraum, ließ auch nicht aus, dass Lotte deswegen mit Anna aneinandergeraten war.

Rosi schnappte entsetzt nach Luft. Dann veränderte sich ihr Gesichtsausdruck. »Deswegen hast du an meine Tür geklopft. Du denkst doch nicht, ich hätte dich in dem Kühlraum eingeschlossen? Sag, dass das nicht wahr ist! Du denkst doch nicht etwa, dass ich genau wie dein Mann überzeugt davon bin, dass Killi und du ein Verhältnis habt? Um Himmels willen, Tamara! Das ist nicht dein Ernst!«

Tamara sah sie nur stumm an, zuckte mit den Schultern.

»Du hältst mich tatsächlich für eine Irre, die aus Eifersucht nicht mal vor Mord zurückschrecken würde …« Rosi schüttelte den Kopf, breitete die Arme aus, lachte hysterisch. »Was für eine hanebüchene Scheiße … so was kann man sich gar nicht ausdenken!« Sie drehte sich ein letztes Mal zu ihr um, sah sie mit tränennassen Augen an. Dann verschwand sie heulend im Schneegestöber.

ZWEIUNDZWANZIG
LODGE

Rosi

Rosi wusste nicht, was schwerer wog: Die Tatsache, dass Tammi sich ihr nicht anvertraut hatte oder dass sie ihr zutraute, ihr etwas antun zu wollen.

Sie rannte weiter durch das Schneegestöber, um ihrer Verzweiflung zu entkommen. Bog irgendwann ab, um zurück zur Lodge zu kommen. Sie musste mit Tammi reden und das klären. Viel zu spät bemerkte sie, dass sie nur noch von Bäumen umgeben war. Sie drehte sich, versuchte, sich im Schneegestöber zu orientieren.

Eigentlich hätte sie doch längst zurück sein müssen. Doch da war nichts, außer den Bäumen, dem scheinbar unendlichen Weiß um sie herum.

War sie falsch abgebogen? Hatte sie sich verlaufen?

»So ein Mist«, rief sie gegen den Wind an, schlug ihre Kapuze hoch, um sich vor der Kälte zu schützen.

Sie zog ihr Handy hervor, wollte die Lodge im Internet suchen, sich navigieren lassen. Doch sie hatte keinen Empfang.

»Tammi«, rief sie in ihrer Verzweiflung. Wiederholte den

Ruf nach ihrer Freundin, in der Hoffnung, dass die diese sich noch irgendwo in der Nähe befand.

Freundin …

Rosi lachte auf.

Konnte man das, was zwischen Tammi und ihr war, noch Freundschaft nennen?

Früher einmal hatte es keine Geheimnisse zwischen ihnen gegeben.

Sie hatte gewusst, was die Freundin umtrieb, welche Sorgen sie plagten, mit welchen Zweifeln sie sich herumschlug. Sie waren einander nahe gewesen, so nahe, dass für Heimlichkeiten kein Platz gewesen war.

Sicher?

Die Zweifel nagten weiter an ihr.

Tammi war schon immer sehr eng mit Killian befreundet gewesen, enger noch als mit ihr, dennoch hatte es noch niemals Anlass gegeben, einander zu misstrauen. Doch Rosi hatte Tammi blind vertraut, genau wie Killian. Zu keinem Zeitpunkt wäre sie auf die Idee gekommen, dass die beiden ihr Vertrauen missbrauchen könnten.

Wirklich nicht?

Rosi stieß schockiert die Luft aus, hatte plötzlich das Gefühl, ihre Beine würden unter ihrem Körper nachgeben.

Doch! Einmal schon …

Heute Vormittag, als sie die beiden im Keller miteinander hatte tuscheln hören. In diesem Augenblick war ihr in den Sinn gekommen, dass da etwas zwischen den beiden lief. Dann hatte sie Florians finsteren Gesichtsausdruck bemerkt, hatte seine kryptische Bemerkung vernommen und angefangen zu misstrauen.

Sie atmete tief durch, horchte in sich hinein.

Traute sie Killian und Tammi tatsächlich zu, sie auf eine so hinterhältige Art und Weise zu betrügen?

Sie schluckte.

Ja, es stimmte: Killian und sie hatten in den letzten

Jahren hin und wieder Probleme in ihrer Beziehung gehabt. Die Tatsache, dass sie einfach nicht schwanger wurde, belastete sie beide auf unterschiedliche Weise. Und natürlich haderten sie beide mit dem Gedanken, dass sie vielleicht niemals Eltern sein würden. Es zerriss sie innerlich, Killian den Wunsch, Vater zu werden, vielleicht niemals erfüllen zu können, obwohl er ihr bereits mehrfach gesagt hatte, dass es okay für ihn sei, er zum Glücklichsein nicht viel mehr brauchte als sie.

War das die Wahrheit?

Oder nur dahingesagt, um sie zu beruhigen?

Sie gestand sich ein, dass sie Killian vielleicht doch nicht so gut kannte, wie sie sich stets eingeredet hatte. Würde sie sich sonst mit Tammi streiten? Darüber nachgrübeln, wieso ihre Freundin auch nur eine Sekunde hatte glauben können, sie stecke hinter dem Vorfall im Kühlraum …

Rosi schloss die Augen, atmete tief ein und wieder aus.

Selbst wenn sie davon überzeugt gewesen wäre, dass Killian ein Verhältnis mit Tamara hatte, würde sie niemals etwas so abscheuliches tun und ihre Freundin im Kühlraum einsperren.

Dass Tamara ihr das zutraute, sagte allerdings einiges über deren Denkweise aus, auch wenn sie die Freundin ein Stück weit verstehen konnte.

Ihr eigener Ehemann hatte sie geschlagen, weil er annahm, dass sie ihm das Kind eines seiner besten Freunde drei Jahre lang als seines untergeschoben hatte.

Tammi hatte also schlicht und ergreifend nur eins und eins zusammengezählt …

Sie zuckte zusammen, als sie aus der Ferne Schreie hörte. Jemand rief ihren Namen.

Tammi!?

Oder war es Lotte?

Die Rufe klangen panisch.

Doch woher kamen sie?

Rosi lauschte angestrengt, versuchte, sich an den Rufen zu orientieren, schleppte sich weiter in Richtung der Schreie.

»Hier, ich bin hier«, antwortete sie.

Lauschte, stolperte weiter durch den mittlerweile kniehohen Schnee, in dem jeder Schritt, den sie tat, anstrengend und schweißtreibend war. Doch sie musste zurück, irgendwie. Wieder meldete sie sich. »Hier bin ich!«

Ein Ruck ging durch ihren Körper, als die Rufe erneut erklangen, viel näher diesmal.

Sie stolperte weiter, in die Richtung, aus der sie die Schreie vermutete, strauchelte, als sie über irgendwelche unter dem Schnee begrabene Hindernisse schlurfte. Rutschte aus, raffte sich wieder auf und prallte auf etwas Weiches.

Ein erleichterter Schluchzer entfuhr ihr, als sie Lottes Gesicht im Schneegestöber erkannte.

Die Freundin starrte sie besorgt an. »Bist du okay? Tammi meinte, du seist vollkommen ausgerastet und einfach losgerannt. Sie hat eine Weile nach dir gesucht, ist dann aber zur Lodge zurück, weil sie Angst hatte, sich in dem dichten Schneefall zu verirren.«

Rosi schluckte. »Sie hat mir unterstellt, sie im Kühlraum eingeschlossen zu haben.«

Lotte schwieg, sah sie nur an.

»Moment mal«, stieß Rosi hervor. »Du weißt über alles Bescheid, nicht wahr? Glaubst du etwa auch …?« Schockiert brach sie ab. »Du hast ihr das eingeredet?«

Lotte hob beschwichtigend die Hände, sah sie beschwörend an. »Niemand unterstellt dir, dass du Tammi eingesperrt hast. Wir haben nur überlegt, wer infrage kommt. Und da Florian schon so ausgetickt ist, lag es nahe, dass wir auch an dich denken. Aber ich glaube dir und denke, ich spreche auch für Tammi, dass du es nicht gewesen bist, okay? Wir glauben dir, hörst du? … Aber jetzt müssen wir, so schnell es geht, zur Lodge zurück.«

Lotte sah sich hektisch um, als befürchte sie etwas.

»Was ist los, ist da was?«, fragte Rosi.

»Ja, wir müssen uns wirklich beeilen, los komm!«

»Wieso? Sprich schon.«

»Anna hat vorhin einen Anruf von ihrem Vater bekommen. Irgendwo in der Nähe ist eine Lawine runtergekommen. Er kam nicht mehr dazu, ihr zu sagen, wo genau. Das Gespräch wurde unterbrochen. Wir haben natürlich sofort versucht, die Männer zu erreichen, doch das Handynetz ist tot.«

Rosi schnappte entsetzt nach Luft. In ihrem Kopf lief ein Film ab.

Killian begraben unter Schneemassen.

»Killi und die anderen«, flüsterte sie. »Ich hab Angst um sie.«

»Rate mal, wer noch!«, sagte Lotte düster.

Als nach einer gefühlten Ewigkeit endlich die Umrisse der Lodge vor ihnen auftauchten, fiel Rosi ein Stein vom Herzen. Sie war vollkommen durchgefroren, was nicht allein an der Kälte lag.

Sie hoffte von Herzen, dass den Männern nichts passiert war. Aber sie kam nicht gegen das bedrückende Gefühl in ihrer Brust an, das ihr das Atmen erschwerte und von ihren Ängsten befeuert wurde.

War das eine Art Vorahnung?

Oder doch nur wieder eine beginnende Panikattacke?

Lotte schien es ähnlich zu gehen.

Ihr Gesicht wirkte blass, die Züge waren angespannt und verkrampft.

Als sie der Lodge näher kamen, sahen sie Anna, Tammi und Lexi in dicken Anoraks im Eingangsbereich stehen und ihnen düster entgegenblicken.

»Habt ihr die Männer erreicht?«, fragte Lotte, kaum, dass sie in Hörweite waren.

Tammi und Anna wechselten einen Blick, schüttelten resigniert die Köpfe. Lexis Miene war nur schwer zu deuten. Aber vielleicht wollte sie sich ihre Sorge auch nicht anmerken lassen.

»Verdammter Mist!«, rief Lotte aus, wirkte, als stünde sie kurz davor, die Nerven zu verlieren.

»Ich hatte sie gewarnt«, meldete sich Annas zittrige Stimme. »Das ist eine Katastrophe ...«

»Vielleicht ist ja gar nichts passiert und sie sind längst auf dem Weg hierher«, meldete sich Rosi, obwohl sie innerlich bebte. Doch es fühlte sich tröstlich an, sich die Situation wenigstens für einen Augenblick schönzureden. »Bis auf Adam sind sie alle erfahrene Skiläufer. Bestimmt geht es allen gut.«

Sie bemerkte Lottes Blick auf sich, zwang sich zu einem Lächeln.

»Da!«, rief Lexi plötzlich.

Rosi folgte ihrem Fingerzeig, verspürte das Bedürfnis, vor Erleichterung in Tränen auszubrechen, als sie die Umrisse der Männer durch das Schneegestöber näher kommen sah.

Ein scharfer Stich fuhr durch ihren Magen, doch konnte sie nicht auf Anhieb erfassen, woran das lag.

Es war doch alles in Ordnung.

Sie hatte dank Lotte zurück zur Hütte gefunden, Tammi und Lexi waren ebenfalls wohlauf. Den Männern schien es gut zu gehen.

»Verdammte Scheiße«, stieß Tammi plötzlich aus, starrte in Richtung der Männer, drehte sich schließlich zu ihnen um. Rosi bemerkte, dass ihr Kinn bebte.

»Was ist mit dir?«, fragte sie.

Tammi schüttelte den Kopf, klappte den Mund auf, schloss ihn gleich wieder.

Auch Lexi und Anna schien es die Sprache verschlagen zu haben.

»Hab ich was auf den Augen?«, fragte Lotte. »Ich sehe nur drei Männer.«

DREIUNDZWANZIG
ROSENHEIM/MÜNCHEN
NEUJAHRSTAG

VIVIANE

»So ein beschissenes Silvester hatten wir seit Jahren nicht«, maulte Kai und nippte an seinem Kaffee. »Meine Frau ist immer noch total angepisst, weil ich erst nach zehn zu Hause aufgetaucht bin.«

»Hattet ihr denn etwas vor?«

Kai verzog das Gesicht. »Nur ein Familienfest, wie jedes Jahr. Die Geschwister meiner Frau mit Anhängsel, meine Mutter, die üblichen Verdächtigen eben. Ich war der Einzige, der das Fondue verpasst hat.«

»Sie wird sich wieder einkriegen«, versuchte Viviane ihn zu beruhigen. »Außerdem hatte ich dir am Nachmittag angeboten, dass wir zurück nach München fahren, doch du hast ja darauf bestanden hat, dass wir auch noch zu Noahs altem Trainer fahren.«

»Und, hatte ich recht?«

»Hattest du.«

»Sag ich doch«, grummelte Kai. »Jetzt wissen wir, dass Noah und Julia sich tatsächlich gekannt haben.«

Viviane nickte gedankenverloren. Inwiefern es ihnen bei der Lösung des Falles helfen sollte, dass die einzige

Überlebende des Massakers und Noah sich gekannt hatten, war ihr noch nicht klar. Zudem hatte der alte Trainer ihnen nicht sagen können, ob Julia und Noah über den Kampfsport hinaus Kontakt zueinander gepflegt hatten.

»Vielleicht könnten wir ja wenigstens heute mal zu einer familienfreundlichen Zeit Feierabend machen«, brummelte Kai vor sich hin und starrte finster in seinen Kaffee.

»Kommt darauf an, ob Hans Sedlmeier Erfolg hat«, gab Viviane zurück. »Um ehrlich zu sein, ist mir nicht mal nach Familie. Ich würde am liebsten drei Tage am Stück einfach nur durchschlafen.«

Sie zuckte zusammen, als das Festnetztelefon auf ihrem Schreibtisch schrillte, blickte auf das Display und grinste. »Wenn man vom Teufel spricht …«

Sie drückte auf Annehmen und zugleich auf Lautsprecher.

»Ein gutes Neues allerseits wünsche ich. Sind bei euch da drüben alle schon fit und munter?«, schallte es durch den Raum.

Viviane verdrehte die Augen und warf Kai einen amüsierten Blick zu.

»Noch nicht so richtig«, antwortete sie mit einem Blick auf den gähnenden Kai. »Und ich wünsch Ihnen ebenfalls ein gutes Neues.« Sie räusperte sich. »Haben Sie was für uns?«

»Lassen wir das mit dem blöden Sie endlich«, antwortete Sedlmeier mit seiner raumfüllenden Stimme. »Ich bin Hans. Und ich hab in der Tat was.«

»Na das klingt doch verheißungsvoll«, entgegnete Viviane. »Wir hören.«

»Ich hab einiges über die Familie des Jungen rausgefunden, auf dessen Kappe das Massaker geht.« Sedlmeier legte eine bedeutungsvolle Pause ein, raschelte am anderen Ende der Leitung mit irgendwelchen Papieren. »Die Eltern sind inzwischen beide verstorben. Die Mutter an einem Herzinfarkt vor ein paar Jahren und der Vater schon kurz nach dem Drama.«

»Woran?«, fragte Kai, der inzwischen wach zu sein schien und gebannt lauschte.

»Das ist es ja«, merkte Sedlmeier an. »Er hat sich hinters Steuer seines Wagens gesetzt und ist frontal gegen einen Baum gefahren – laut Akte war es eindeutig Selbstmord. Er kam wohl nicht mit der Schande klar, dass sein Junge fast eine ganze Familie exekutiert hatte.«

Viviane sah Kai an, der genauso schockiert aussah, wie sie sich fühlte. »Und was ist mit der Schwester? Die Kleine, die immer wieder aussagte, dass ihr Bruder zu einer solchen Tat nicht fähig sei?«

»Genau da ist der Hund begraben«, antwortete Sedlmeier. »Ich hab nicht die geringste Ahnung, wo sie steckt. Ihr letzter gemeldeter Aufenthaltsort ist die Adresse ihrer Eltern. Das Haus ging in ihren Besitz über, als die Mutter starb, und sie hat es innerhalb kürzester Zeit zum Verkauf ausgeschrieben und, wie es aussieht, auch schnell losbekommen. Dort wohnt jetzt eine Familie mit drei Kindern. Die neue Eigentümerin sagt, sie hätten der Schindler sechshunderttausend Euro für das Haus bezahlt, was für die Lage und Größe des Anwesens ein Schnäppchen war. Ich vermute, Renes Schwester wollte es einfach nur schnell loswerden, hat deswegen drauf verzichtet, zu verhandeln oder weitere Angebote abzuwarten. Abzüglich der Hunderttausend, die noch nicht abbezahlt waren, blieben ihr immerhin eine halbe Million Euro übrig, mit der sie sich wohl vom Acker gemacht hat, wie es aussieht.«

»Puh«, stieß Kai aus, verzog das Gesicht.

Viviane nickte. »Dann hat Renes Schwester fürs Erste ausgesorgt … aber dennoch, irgendwo muss sie doch hin sein.«

»Weit weg, was verständlich ist«, kam es von Sedlmeier.

»Ist noch etwas vorgefallen, von dem wir nichts wissen?«

»Allerdings. Von den Nachbarn weiß ich, dass es in den Jahren nach den Morden immer wieder zu Übergriffen auf die Familie Schindler kam. Meist gingen diese von Jugendlichen aus, manchmal auch von Kindern.«

»Welcher Art waren diese Übergriffe?«

»Dummejungenstreiche. Sie bewarfen das Haus der Schindlers mit faulen Kartoffeln und Eiern, zerstachen die Reifen des Familienwagens. Die Mutter wurde in einem Supermarkt vor Ort des Öfteren des Diebstahls bezichtigt, was sich nach Überprüfung durch die Polizei jedes Mal als nichtig herausstellte. Überhaupt war es vor allem die Mutter, die immer wieder attackiert wurde, was sie auch bei der Polizei meldete.«

»War etwas Ernstzunehmendes an diesen Attacken?«, fragte Viviane.

»Würde ich schon sagen«, antwortete Sedlmeier. »Einige Male brachte die Mutter nächtliche Drohanrufe zur Anzeige, ein weiteres Mal hatte jemand den Vorgarten verwüstet. Das alles passierte zum Teil, als ihr Ehemann noch lebte, der übrigens auch einiges durchlitten hat. Er war in Kneipenschlägereien verwickelt, in denen er das Opfer war.«

»Demnach hat Renes Tat starken Einfluss auf das weitere Leben seiner Familie genommen«, warf Viviane ein.

»Kann man sagen«, bestätigte Sedlmeier. »Und das erklärt auch, weshalb Ariane Schindler nach dem Tod der Mutter rasch das Weite gesucht hat.«

»Dann ist sie tatsächlich verschwunden?«

»Die meisten der Nachbarn wissen nichts Genaues, haben sich zugegebenermaßen nach Renes Tat von den Schindlers ferngehalten. Nur eine ältere Dame hatte hin und wieder noch Kontakt zu Ariane. Am Tag ihres Auszugs aus dem Elternhaus hat sie dieser erzählt, dass sie beabsichtigt, nach Bali zu gehen. Sie wolle dort ein Yogastudio eröffnen und ein neues Leben beginnen.«

»Dann sollten wir überprüfen, ob sie dieses Vorhaben

auch tatsächlich in die Tat umsetzt und das Land für immer verlassen hat.«

Sedlmeier am anderen Ende der Leitung lachte schallend. »Schon erledigt, meine Lieben. Die Nachbarin erinnert sich nämlich noch lebhaft daran, dass Ariane an jenem Tag mit einem Flugticket vor ihrer Nase herumwedelte und es gar nicht erwarten konnte, wegzukommen. Sie erinnerte sich sogar noch an den Namen der Airline. Daraufhin habe ich eine schriftliche Anfrage an Lufthansa geschickt, mit der Bitte um dringenden Rückruf. Jetzt heißt es fürs erste Abwarten und Tee trinken, doch so wie ich das sehe, hat die junge Dame alles richtig gemacht und die ganze Scheiße für immer hinter sich gelassen.«

VIERUNDZWANZIG
LODGE

Anna

»Was ist passiert?«, rief Rosi den Männern zu und eilte ihnen entgegen. »Und wo ist Killi?«

Anna bemerkte, wie die drei Männer betretene Blicke miteinander wechselten. Paul sah aus, als müsse er sich jeden Augenblick übergeben, Florian schien irgendwie neben sich zu stehen. Einzig Adam wirkte noch einigermaßen stabil.

Adam war es auch, der als Erster ihre Blicke erwiderte. Mit einem verlegenen Schulterzucken sah er zu Rosi, wandte sich dann an Anna. »Wir hätten auf Sie hören sollen, Anna«, sagte er mit einem Seufzer.

»Himmel, nun redet schon! Was ist passiert?«, fragte Rosi erneut.

»Es hat einen furchtbaren Unfall gegeben«, meldete sich Paul, während sein Blick in Florians Richtung zuckte, auf ihm hängen blieb, als erwarte er, dass dieser fortfuhr. Als das nicht geschah, ergriff er Rosis Hände. »Ich muss dir was sagen: Florian und Killi hatten einen Streit. Sie sind aufeinander losgegangen ...«

»Wo ist Killi, verdammt?«, fragte Rosi und versuchte, seine Hände wegzuschlagen.

»Bitte, Rosi« flehte Paul. »Wir haben alles versucht ... Aber Killi war sauer, er ist allein los ...«

»Ja, und?«, fragte sie bang.

»Er wollte allein zur Lodge zurück. Wir dachten uns nichts dabei, hofften einfach, dass sich die Lage zwischen Flori und Killi beruhigt hätte, bis auch wir später zurück zur Lodge kommen. Doch dann sahen wir von Weitem die Lawine runterbrechen. Wir sind dann auch sofort los und haben Killi gefunden. Er muss ins Straucheln geraten sein und die Kontrolle verloren haben. Er ist einen Abhang runtergestürzt, hat dabei einen seiner Skier verloren.«

Rosi war bei jedem von Pauls Worten blasser geworden. Schließlich riss sie sich von ihm los, brach in Tränen aus. »Ist er am Leben?«

Paul schluckte hörbar, warf seiner Ex, Lotte, einen Blick zu, dann wandte er sich wieder an Rosi. »Er muss zwanzig, vielleicht sogar dreißig Meter in die Tiefe gestürzt sein. Er bewegte sich nicht, reagierte auch nicht auf unsere Rufe. Adam und ich haben versucht, zu ihm nach unten zu klettern. Doch es war zu steil. Wir mussten ihn vorerst zurücklassen, aber wir haben unsere Jacken zu ihm runtergeworfen, damit er sich warm halten kann, sollte er wieder zu sich kommen. Wir suchen nur rasch Kletterausrüstung und Seile zusammen und ziehen gleich noch mal los. Ich muss runter zu ihm und sehen, was mit ihm los ist. Dann versuchen wir gemeinsam, ihn da hochzuholen.«

»Wieso musst ausgerechnet du zu ihm da runter?«, mischte sich Lexi ein. »Am Ende sitzt ihr beide da unten fest!«

»Das fragst du noch?«, fragte Lotte und ihre Stimme klang, als rede sie zu einer Schwachsinnigen. »Wie du weißt, ist Paul Arzt. Wenn also jemand beurteilen kann, wie es um Killian steht, dann er.«

Lexi zog eine Schnute, trat den Rückzug ins Haus an,

warf Paul noch einen letzten Blick zu, der wohl sagen sollte, dass sie es nicht nötig hatte, sich auf diese Weise von seiner Ex schikanieren zu lassen.

Paul zögerte, schien ihr folgen zu wollen, entschied sich dann aber dagegen.

»Habt ihr Hilfe gerufen?«, fragte Tamara an Florian gewandt.

Er ignorierte sie, fixierte Rosi. »Das wollten wir, hatten aber keinen Empfang. Nicht einmal der Notruf funktionierte da draußen. Lass es uns von hier aus noch mal versuchen.«

»Die Leitung ist tot«, stieß Anna hervor. »Wir haben weder Internet noch Handyempfang, selbst der Strom ist ausgefallen.«

»Scheiße, Anna, im Ernst?« Adam starrte sie mit weit aufgerissenen Augen an.

Sie nickte bedrückt. »Für alle, die sich in der Lodge aufhalten, sollte dies kein Problem darstellen. Wir verfügen hier über eine Notstromversorgung, heizen mit Holz, haben mehr als genug Vorräte. Was bedeutet, dass wir im Haus absolut sicher sind, selbst wenn eine weitere Lawine losbricht. Für Ihren Freund jedoch …« Sie stoppte, sah Rosi voller Mitgefühl an. »Ich fürchte, Sie müssen sich gedulden, bis sich die Situation da draußen ein wenig entspannt hat.«

Rosi, die bis jetzt vor sich hin geschluchzt hatte, sog die Luft scharf ein, sah sie böse an. »Sind Sie vollkommen irre? Mein zukünftiger Ehemann liegt mutterseelenallein da draußen. Er ist wahrscheinlich schwer verletzt und Sie raten uns, abzuwarten? Für ihn entscheidet vielleicht jede Sekunde, in der wir hier rumstehen und blöd quatschen, über Leben und Tod!«

Anna wich ein Stück vor der zornigen Frau zurück, räusperte sich. »Trotzdem ist niemandem geholfen, auch Ihrem Zukünftigen nicht, wenn sich noch mehr von uns in Gefahr bringen.«

Rosi wirbelte herum, zitterte mittlerweile am ganzen

Körper, was mit Sicherheit dem Schock geschuldet war. »Wie hat es überhaupt dazu kommen können?«, rief sie. »Killi ist ein sicherer Skiläufer, hat noch niemals irgendwelche Probleme gehabt!«

Paul verzog das Gesicht, sah zu Florian. Der schluckte schwer. »Wie es aussieht, ist die Bindung seines rechten Skis gebrochen, was ihn überhaupt erst zum Straucheln brachte. Wir haben das Teil gefunden … Es ist vollkommen zerstört.«

Rosi schüttelte den Kopf. »Das ergibt keinen Sinn, verdammt! Vor unserer Abreise hat Killian seine komplette Ausrüstung generalüberholt. Seine Skier waren in Ordnung. Anderenfalls wäre er gar nicht losgelaufen. Er ist ein routinierter Läufer und würde niemals ein Risiko eingehen.«

Anna bemerkte, dass ein Ruck durch Lottes Körper ging. Sie hatte eine Weile nur schockiert vor sich hingestarrt. Doch jetzt zog sie Rosi in ihre Arme, strich ihr über den Rücken. »Ihr wart beide im Stress, bevor ihr hergekommen seid. Das hast du mir am Telefon immer wieder gesagt, Süße. Und dann die Sache mit Flori … Wir alle haben bemerkt, dass zwischen den beiden etwas schwelt. Und sie hatten Streit da draußen. Vielleicht hatte er deswegen seine Gedanken woanders, als er überstürzt alleine los ist.«

»Dein Ernst?«, mischte sich Tamara ein. Ihre Stimme bebte vor Wut. »Rosi hat recht, Killian ist übervorsichtig. Er würde nie mit Skiern loslaufen, die nicht hundertprozentig in Schuss sind.« Sie wirbelte zu ihrem Ehemann herum, ließ eine Salve Fausthiebe auf ihn herniederprasseln. »Du bist das gewesen, nicht wahr? Du hast dich an seinen Skiern zu schaffen gemacht, damit er stürzt und sich verletzt. Wolltest du dich auf diese Weise an ihm rächen?« Sie hielt inne, brach in Tränen aus, schüttelte den Kopf. »Du bist so ein gottverdammter Idiot! Wie kannst du nur annehmen, dass er und ich …« Sie holte Luft, stieß dann mit Wucht ihre Fäuste ein weiteres Mal gegen seine Brust. »Ivy ist nicht von

Killian, verstanden! Er und ich sind nur Freunde, fast unser ganzes Leben lang.«

Florian blickte betroffen von seiner Frau zu Rosi, schüttelte heftig den Kopf. »Ich bin das nicht gewesen, das musst du mir glauben! Okay, ich hab ihm eins auf die Nase gegeben, ihn übel beschimpft. Aber mit dem Unfall hab ich nichts zu tun.«

Tamara lachte bitter, starrte ihren Mann an. »Nach allem, was hier die letzten zwei Tage passiert ist, glaubt dir das keine Sau mehr! Du bist wahnsinnig geworden, vollkommen durchgeknallt, und ich …« Sie brach ab, schien verzweifelt nach Worten zu suchen … »Ich bin fertig mit dir, kapiert? Du dämliches Stück Dreck hast mich heute zum ersten und letzten Mal geschlagen. Und Gnade dir Gott, sollte Killian schwer verletzt oder gar tot sein, dann bringe ich dich höchstpersönlich um!«

»Bitte!«, rief Anna beschwichtigend. »Sie müssen sich beruhigen. Lassen Sie uns zusammen beratschlagen, was am Sinnvollsten ist. Am besten gehen wir erst mal rein und überlegen, was wir für Killian tun können.«

Tamara wirbelte zu ihr herum, funkelte sie an. »Ich werde einen Teufel tun und mich in aller Seelenruhe ins Warme hocken, während mein bester Kumpel da draußen Gott weiß was durchmacht.« Sie schüttelte den Kopf, stob an ihr vorbei ins Haus, kam nur Sekunden später wieder raus. Eine Wasserflasche in der einen, ihr Smartphone in der anderen Hand, stapfte sie entschlossen davon.

»Was hast du vor?«, rief Florian ihr nach.

»Das geht dich einen Scheiß an«, gab sie lauthals zurück, drehte sich um, zeigte ihm ihren ausgestreckten Mittelfinger. Dann sah sie zu Lotte, schüttelte entschieden den Kopf, als diese andeutete, dass sie sie begleiten würde. »Ich brauche einen Moment für mich allein. Ich bleib in Sichtweite der Lodge. Bin in spätestens einer halben Stunde wieder da.« Sie wedelte mit ihrem Smartphone in der Luft herum. »Und wer weiß, vielleicht hab ich ja Glück und finde irgendwo da draußen eine Stelle, von der aus ich Empfang hab und Hilfe rufen kann.«

»Das ist gar nicht gut«, kam es von Paul, kaum dass sie im Haus waren. Er sah Florian an, hob hilflos die Schultern. »Du hättest sie nicht weglassen dürfen.«

Flori erwiderte trotzig seinen Blick. »Meine Ehefrau ist erwachsen und trifft ihre eigenen Entscheidungen. Was hätte ich tun sollen, sie einfangen und am Stuhl festbinden, damit sie nicht wieder wegläuft?«

»Heute Vormittag hattest du auch kein Problem damit, sie zu schlagen«, gab Lotte scharf zurück. »Ich kann es Tammi nicht verdenken, dass sie dir zutraut, Killis Skier manipuliert zu haben. Ich glaube, in ihrem momentanen Zustand traut sie dir so ziemlich alles zu.«

Florian hob theatralisch die Hände, ließ sie gleich wieder fallen. Er sah in die Runde, stieß ein böses Grunzen aus. »Leckt mich doch alle kreuzweise, ihr Arschlöcher!« Einen letzten Wutschrei ausstoßend stob er davon, die Treppe hinauf, wo nur Bruchteile von Sekunden später eine Tür scheppernd ins Schloss fiel.

»Ich rede mit ihm, will bei der Gelegenheit auch kurz nach Lexi sehen«, sagte Paul und eilte ihm nach.

Anna sah ihm kurz nach, wandte sich dann an Lotte. »Es war richtig, was Sie gesagt haben, aber nicht ganz der passende Zeitpunkt.«

»Wie meinen Sie das?«, fragte Lotte.

Anna straffte die Schultern, sah sie ernst an. »Überlegen Sie mal. Das Handynetz funktioniert nicht, weder im Haus noch irgendwo da draußen, was das letzte Telefonat mit meinem Vater bestätigt hat. Unsere Verbindung wurde unterbrochen, kurz nachdem er mir von der Lawine berichtete. Zudem schneit es noch immer so heftig, dass man kaum seine Hand vor Augen sieht. Was uns zum nächsten Problem führt. Zu den Straßenverhältnissen. Die Zufahrt hier rauf, der Pass zum Tal hinunter sind mit Sicherheit längst komplett dicht. Das bedeutet, dass wir vorläufig auch mit einem fahrbaren Untersatz nicht von hier wegkommen und Hilfe holen können. Niemand von uns kann es derzeit zu Fuß ins Tal schaffen, bevor es dunkel wird und man noch weniger sieht.«

»Vielleicht sollte es einer von uns wenigstens versuchen«, schlug Lotte vor.

»Das würde nichts bringen«, entgegnete Anna. »Bei diesen Wetterverhältnissen fliegt kein Helikopter mehr aus. Das Bergungsteam dürfte in den nächsten Stunden mit potentiellen Lawinenopfern vollauf beschäftigt sein.«

»Das heißt konkret?«, fragte Lotte.

Anna nickte ihr zu, legte die Handflächen aneinander, als würde sie beten. »Wir sind in der kommenden Nacht komplett auf uns allein gestellt. Wir müssen uns aufeinander verlassen, um das alles heil zu überstehen. Das Schlimmste, was wir jetzt tun können, wäre, Kurzschlussentscheidungen zu treffen oder gänzlich die Nerven zu verlieren. Wenn wir Killian da draußen helfen wollen, dann müssen wir eine Lösung finden, durch die nicht noch mehr von uns ins Lebensgefahr geraten.«

FÜNFUNDZWANZIG
LODGE

Lotte

»Scheiße, verdammt! Wo bleiben die denn nur?« Lotte blickte auf ihre Uhr, focht einen inneren Kampf aus. Schließlich zog sie ihr Handy hervor, in der Hoffnung auf einen Empfangsbalken, doch es war vergeblich.

Frustriert steckte sie das Gerät wieder in die Tasche, setzte sich aufs Sofa, nur um Sekunden später wieder aufzuspringen. Ihr war inzwischen längst klar, dass sie auf Anna hätten hören und im Haus bleiben sollen. Anna war eine Ortsansässige, die sich in der Gegend bestens auskannte, um die Gefahren wusste. Die junge Frau hatte alles versucht, um die Männer dazu zu bewegen, auszuharren, bis zumindest der Schneefall nachließ.

Doch neben Killian war inzwischen auch Tammi alleine da draußen, was keiner von ihnen hatte einfach so hinnehmen können. Schließlich hatten die drei Männer den Entschluss gefasst, zuerst nach Killi zu sehen und zu versuchen, ihn irgendwie nach oben zu ziehen und herzuschaffen, danach Tammi zu suchen. Daraufhin hatte Anna resigniert und den Männern ein paar Dinge zusammengesucht, die sie für ihr Vorhaben brauchten, und sich in die Küche zurückgezogen.

Lotte bewunderte die junge Frau für ihre Fähigkeit, in einer Situation wie dieser die Nerven zu bewahren und sich auf etwas Lapidares wie die Zubereitung des Abendessens zu konzentrieren, während sie selbst es kaum aushielt.

Jeder Muskel ihres Körpers zuckte nervös, ihre Haut fühlte sich gespannt und viel zu eng für sie an und sie tat sich wirklich schwer damit, genügend Sauerstoff in ihre Lungen zu bekommen.

Wieder blickte sie auf ihre Uhr, beobachtete den Sekundenzeiger dabei, wie er sich quälend langsam vorwärtsbewegte, hatte das Bedürfnis, sich den Frust von der Seele zu brüllen.

Sie wollte gerade los, um nach Rosi und Lexi zu sehen, als sie leise Stimmen von draußen hörte. Ein erleichtertes Schluchzen brach aus ihrer Kehle, während sie zur Tür stürzte, an der Klinke riss.

Paul und Adam starrten ihr bedrückt entgegen, wirkten vollkommen desolat. »Es war zwecklos«, erklärte Paul. »Zu zweit ist es einfach unmöglich, einen Kerl von über achtzig Kilo dreißig Meter in die Höhe zu wuchten.«

Lotte zuckte vor ihm zurück. »Wieso zu zweit?« Sie sah hinter die beiden, dann wieder zu Paul. »Wo ist Florian? Ihr seid doch zu dritt von hier weg!«

»Flori sucht nach Tamara.«

»Allein?«

Adam nickte. »Wir haben wirklich alles versucht, Lotte. Doch er ließ nicht mit sich reden, wollte unbedingt alleine los, um sie zu suchen.«

Lotte schloss die Augen für einen Moment, sah schließlich zu Paul. »Und was ist mit Killian?«

»Als wir an der Stelle ankamen, dachten wir zuerst, er sei verschwunden, doch nachdem ich es tatsächlich zu ihm nach unten geschafft habe, fand ich ihn unter einer dicken

Schicht Schnee begraben.« Paul brach ab, schnappte nach Luft.

»Was ist los? Sag schon«, forderte Lotte ungeduldig.

»Er ist tot«, gab Paul leise zurück. »Er muss sich bei dem Sturz das Genick gebrochen haben. Deswegen reagierte er auch nicht auf unsere Rufe. Ich hab ihn mit Seilen und Haken fixiert, bin wieder zu Adam hochgeklettert. Anschließend wollten wir ihn nach oben ziehen, doch es klappte nicht. Es ist einfach zu schwer. Wir müssen abwarten, bis die Bergwacht wieder im Einsatz ist. Es macht für ihn sowieso keinen Unterschied mehr.« Paul schluckte gegen die Tränen an, sah ihr ins Gesicht. »Ich kannte Killian nicht so gut wie du, aber es macht mir trotzdem extrem zu schaffen. Er war noch so jung und Rosi … Die Arme … Es tut mir wirklich von ganzem Herzen leid für sie.«

»Was tut dir leid?«

Lotte wirbelte herum, sah Rosi neben Lexi im Türstock stehen.

Rosi sah von ihr zu Paul, schien auch ohne Worte zu begreifen, sackte zu Boden, wimmerte leise.

Lexi, normalerweise gelangweilt und in Gedanken weit weg, bückte sich zu ihr hinunter, sprach beruhigend auf sie ein. Dann sah sie zu Lotte. »Hast du was zur Beruhigung dabei?«

»Nichts, das auf die Schnelle hilft«, gab sie zurück, »aber vielleicht gibt es hier eine Hausapotheke. Am besten fragst du Anna.«

Lexi nickte, kam wenig später mit einer Flasche Wasser in der einen, ein paar Schlaftabletten in der anderen Hand und Anna im Schlepptau zurück. »Das ist alles, was ich auftreiben konnte.«

Lotte nahm ihr beides aus den Händen, schraubte den Verschluss ab, ermunterte Rosi, zwei der Pillen mit einem Schluck Wasser zu nehmen, sah schließlich zu Lexi auf. »Wärst du so lieb, Rosi in ihr Zimmer zu begleiten? Sie braucht jetzt Ruhe, muss ein wenig schlafen, bevor auch sie noch …« Lotte brach ab, doch Lexi schien dennoch zu wissen, worauf sie hinauswollte.

Sie half Rosi auf die Beine, stützte sie, ging langsam mit ihr in Richtung Treppe. Als beide außer Sicht- und Hörweite waren, sah sie Paul nervös an. »Also, raus mit der Sprache, was genau ist noch geschehen? Ich sehe doch, dass das nicht alles ist, das dich umtreibt!?«

»Es geht um Tammi«, erklärte Paul. »Auf dem Weg hierher haben wir Schreie gehört, sind ihnen nachgegangen und haben schließlich Tammi gefunden. Sie muss auf eine Anhöhe hochgestiegen sein, weil sie wohl dachte, dass sie von da oben besseren Empfang hat. Auf dem Weg nach unten ist sie ausgerutscht, den Berg runtergeschlittert. Wie es aussieht, hat sie sich dabei ein Bein gebrochen und hängt jetzt in einer ziemlich blöden Position zwischen zwei dicht beieinander stehenden Bäumen fest.«

»Heilige Maria«, stieß Anna neben ihr aus, bekreuzigte sich. Dann sah sie zu ihr, klappte den Mund auf, um etwas zu sagen, brachte aber keinen Ton hervor.

»Das alles ist ein einziger und nicht enden wollender Albtraum«, sagte Lotte und klatschte sich mit der flachen Hand gegen den Kopf. »Okay«, stieß sie anschließend aus. »Ab sofort keine Alleingänge mehr. Lexi bleibt bei Rosi und wir vier ziehen jetzt los, um Tammi zu helfen. Falls Florian bis dahin nicht zurück sein sollte, machen wir uns nachher noch einmal auf den Weg, um auch ihn zu suchen, okay?«

Anna, Paul und Adam nickten.

»Ich zieh mir schnell etwas Warmes über«, sagte Anna und verschwand.

Adam und Paul folgten Lotte in den Gang, sahen ihr unschlüssig dabei zu, wie auch sie sich warm einpackte. Als Anna schließlich zu ihnen stieß, hatte sie einen Packen Zeugs bei sich. »Weitere Seile und Haken«, erklärte sie. »Die letzten. Noch mehr von uns sollten also nicht irgendwo in die Tiefe hinabstürzen.«

»Wie weit ist es denn noch?«, schnaufte Lotte und blieb stehen. Die Höhenluft machte ihr zu schaffen, der dichte Schneefall hatte ihre Klamotten bereits komplett durchweicht, selbst ihre Socken waren nicht mehr trocken. In Gedanken verfluchte sie sich dafür, dass sie ihre wasserdichte Thermokleidung nicht mitgenommen hatte. Aber wer hätte damit gerechnet, dass sie bei diesen Wetterverhältnissen durch die Nacht streifen musste?

»Da vorne ist es«, kam es von Adam, der vor ihr mit seiner Funzel zu einer Gruppe von Bäumen leuchtete, zwischen denen mehrere Äste im Schnee steckten. Die letzten Meter rannte er und Lotte beneidete ihn um seine Energie und Fitness, während sie sich zurück aufs Sofa wünschte.

»Tammi?«, rief er, strahlte die Böschung hinunter, woraufhin nur Sekunden später ein leises Wimmern erklang,

Anna spurtete ebenfalls los, genau wie Paul. Schon bald starrten sie alle vier zu Tammi, die ihnen blass und zitternd entgegensah. »Ihr müsst mir helfen«, schluchzte sie, »ich spüre meine Beine nicht mehr und ich bekomm kaum noch Luft.«

»Hab keine Angst, Süße«, stieß Lotte aus, sah dann Paul, Adam und Anna an. »Was können wir tun?«

»Am besten wird sein, wenn wir den Leichtesten und Durchtrainiertesten von uns mit einem Seil fixieren und langsam zu ihr abseilen«, erklärte Anna. »Anschließend werfen wir ihm ein weiteres Seil zu, mit dem er sich und Tamara zusammenbindet. Dann müssen wir versuchen, beide wohlbehalten nach oben zu ziehen.«

»Ich übernehme das«, meldete sich Adam.

Doch Paul schüttelte entschieden den Kopf. »Ich gehe da runter! Tamara scheint verletzt zu sein, ich will kein weiteres Risiko eingehen.«

Lotte nickte, sah Anna an, dann Adam. Alle schienen einverstanden. Paul nickte ihnen zu, band sich das eine

Ende des Seils fest um seine Hüfte, machte einige feste Knoten.

»Sind Sie sicher, dass die halten?«, fragte Anna. »Mein Vater ist früher oft klettern gegangen, deswegen kenne ich mich ein wenig damit aus.« Sie sah sich Pauls Werk aus der Nähe an, zog an dem Seil hinter den Knoten, nickte schließlich und winkte Adam zu sich. Der packte das andere Ende des Seils, wickelte es zur Sicherung an einen der Bäume in der Nähe, sah Anna an. »Machen Sie die Knoten?«

Die junge Frau nickte, tat, wie ihr geheißen.

Anschließend packte Adam das Seil, ging hinter Paul auf die Böschung zu, nickte. »Ich bin so weit.«

Nach nur zwei Minuten hatte sich Paul zu Tammi abgeseilt und untersuchte sie.

»Sie hat sich den rechten Oberschenkelknochen gebrochen und eine Bauchverletzung«, rief er nach oben. »Sie sagt, sie sei mit voller Wucht gegen einen Baumstamm geknallt, direkt auf einen bereits abgebrochenen Ast.«

»Kannst du sehen, wie schlimm es ist?«, rief Lotte zu ihm hinunter.

»Dazu müsste ich sie aus ihren Klamotten schälen«, gab er zurück. »Am besten ziehen wir sie hoch, schaffen sie in die Lodge und ich sehe mir ihre Verletzungen dort in Ruhe an.«

Als sie es mit vereinten Kräften schließlich geschafft hatten, Paul und die verletzte Tammi die Böschung hochzuziehen, fiel Lotte eine zentnerschwere Last vom Herzen. Das mit Killi war schwer genug. Tammi auch noch zu verlieren, hätte sie einfach nicht ertragen.

Während Paul nach Luft schnappte, ging Lotte neben ihrer Freundin in die Hocke, nahm sie in die Arme. Liebevoll strich sie Tammi über die Wange. »Da bist du ja wieder. Lass uns dich in die Lodge bringen«, flüsterte sie ihr zu. Dabei bemerkte sie, wie schwach Tammi war. Sie war wachsbleich, ihre Lider flatterten viel zu schnell.

Sie sah zu Paul auf, verzog das Gesicht. »Beeilen wir uns.«

Er nickte kaum sichtbar. Anscheinend verstanden sie einander noch immer ohne Worte, was sich angesichts ihrer aktuellen familiären Situation und der katastrophalen Lage, in der sie sich befanden, seltsam tröstlich anfühlte.

Tammi litt, wie es aussah, unter inneren Blutungen, was bedeutete, dass sie keine Zeit verlieren durften.

»Am besten wird sein, wir tragen sie abwechselnd ein Stück nach unten«, schlug Adam vor. »Paul und ich fangen an und wenn uns die Kraft ausgeht, übernehmen die Damen für einen kleinen Moment, bis wir wieder zu Kräften gekommen sind.«

Lotte nickte, wollte gerade aufstehen, um Paul und Adam Platz zu machen, als sie Tamaras Hand spürte, die ihren Unterarm erstaunlich fest umklammerte. Ihre Lippen bewegten sich, doch Lotte verstand beim besten Willen nicht, was die Freundin vor sich hin brabbelte. Als Lottes Blick zu Tammis weit aufgerissenen Augen glitt, erstarrte sie. Ihre Freundin schien vor irgendetwas panische Angst zu haben, wollte ganz offensichtlich noch etwas loswerden, bevor sie losgingen. Sie beugte sich zu ihr hinab, bis ihr Ohr fast den Mund der Freundin berührte.

Es dauerte eine Weile, bis Tamaras leise und teilweise unzusammenhängenden Worte einen Sinn ergaben. Doch schließlich begriff Lotte. Sie zuckte hoch, starrte von Adam zu Paul, dann zu Anna. »Sie sagt, dass jemand hinter ihr war und sie geschubst hat. Sie weiß nicht, wer. Vielleicht erinnert sie sich auch nicht daran, doch in der Quintessenz bedeutet dies, dass heute jemand schon zweimal versucht hat, meine Freundin umzubringen!«

Auf dem Weg zurück zur Hütte hielten Lotte und Anna sich hinter den Männern, die Tammi trugen. Sie schwiegen minutenlang.

Schließlich war es Anna, die das Schweigen brach. »Was denken Sie? Wer kann das gewesen sein?«

»Ich hab nicht die geringste Ahnung«, erklärte Lotte. »Rosi war ja die ganze Zeit über bei uns im Haus, also bliebe eigentlich nur Florian. Doch das kann und will ich mir um nichts in der Welt vorstellen.«

Anna neben ihr schluckte. »Vielleicht täuscht sie sich auch und da war gar keiner. Möglicherweise ist Schnee von den Bäumen runtergekracht und das hat sich für sie wie ein Stoß angefühlt.«

Lotte nickte, lächelte Anna an. »Danke dafür.«

»Was meinen Sie?«

»Dass Sie trotz allem versuchen, alles irgendwie noch stabil zusammenzuhalten. Wenn wir Sie nicht hätten, dann wäre längst das totale Chaos ausgebrochen.«

»Sie finden, dass da noch Raum nach unten ist?«

Lotte dachte über die Worte der jungen Frau nach, schluckte schließlich angestrengt. »Eine Sache hat mich die Vergangenheit auf die harte Tour gelehrt«, sagte sie leise und sah Anna an, zögerte einen winzigen Augenblick.

»Was?«, fragte die junge Frau. »Reden Sie weiter!«

Lotte nickte, holte tief Luft. »Eins sollten Sie sich für die Zukunft merken, meine Liebe: Schlimmer geht immer!«

SECHSUNDZWANZIG
LODGE

Anna

Während sie sich durch den Schneesturm kämpften, um die verletzte Tamara in die Lodge zu bringen, schwirrten Lottes Worte immer noch durch Annas Kopf: *Schlimmer geht immer!*

Das stimmte natürlich, was man an ihrer eigenen Familie sah. Ihre Mutter litt seit Jahren unter allen möglichen Beschwerden, die mit ihrer Krankheit zusammenhingen, doch letzten Endes war alles schlimmer geworden, bis der Arzt ihnen ans Herz gelegt hatte, langsam an den Abschied für immer zu denken.

Dennoch wollte sie ihr eigenes Schicksal nicht mit dem der Menschen in der Lodge vergleichen. Diese Leute waren bestimmt nicht hergekommen, um mitten im Luxus-Paradies ihre persönliche Hölle durchleben zu müssen.

Anna verstand immer noch nicht, warum.

In Gedanken ging sie alle durch und begann mit Tamara. Sie hatte wohl eine Affäre gehabt und das daraus resultierende Kind ihrem Ehemann untergeschoben. Aber reichte das als Grund dafür, dass jemand sie da draußen angegriffen und ihre Freunde sie vor dem sicheren Tod hatten retten müssen?

Und Killian?

Florian verdächtigte ihn, dass er der Liebhaber seiner Frau und der Erzeuger des Kindes gewesen war. Jetzt lag er tot in dieser Schlucht. War das wirklich ein Unfall gewesen oder hatte jemand von den Freunden nachgeholfen?

Anna schluckte, beobachtete Lotte, die stur vor sich hin starrte, während sie Schritt für Schritt durch den Schnee stapfte. Hatte sie etwa einen ähnlichen Verdacht?

Ihre Blicke trafen sich, doch keine von ihnen wagte Naheliegendes laut auszusprechen.

War es möglich, dass Florian so außer sich gewesen war, dass er zuerst Killians Skier manipuliert und dann seine Frau eine steile Böschung hinuntergestoßen hatte?

Anna schluckte, als ihr klar wurde, dass sie es ihm zutraute. Schon bei seiner Ankunft hatte er unterschwellig seinen Zorn auf alles und jeden versprüht.

Doch wie passte der Angriff auf Tamara in der Kühlkammer dazu?

Florian war zu diesem Zeitpunkt nicht mal im Haus gewesen. War Tamaras fast tödlicher Aufenthalt im Kühlraum nur ein bedauerlicher Zufall? Hatte sie die Tür nur angelehnt und sie war zugeschlagen, weil es irgendwo von draußen hereingezogen hatte?

Möglich … wenn auch nicht sehr wahrscheinlich.

Annas Gedanken wanderten weiter zu Rosi. Irgendwo hatte sie mal gelesen, dass die meisten Verbrechen aus Leidenschaft und verletzten Gefühlen heraus begangen wurden.

War das auch hier der Fall oder steckte mehr dahinter?

Etwas weit Dunkleres?

Etwas, an das sie niemals auch nur zu denken wagen würde?

»Sollen wir euch mal ablösen?«, fragte Lotte neben ihr die Männer.

»Nicht nötig«, kam es schwer atmend von Paul.

»Wir schaffen das kleine Stück noch«, schloss Adam sich ihm an und zwinkerte ihnen über die Schulter nach hinten schauend zu.

Lotte hob gleichmütig die Schultern. »Wie ihr wollt.«

Endlich bemerkte Anna die Umrisse der Lodge in der Ferne. Wenigstens hatten sie sich nicht noch verlaufen und würden bald im Warmen sein.

Aber da war noch etwas anderes. Etwas absolut Widersprüchliches, das mit jedem Schritt, den sie der Lodge näher kamen, stärker wurde. Sie hatte das dringende Bedürfnis wegzulaufen, weg von diesen Menschen. Als hätte das Unglück, das über diese Leute hereingebrochen war, seinen Höhepunkt noch lange nicht erreicht.

Schlimmer geht immer!

Sie sog die Luft ein, warf Lotte einen Seitenblick zu, die genau wie sie plötzlich kleinere Schritte machte. Unmerklich fielen sie hinter den Männern, die Tamara trugen, zurück.

Bildete sie sich das nur ein?

Inzwischen waren sie fast da, als die Haustür der Lodge aufgerissen wurde und Lexi aus der Tür stob. Sie wirkte, als sei sie vollkommen durch den Wind, hatte scheinbar etwas Schweres in der Hand, das sie wie ein Irrwisch schwang.

Augenblicklich schnürte es Anna den Hals zu. »Was macht sie da?«, fragte sie fast tonlos und ihr mühsam unterdrückter Fluchtreflex ließ sie zumindest stoppen und sich ängstlich umsehen. Auch Lotte stoppte, wirkte mit einem Mal noch verkrampfter als zuvor.

»Irgendwas stimmt da nicht«, äußerte sich nun auch Adam.

Einzig Paul schwieg noch, doch anders als die Frauen rannten er und Adam die letzten Meter zur Lodge, um zunächst Tamara ins Innere zu bringen.

Lotte schloss sich ihnen nach einer Schrecksekunde an, den Blick starr auf Lexi gerichtet. Anna blieb an ihrer Seite.

»Ist das ein Hammer in Lexis Hand?«, fragte Lotte entsetzt, und jetzt erkannte auch Anna, was sie am Anblick der jungen Frau so verstörte.

Abrupt blieben sie stehen, starrten auf das Ding in Lexis Hand, von dem etwas Rotes in den Schnee tropfte und dort ein abstraktes Bild hinterließ.

Lotte fasste sich als Erste, rannte los. Danach ging auch durch Annas Körper ein Ruck. Schwer atmend kamen sie bei Lexi an. Anna bemerkte, dass diese völlig verstört wirkte, als habe sie panische Angst.

»Was ist hier passiert, Lexi?«, fragte Paul, der in diesem Moment allein zurückkam, während Adam noch bei der verletzten Tammi geblieben war. Paul fasste seine Freundin an den Schultern.

Mit einem Schluchzer ließ die junge Frau den Hammer fallen, stürzte sich in Pauls Arme. Als sie sich beruhigt hatte, löste sie sich von Paul, sah ihn mit bebendem Kinn an. »Rosi ist verschwunden. Sie hat mich in die Küche geschickt, damit ich ihr einen Tee mache, nachdem Anna mit euch los ist. Als ich zurückkam, war sie verschwunden.«

»Und was wollen Sie dann mit dem Hammer?«, schoss es aus Annas Mund, ehe sie sich bremsen konnte.

Lexi warf ihr über Pauls Schulter einen düsteren Blick zu. »Ich hab ihn hier draußen gefunden, kurz bevor ihr gekommen seid. Er lag im Schnee …«

»Da ist Blut dran, Schatz«, erinnerte Paul sie vorsichtig. »Du hättest ihn nicht aufheben sollen.«

Lexi starrte von ihm zu Lotte, dann zu Anna. Dann fing sie wieder an zu heulen.

»Schon gut«, redete Paul beruhigend auf sie ein und führte sie ins Haus.

Anna warf Lotte einen Blick zu. »Lassen Sie uns besser auch reingehen.«

Lotte nickte, blieb aber wie angewurzelt stehen.

Anna griff zögernd nach ihrer Hand, drückte sie sanft.

»Ich hab auch Angst«, stammelte sie leise. Danach setzten sie sich langsam in Bewegung. Anna war, als zöge sie Lotte mit sich.

Paul und Lotte untersuchten Tamara gründlich und versorgten ihre Wunden notdürftig. Lexi saß auf einem der Sessel im Wohnzimmer und sah Paul bewundernd zu. Während Paul ihr stolz lächelnd mit einem kurzen Seitenblick zeigte, dass er das durchaus genoss, schnaubte Lotte kurz.

Anna erschien es, als würde es sie nerven, dass Lexi ihren Noch-Ehemann vor ihrer aller Augen anhimmelte.

Tamara schien bewusstlos oder völlig erschöpft zu sein. Während Lotte und Paul sich an ihr zu schaffen machten, hatte sie nicht ein einziges Mal die Augen geöffnet oder einen Ton von sich gegeben.

Adam, der sich ein wenig abseits hielt, verfolgte Annas Blicke. »Wir können im Moment wohl wenig tun. Aber vielleicht sollte ich den Hammer von draußen reinholen.«

Anna nickte ihm zu. »Aber ziehen Sie einen Handschuh an, wegen der Fingerabdrücke.«

Er verdrehte die Augen. »Die hat Lexi eh schon verfälscht.«

Lexi zuckte schuldbewusst zusammen, warf erst ihr, dann Adam einen entschuldigenden Blick zu.

»Schon gut.« Adam winkte ab. »Daran ist jetzt auch nichts mehr zu ändern.« Dann machte er sich auf den Weg nach draußen.

Anna sah ihm nach und wusste nicht recht, wo sie im Moment helfen konnte. Schließlich folgte sie ihm nach draußen und ertappte Adam dabei, wie dieser nachdenklich auf den im Schnee liegenden Hammer blickte.

»Was denken Sie, wessen Blut das ist?«, fragte er, als sie neben ihm stand.

»Vielleicht Florians?«, sagte Anna, ohne lange darüber nachzusinnen.

Adam nickte nachdenklich. »Das würde einen Sinn ergeben und erklären, wieso Rosi abgehauen ist.«

Anna sah ihn fragend an. »Sie meinen, Rosi hat den Hammer benutzt?«

»Ja«, bestätigte Adam. »Rosi könnte Florian eins übergebraten haben, nachdem er wahrscheinlich für Killians Unfall verantwortlich ist. Sie war ja mit Lexi allein in der Lodge, hat sie zum Teeholen weggeschickt und hatte somit Gelegenheit dazu, nachdem Florian zurückgekommen war.«

»Und wo ist er dann?« Anna sah sich um, doch wegen des dichten Schneefalls konnte sie weder eine Blutspur noch schleppende Fußabdrücke entdecken. »Sie kann ihn ja wohl kaum allein irgendwohin geschleppt haben. Rosi ist mindestens eineinhalb Köpfe kleiner als Florian.«

»Mmh, gute Frage.« Adam folgte ihrem Blick. »Ist auch nur eine Theorie. Und was denken Sie über Tammi? Wer hat sie geschubst?«

Anna schluckte. »Ich habe an Florian gedacht, genau wie Lotte. Immerhin war er wütend auf Tammi und auf Killian. Aber dazu passt die Sache mit dem Kühlraum nicht. Da war Florian ja nicht mal hier.«

»Was ist damit? Ist noch was vorgefallen?«

Anna nickte, berichtete ihm von Tamaras unfreiwilligem Aufenthalt im Kühlraum.

Adam sah sie nachdenklich an. »Sie haben recht, das kann Florian nicht gewesen sein. Er war ja mit uns beim Skilaufen.«

»Demnach könnte auch Rosi Tamara da draußen geschubst und den Abhang hinuntergestürzt haben.«

Adam schüttelte den Kopf. »Wie denn? Rosi war doch die ganze Zeit bei euch, in der Lodge. Als ich mit Paul und

Florian noch mal los bin, um nach Tamara zu suchen und Killian zu helfen, da war sie doch bei euch. Oder nicht?«

Anna hob die Schultern. »Ich hab keine Ahnung, ob sie die ganze Zeit über da war. Irgendjemand hat sie nach oben begleitet auf ihr Zimmer. Dort war sie eine ganze Weile allein. Tamara war zu dem Zeitpunkt schon fort, und als alle zurückwaren und feststand, dass Killian nicht mehr zu helfen ist, hat Lotte ihr diese Pillen zum Schlafen gegeben und Lexi gebeten, sie wieder hochzubringen und ihr Gesellschaft zu leisten.«

»Das schließt nur Tamara aus, die abgestürzt war und verletzt da draußen lag, aber nicht Rosi«, ergänzte Adam und raufte sich die Haare. »Das ist wirklich alles ziemlich undurchsichtig. Ich weiß nicht, wem man noch trauen darf und wem nicht. Was halten Sie denn von Rosi?«

Anna dachte kurz darüber nach. »Sie kommt mir nicht gerade wie eine gewalttätige Irre vor. Eher wie ein verwundetes Reh, dem es schwerfällt, sich jeden Tag aufs Neue der Herausforderung zum Leben zu stellen.«

»Sehe ich genauso«, kommentierte Adam.

Er hielt unschlüssig den Hammer in seiner Hand, sah Anna an.

Zwanghaft musste sie dorthin blicken, und das ungute Gefühl in ihrer Magengegend verstärkte sich. »Was machen wir jetzt?«, fragte sie, um sich abzulenken.

»Erst mal mit den anderen reden.«

Zurück im Haus trafen sie auf Paul, Lotte und Lexi im Wohnzimmer. Die drei blickten besorgt zu Tamara, die leise vor sich hin fantasierte.

»Sie hat Fieber, wahrscheinlich ausgelöst von der inneren Blutung«, erklärte Paul. »Ich nehme an, dass dieser Ast, auf den sie geprallt ist, ihren Darm perforiert hat. Um das zu überleben, muss sie schnellstmöglich in ein Krankenhaus.«

Anna zog ihr Smartphone aus der Tasche, sah aufs Display. »Immer noch kein Empfang.«

»Haben wir Schneeketten im Haus oder in einem der Nebengebäude? Dann könnten wir zumindest versuchen, sie ins Tal runterzuschaffen.«

Anna schüttelte den Kopf. »Das schaffen Sie auch mit Schneeketten nicht bei diesen Straßen- und Witterungsverhältnissen. Wenn Sie Pech haben, stürzen sie am Pass den Abhang hinunter.«

Lotte sah Paul an. »Sie hat recht. Und wenn das passiert, ist weder Tamara noch sonst wem geholfen.«

»Was sollen wir sonst tun? Hier rumsitzen und abwarten, dass sie stirbt? Sie braucht zumindest ein Antibiotikum und ein starkes, entzündungshemmendes Schmerzmittel. Mit Ibuprofen allein ist es nicht getan, Lotte!«

»Und wenn wir versuchen, es zu Fuß ins Tal zu schaffen? Nicht alle, aber ein paar von uns? Vielleicht funktionieren da unten die Telefone oder zumindest sind die Straßen einigermaßen frei, sodass ihr es irgendwie ins nächste Krankenhaus schafft. Ihr lasst euch Medikamente geben, kommt zurück, und sobald es möglich ist, schaffen wir sie ins Krankenhaus. Dann wäre ihr doch fürs Erste geholfen.«

»Wir sollten auch nach Rosi und Florian suchen«, schlug Lexi vor. »Ich hab zwar schon das Haus und einen Teil des Grundstücks abgesucht, aber sicher ist sicher.«

Adam nickte, sah Lexi an. »Im Haus sind beide definitiv nicht?«

Lexi verneinte stumm.

Adam sah zu Paul. »Ich überprüfe draußen noch mal alles und dann machen wir uns auf den Weg ins Tal, einverstanden?«

»Okay. Wer kommt mit?«, fragte Paul.

»Jemand muss bei Tamara bleiben. Jemand, der medizinische Erfahrung hat, was bedeutet, dass Lotte nicht mitkommt. Also bleiben Anna, Lexi, du und ich«, antwortete Adam.

»Dann ist es entschieden. Ich gehe ins Tal runter.« Paul stand auf. »Ich kann in einem Krankenhaus oder einer Notfallpraxis nicht nur sagen, was wir brauchen, ich bekomme es auch.«

»Aber du gehst nicht allein«, kam es von Lotte und Lexi wie aus einem Mund.

»Einer von uns Männern sollte indessen nach Rosi und Florian suchen, nur zur Sicherheit«, sagte Paul.

»Dann geh ich mit dir«, sagte Lexi schnell, hakte sich bei Paul unter. »Mich halten sowieso keine zehn Pferde mehr in dieser beschissenen Hütte.«

Paul sah Adam an, der nickte. »Dann geht ihr zwei schon mal los und ich mache mich gleich auf den Weg.«

Anna sah Adam an. »Ich komme mit.«

Er schüttelte den Kopf. »Ich werde allein gehen, Sie bleiben bei Lotte und Tamara.«

»Aber ich kenne mich in dieser Gegend aus«, wehrte sich Anna. »Sie nicht.«

Adam lächelte freundlich, schüttelte dann entschlossen den Kopf. »Da draußen geht gerade die Welt unter, was bedeutet, dass weder Rosi noch Florian weit weg sein können. Ich bin sicher, dass sie noch irgendwo in der Nähe sind, und ich möchte nicht, dass Sie sich in Gefahr bringen. Sie haben mit all dem hier nicht das Geringste zu tun und ich würde es mir niemals verzeihen, wenn Ihnen etwas zustößt.«

»Er hat recht«, mischte sich Lotte ein. »Das hier ist nicht Ihr Problem. Wir haben all das verursacht und sollten Sie nicht noch tiefer mit hineinziehen.«

»Dann soll ich einfach hierbleiben und die Hände in den Schoß legen?«, fragte Anna.

Adam sah sie eindringlich an. »Sie könnten Lotte zur

Hand gehen. Sie braucht Sie, falls Tamaras Zustand sich noch weiter verschlimmert.«

Adam, Paul und Lexi waren inzwischen eine knappe Stunde fort. Tamara war in einen unruhigen Schlaf gefallen und Lotte hatte nur stumm vor sich hingeblickt. Es gab nichts, was Anna tun konnte. Resigniert hatte sie sich daraufhin in die Küche zurückgezogen.

Normalerweise beruhigte es sie, sich mit alltäglichen Dingen wie Kochen oder Backen von Problemen abzulenken, doch heute wollte ihr nichts mehr so recht von der Hand gehen. Sie hob den Deckel von der Kasserolle, in der sich ein Braten für das Abendessen befand, den sie am Nachmittag zubereitet hatte. Angewidert legte sie ihn gleich wieder auf. Allein der Geruch des Fleisches verursachte ihr Übelkeit.

Sie hatte zwar noch nie einen Tropfen Alkohol angerührt, aber vielleicht war jetzt der richtige Zeitpunkt ihn mal zu probieren. Und sei es nur, um sich besser zu fühlen.

Tief in Gedanken versunken, nahm sie eine eisgekühlte Flasche Wein aus dem Kühlschrank. Sogleich sah sie Tamara vor ihrem inneren Auge, wie sie ihr aus dem Kühlraum vollkommen durchgefroren entgegengefallen war.

Zwei Angriffe auf Tamara am selben Tag …

Doch im Gegensatz zu Killian war sie zumindest noch am Leben.

Aber was war eigentlich mit Penelope?

Sie war bereits in der Silvesternacht verschwunden, trieb sich angeblich in einem Hotel im Tal herum. Aber stimmte das wirklich?

War Adams Freundin wirklich in Graun abgestiegen?

Oder war alles ganz anders?

Steckte am Ende sie hinter allem?

Anna rief sich das Gesicht der rothaarigen Schönheit vor Augen, fand aber beim besten Willen keine Antwort auf ihre Frage.

Fakt war, sie kannte niemanden von all diesen Leuten wirklich gut, auch Adam nicht.

Entschlossen stellte sie den Wein zurück in den Kühlschrank, lauschte kurz in Richtung Wohnzimmer. Doch alles war still. Ohne Lotte Bescheid zu sagen, machte sie sich auf den Weg ins Obergeschoss.

Sie wusste natürlich, dass es falsch war, die Zimmer der Gäste auf diese unprofessionelle Art und Weise zu kontrollieren. Doch außergewöhnliche Umstände erforderten nun einmal ebensolche Maßnahmen.

Bei Adams Zimmer fing sie an. Dort durchsuchte sie sowohl seine als auch Penelopes Sachen. Anschließend überprüfte sie die Zimmer der drei anderen Pärchen. Zuletzt knöpfte sie sich Lottes Räumlichkeit vor. Sie untersuchte jeden Winkel des Zimmers, bis sie schließlich nur noch die Schränke und Lottes Taschen vor sich hatte.

Der Koffer war leer. Pauls Exfrau schien auch im Urlaub nicht aus dem Koffer leben zu wollen. Sie hatte alles fein säuberlich in den Schrank sortiert. Nur im hintersten Eck des Kleiderschranks steckte noch eine kleine Reisetasche aus Stoff. Sie zog sie hervor, riss an dem Reißverschluss und spähte hinein.

Ihr Mund klappte auf, keine Millisekunde später begann ihr Herz zu rasen. Sie wollte vor Entsetzen schreien, doch kein Ton wich aus ihrer Kehle.

Sie starrte auf das Ding in der Tasche, spürte, wie die Beine unter ihr nachgaben.

Plötzlich bemerkte sie einen Luftzug im Nacken und nur einen Augenblick später einen heftigen Schmerz am Hinterkopf.

»Dieser Anblick war nicht für dich bestimmt, Miststück«, wisperte es nahe an ihrem Ohr. Dann verschwamm die Umgebung vor ihren Augen und es wurde Nacht.

SIEBENUNDZWANZIG
LODGE

Lotte

Vorsichtig legte Lotte ihre Handfläche auf Tamaras Stirn und ihre Sorge wuchs. Die Haut unter ihrer Hand glühte, die Brust hob und senkte sich zwar noch, aber Lotte spürte deutlich, wie Tammis Kraft von Sekunde zu Sekunde nachließ.

Sie brauchte irgendetwas, um wenigstens das Fieber runterzubringen. Lotte sprang auf, warf noch einen letzten besorgten Blick auf die Verletzte, dann eilte sie in die Küche auf der Suche nach Anna. Doch hier war sie nicht. Schnell machte sie sich auf den Weg in den Keller, in der Hoffnung, sie dort zu finden.

»Anna?«, rief sie, »sind Sie hier?«

Stille.

Sie sah in jedem der Räume nach, auch im Kühlraum. Doch die junge Frau war nirgends zu finden. Sie wollte gerade wieder nach oben gehen, als ihr die Sauna einfiel.

Dort hatte sie nicht nachgesehen.

Was soll Anna in der Sauna?, schoss es ihr durch den Kopf.

Sie war eine Angestellte und würde sich ganz sicher

nicht zurückziehen, um in Ruhe zu entspannen, während um sie herum jeder auf jeden losging.

Aber was wusste sie schon von der Einheimischen? So nett diese sich gab, konnte sie auch nicht hinter deren Stirn sehen. Das konnte man bei keinem Menschen. Das wusste sie inzwischen zu gut.

Entschlossen drehte Lotte um, lief auf die Sauna zu, riss an der Tür, spähte ins Innere. Sie war leer, wie vermutet.

Enttäuscht wollte Lotte die Tür schon wieder schließen, als ihr etwas ins Auge fiel. Etwas, was hier nicht hingehörte. Auf dem Boden, der im Schatten lag.

Beunruhigt betrat sie den heißen Raum, machte dieses Mal zwei Schritte hinein und dann sah sie es. Etwas lag unter der linken Sitzbank.

Sie bückte sich, stieß einen Schrei aus, wich entsetzt zurück, bis sie rücklings auf dem feuchten Boden landete. Es dauerte eine Weile, ehe sie sich wieder in eine aufrechte Position gebracht und es geschafft hatte, genauer hinzusehen.

Das war Rosi unter der Sitzbank.

Sie zerrte am rechten Unterschenkel der Freundin, bis sie sie so weit unter der Bank hervorgezogen hatte, dass sie die Wunde an ihrem Kopf begutachten konnte.

Doch was sie sah, rührte nicht von einem Sturz, sondern von einem brachialen Schlag mit etwas Hartem, Kantigem …

Der Hammer …

Die Erkenntnis ließ sie kurz zurücktaumeln: Jemand hatte Rosi erschlagen. Sie wahrscheinlich danach hier unten versteckt.

Doch wer konnte das gewesen sein?

Und warum?

Florian? Der hatte keinen Grund, Rosi etwas anzutun.

Oder doch?

Tamara lag schwer verletzt im Stockwerk über ihr.

Paul kam ebenfalls nicht infrage, dessen war sich Lotte

absolut sicher. Er hatte sie zwar betrogen und belogen, ihr das Herz gebrochen und war eines der größten Arschlöcher, die sie jemals kennengelernt hatte. Doch eines war er ganz sicher nicht – ein wahnsinniger Mörder.

Wer blieb dann noch?

Penelope? Sie war seit zwei Tagen verschwunden, angeblich im Hotel. Übrig blieben dann nur noch die drei Fremden hier im Haus: Anna, Lexi und Adam.

Was wusste sie wirklich über diese Leute?

Nichts, im Grunde.

Anna hatte vorgegeben, die Haushälterin zu sein. Doch sie hätte alles sagen können. Zumal Killian und Rosi angekündigt hatten, dass sie das Haus mit Personal mieten würden, damit sie sich auf das Genießen konzentrieren konnten. Bei dem Gedanken brach ein hysterisches Lachen aus ihrer Kehle hervor.

Und Adam? Penelope hatte ihn als ihren neuen Lover vorgestellt. Doch wer war er wirklich? Konnte er sich unter falschem Vorwand in das Leben der Freundin geschlichen haben?

Das Gleiche galt für Pauls Tussi.

Sie war als Patientin in der Praxis aufgetaucht, hatte ihn sich gekrallt. Und weil Lexi eine junge Frau war, auf die Männer in Pauls Alter zu fliegen schienen, hatte sie es leicht gehabt, sich in sein Leben zu stehlen.

Doch aus welchem Grund sollte einer von den dreien ihnen allen etwas so Furchtbares antun?

Du weißt es doch längst, flüsterte es in ihrem Inneren.

Lotte schüttelte den Kopf.

Wollte die Mahnung nicht an sich herankommen lassen. Was damals passiert war, war nicht ihre Schuld gewesen. Niemand von ihnen trug die Verantwortung daran, nur derjenige, der es getan hatte.

Rene …

So hieß der Junge.

Lotte schüttelte den Kopf.

Erinnerte sich daran, dass sie damals Mitleid mit ihm gehabt und versucht hatte, die anderen davon abzubringen, ihn zu quälen und zu verspotten. Doch sie hatten Gefallen daran gefunden, einen Schwächeren zu unterdrücken, weil es ihnen selbst Macht verlieh.

Killian, Florian, Tamara, Rosi und sie.

Was für ein dummes Komplott.

Paul war erst später zu ihrer Truppe gestoßen und wusste nichts von der dunklen Vergangenheit, die jeder von ihnen mit sich herumschleppte.

Doch Halt, da war ja noch Noah gewesen. Auch er hatte damals zur Clique gehört, bevor ein schlimmer Krach mit den anderen Jungs, ihn in die Flucht geschlagen hatte.

Wie hatte sie gerade ihn vergessen können?

Steckte er hinter den Vorfällen hier?

Wollte er sich dafür rächen, dass damals alles auseinandergebrochen war?

Quatsch!

Noah doch nicht!

Gedanklich strich sie ihn von der Liste. Sie hatte ihn besser gekannt als die anderen, weil sie eine Zeit lang ein Paar gewesen waren.

Heimlich. Und lange vor Paul.

Keiner von den anderen wusste etwas darüber. Nur Penelope hatte sie davon im Vertrauen erzählt. Aber auch das war schon Jahre her.

Lotte schüttelte den Kopf.

Warum sollten die Morde von damals etwas mit dem zu tun haben, was hier vor sich ging?

Da gab es keinen Zusammenhang und keiner von ihnen war an dem ganzen Schlamassel schuld gewesen. Sie hatten Rene niemals befohlen, dass er jemanden Schaden zufügen sollte.

Rene allein hatte sich dazu entschieden, ein Gemetzel in dem Haus zu veranstalten, nachdem die anderen ihn lediglich dazu angestachelt hatten, bei der Familie einzubrechen und etwas zu stehlen. Egal was. So hatten Killi und Flori es ihm damals erklärt. Wenn er das schaffte, würde er einer von ihnen sein.

Doch Rene war in jener Nacht nicht zurückgekommen und auch am nächsten Tag nicht.

Später hatten sie gehört, was passiert war, und sich geschworen, mit niemanden darüber zu sprechen, dass sie es gewesen waren, die den Jungen in das Haus der Friedrichs geschickt hatten.

Lotte atmete tief durch, während sie eine andere Möglichkeit erwog: Selbst wenn diese Vorfälle hier im Haus etwas mit damals zu tun hätten, war völlig unklar, wer dahintersteckte.

Julia Friedrich?

Sie hatten sie nach den Morden noch oft zu Gesicht bekommen und niemals den Eindruck gehabt, dass sie etwas wissen könnte.

Und Schindlers Familie?

Rene war damals in dem Haus gestorben. Julia hatte ihn erstochen. In Notwehr, wie sie den ermittelnden Beamten glaubhaft gemacht hatte.

Lotte schüttelte den Kopf.

Das alles ergab keinen Sinn, so oft sie auch darüber nachdachte. Was immer hier geschehen war und noch immer passierte, hatte mit damals nicht das Geringste zu tun.

Sie rappelte sich auf, lief mit wackeligen Knien die Treppe hinauf, als sie einen Schrei vernahm.

Anna!

Er war leise, merkwürdig gedämpft, kam aber zweifellos von oben. Sie rannte los, immer zwei Stufen auf einmal nehmend, durchsuchte das Erdgeschoss. Doch da war niemand. Sie hastete in den ersten Stock, riss nacheinander an den Klinken der Zimmer ihrer Freunde. Lugte in jeden Raum, hastete in den nächsten.

Erst als sie ihr eigenes Zimmer betrat, sah sie Anna.

Reglos lag sie vor dem geöffneten Kleiderschrank.

Lotte beugte sich zu ihr hinab, bemerkte, dass Blut Annas Hinterkopf rot verfärbt hatte, zuckte wieder hoch. Doch ehe sie auch nur einen Gedanken an die Verletzung verschwendete, fragte sie sich, was die Haushaltshilfe in ihrem Kleiderschrank zu suchen hatte.

Nichts!

Nichts Redliches!

Wollte sie etwa die Situation ausnutzen und sie bestehlen?

Lotte warf einen Blick in den Schrank, entdeckte eine kleine, geöffnete Reisetasche, die nicht ihr gehörte. Sie zerrte sie hervor, spähte hinein, wich kreischend zurück. Dabei stolperte sie über Anna, die noch immer reglos am Boden lag.

Was war das?

Das weißt du doch, antwortete die Stimme in ihrem Innern. *Du kennst ihn!*

Lotte rappelte sich hoch, kroch auf allen vieren zurück zum Schrank, warf einen weiteren Blick in die Tasche.

Noah …

Diese Augen hätte sie selbst dann noch erkannt, wenn sie beide alt und grau wären. Nur dass es ihm jetzt nicht mehr vergönnt war, überhaupt älter zu werden.

Dir auch nicht, wenn du nicht augenblicklich verschwindest!

Lotte ignorierte die warnende Stimme in ihrem Kopf, zwang sich dazu, Ruhe zu bewahren, sich auf die Situation vor ihren Augen zu konzentrieren.

Hatte Anna diese Tasche in ihren Schrank gestellt?

Aber warum blutete sie dann am Hinterkopf?

Na warum wohl?

Jemand musste sie erwischt und hinterrücks niedergeschlagen haben.

Weil sie hier geschnüffelt hatte.

Weil sie etwas gesehen hatte, das nicht für sie bestimmt war – die Tasche.

Lotte krabbelte ein Stück zurück, stupste mit ihren Fingern gegen den weichen Körper der jungen Frau, zuckte zurück, als ein Stöhnen aus deren Mund entwich.

Zu spät.

Zu langsam.

Sie war nicht weit genug von der Niedergeschlagenen entfernt.

Anna fuhr hoch, packte sie bei den Haaren, zog voller Zorn daran, versuchte, ihren Kopf auf den Boden zu knallen.

Nur mit Mühe schaffte Lotte es, sich zu befreien, stieß Anna mit dem Fuß in den Unterleib, rutschte rücklings ans andere Ende des Zimmers.

Anna stöhnte schmerzerfüllt, sah sie mit weit aufgerissenen Augen an, in denen unbändiger Zorn loderte. Zorn auf sie.

Besser, sie nahm sich in Acht vor ihr.

Hielt sie hin, brachte sie auf ihre Seite.

»Ich hab Rosi gefunden«, verkündete sie hastig. »Sie liegt tot in der Sauna, erschlagen, was bedeutet, dass das Blut am Hammer ihres ist. Doch vielleicht wissen Sie das ja längst …«

Anna starrte sie eine Weile sprachlos an, hockte einfach nur in einigen Metern Entfernung da, schien einen inneren Kampf auszufechten. Schließlich ging ein Ruck durch ihren Körper. »Du Wahnsinnige warst das alles«, stieß sie hervor, in ihrem Zorn zum vertraulichen Du wechselnd. »Du hast Killians Skier manipuliert, Tammi im Kühlraum eingeschlossen und sie später die Böschung runtergeschubst, nachdem sie deine erste Attacke dank mir überlebt hatte. Doch das reichte dir Irren nicht, du hast auch noch Rosi mit dem Hammer erschlagen.«

Lotte sah Anna ungläubig an. »Warum sagen Sie das? Ich kann Rosi nicht mit dem Hammer erschlagen haben. Lexi hat ihn gefunden, als ich mit Paul, Adam und Ihnen unterwegs war, um Tammi zu helfen.«

»Dann haben Sie das zuvor getan«, stieß Anna angewidert aus.

Lotte streckte den Rücken durch, sah Anna ungeduldig an. »Dasselbe könnte ich Ihnen vorwerfen. Alles, was in den letzten Tagen geschehen ist. Und was ist mit der Tasche dort? Das ist nicht meine, okay? Haben Sie die etwa in meinem Schrank versteckt?«

»Glauben Sie etwa ich hab mich selbst niedergeschlagen?« Anna fasste sich an den Hinterkopf, der immer noch blutete. Dann sprang sie auf, stürzte auf sie zu, erwischte sie mit der geballten Faust schmerzhaft auf der Nase, wich anschließend wieder in Angriffsstellung zurück.

»Verdammt«, rief Lotte mehr verblüfft als aufgebracht. »Sind Sie wahnsinnig geworden? Was soll das werden?«

»Ich?«, stieß Anna ungläubig aus? »Ich soll die Verrückte von uns beiden sein?« Sie funkelte sie an, versuchte noch einmal, sie zu erwischen, doch Lotte war schneller, machte einen Satz nach vorn, stieß einen wütenden Schrei aus. Aus dem Augenwinkel sah sie die kristallene Obstschale auf der Anrichte, griff nach ihr, schmiss sie Anna voller Wucht entgegen. Wie in Zeitlupe beobachtete sie, wie das schwere Teil durch die Luft flog, die junge Frau an der Schläfe erwischte, sie zu Boden gehen ließ.

»Bravo«, ertönte es hinter ihr. »Das macht alles einfacher für mich.«

Lotte drehte sich um, hielt sich das blutende Gesicht und sah Lexi im Türrahmen stehen.

»Du? Wovon redest du? Und wieso seid ihr schon zurück? Habt ihr die Medikamente?« Vergeblich versuchte sie, zu sehen, was Lexi hinter ihrem Rücken verbarg.

»Wie du siehst, bin ich zurück«, sagte Lexi mit undeutbarem Blick. »Und was ist hier passiert?«

»Anna ist durchgedreht«, erklärte Lotte. »Ich war im Keller, wo ich Rosi gefunden habe, als ein Schrei erklang. Deswegen bin ich nach oben gerannt und hab Anna hier vorgefunden. Sie lag reglos vor meinem Schrank, hat wahrscheinlich dieses Ding da …« Sie brach ab, als sie Lexis amüsierten Gesichtsausdruck bemerkte. »Ist irgendwas an dem, was ich sage, lustig? Rosi ist tot, verdammt!« Sie hielt inne, sah Lexi an, spürte, wie ein heißer Stich durch ihren Magen schoss. »Moment mal, wo ist Paul eigentlich?«

Sie warf einen Blick auf die Uhr, erkannte, was hier nicht stimmte.

»Ihr könnt unmöglich schon zurück sein. Unter normalen Umständen dauert der Fußmarsch ins Tal vierzig Minuten, doch bei dem Wetter braucht ihr mindestens zwei Stunden und noch mal zwei bis drei, um zurück zu sein.« Und dann begriff sie. Es fühlte sich an wie der sprichwörtlich fallende Groschen.

»Was … was hast du mit Paul gemacht?«, fragte sie mit bebender Stimme.

Lexi hob die Schultern. »Der wird schon wieder. Doch bis dahin haben wir noch einiges vor uns.« Sie starrte sie an, zog innerhalb des Bruchteils einer Sekunde eine längliche Waffe hinter ihrem Rücken hervor, schlug damit auf sie ein und erwischte sie an der Schulter.

Lotte schrie auf, als das scharfe Ende des Dings sich in ihr Fleisch bohrte, sackte schmerzerfüllt auf die Knie.

»Weißt du, was das ist, Lotte?« Lexi sah sie grinsend an, kam näher zu ihr, hielt ihr das Teil dicht vors Gesicht. »Das ist eine Spitzhacke … Na? Dämmert da etwas?« Lexi lachte, zupfte an ihrem Haar. »Du weißt nicht, wer ich bin, stimmts?«

Lotte starrte sie an, spürte, wie warmes Blut aus der Wunde an ihrer Schulter sprudelte.

Lexi setzte erneut zum Schlag an, schlug ihr die Spitze diesmal seitlich in den Oberschenkel.

Lotte krümmte sich brüllend zusammen, erbrach sich vor Schmerz auf den Boden.

Ihre Gegnerin schien das nicht zu beeindrucken. Tänzelnd ging sie direkt neben der Lache an Erbrochenem in die Hocke, starrte sie böse grinsend an. »Du bist die

Letzte auf meiner Liste und ich muss gestehen, dass ich mich auf dich am meisten gefreut habe.«

»Wer bist du?«, keuchte Lotte.

»Mmh, wer bin ich? Du dachtest, du hättest irgend so ein dummes Blondchen vor dir, das dir deinen Ehemann ausgespannt hat. Stimmts? Tja, am Ende hat dir genau dieses Selbstmitleid die Sicht auf das Wesentliche versperrt. Ich muss gestehen, dass mich das zu Anfang ein wenig traurig gemacht hat. Ich dachte nämlich nach allem, was Noah mir über euch Wichser erzählt hat, dass gerade du so viel schlauer seist.«

ACHTUNDZWANZIG
LODGE

Anna

Ein blitzartiger Schmerz zuckte durch Annas Kopf, riss sie aus der Dunkelheit. Doch irgendetwas warnte sie, sich nicht anmerken zu lassen, dass sie wieder alles mitbekam. Das schmerzerfüllte Stöhnen, das sich nach oben drängte, würgte sie hinunter. Die aufsteigende Übelkeit atmete sie unmerklich weg. Konzentrierte sich nur darauf, einfach weiter völlig still dazuliegen und den Anschein zu erwecken, dass keine Gefahr von ihr ausging.

»Du bist vollkommen wahnsinnig. Damit wirst du niemals im Leben durchkommen«, hörte sie Lottes Stimme. Nicht kraftvoll, wie sonst, sondern schwach, voller Furcht.

Dann hörte sie Lexis schrilles Organ, das sie schon an ihrem bitteren Lachen erkannte:

»Mit Wahnsinn hat das wenig zu tun, findest du nicht?«, fragte Pauls Freundin mit einem spöttischen Unterton. »Deine Freunde und du, ihr habt mir alles genommen und mein Leben zerstört. Da ist es doch nur rechtens, dass ich euch ein wenig von dem zurückgebe, was ihr mir angetan habt. Und was den Rest betrifft – oh, ich werde damit durchkommen, ganz sicher sogar.«

»Das glaubst du doch selbst nicht«, wandte Lotte ein.

»Doch! Das glaube ich nicht nur. Ich weiß es. Immerhin hatte ich viele Jahre Zeit, mich auf all das hier vorzubereiten. Und dass ich gründlich bin, keine Fehler mache, musst du inzwischen gemerkt haben. Nur so konnte ich mich in euren illustren Kreis einschleichen, ohne dass auch nur einem von euch aufgefallen ist, wer ich bin. Selbst als all diese merkwürdigen Dinge passiert sind, habt ihr nicht eine Sekunde lang an mich gedacht. Ihr habt euch gegenseitig verdächtigt, weil euch eure eigene Verdorbenheit mehr als bewusst ist.«

Anna schauderte es. War das die gleiche Lexi?

Die junge Frau hatte nichts mehr von dem unbeholfenen Blondchen, das bislang den Anschein erweckt hatte, kaum bis drei zählen zu können. Diese Lexi hatte einer Frau Platz geschaffen, die genau wusste, was sie wollte, und über Leichen ging, um ihr Ziel zu erreichen.

Wieder schoss eine Welle der Übelkeit in Anna hoch. Sie schmeckte bittere Galle in ihrem Mund, zwang sich dazu, an etwas anderes zu denken als an die reizende Flüssigkeit. Vorsichtig öffnete sie ihre Augen ein winziges Stück, um sich zu orientieren.

Sie sah Lotte auf dem Boden sitzend an der Fensterwand ihres Zimmers gelehnt. Ihr Gesicht war aschfahl. Sie hatte dunkle Ringe unter den Augen und ihr Gesicht war schweißbedeckt. Anna war keine Ärztin wie Lotte, doch dass es dieser Frau alles andere als gut ging, erkannte auch sie. Lotte hatte eine Verletzung an der Schulter, eine weitere am Bein und eine im Bereich ihres Unterleibs.

Sie musste viel Blut verloren haben.

Anna musste sich beherrschen, nicht aufzuschreien, als sie die Waffe sah, mit der Lexi – sofern das überhaupt ihr Name war – sie attackiert hatte. Sie lag immer noch direkt neben Lexis Hand, griffbereit!

Eine Spitzhacke …

Die Vorstellung, dass diese Irre mitbekommen könnte,

dass sie zu sich gekommen war, ihr mit diesem Ding eins überzog, sie vielleicht damit brutal tötete, weckte auch noch den letzten Rest ihrer Lebensgeister.

Wieder fiel ihr Blick auf Lotte, die sekündlich mehr Blut verlor. Was hatten diese Frau und deren Freunde nur getan, um einen solchen Hass auf sich zu ziehen?

Fast schon unhörbar setzte Lotte zum Sprechen an. »Es war nicht unsere Schuld«, stammelte sie. »Wir ahnten ja nicht, dass Julia ihre Familie hasst und mit Noah einen so grausamen Plan ausgeheckt hat.«

»Ach ja«, kam es lauernd von Lexi. »Erzähl mehr ...«

»Wir hatten niemals vor, deinen armen Bruder einer Gefahr auszusetzen. Rene sollte einfach nur eine blöde Mutprobe bestehen. Ja, das war bescheuert, ich weiß.« Lotte schloss in stummer Hilflosigkeit die Augen, seufzte. »Ich hab noch versucht, es den anderen auszureden, hab ihnen gesagt, dass es eine dämliche Idee ist, Rene ins Haus der Friedrichs zu schicken. Doch niemand wollte auf mich hören. Vor allem dein Bruder nicht. Er bestand darauf, es durchzuziehen, um dann endlich einer von uns zu sein.«

»Als ob ihr das ernsthaft vorhattet«, warf Lexi ihr vor. »Gibs zu, ihr wolltet ihn nur quälen, euch über ihn lustig machen. Dabei war Rene der Einzige von euch allen, der wirklich aus tiefster Seele gut war. Niemals hätte mein Bruder irgendjemandem Schaden zugefügt. Er wollte immer nur eins – Freunde haben, die ihn mögen.«

»Was wir getan haben, war falsch«, sagte Lotte leise. »Wir hätten ihn nicht in das Haus schicken dürfen, das stimmt. Doch nicht wir haben ihn umgebracht. Das war Julia, und Noah hat ihr geholfen.«

»Das ist nicht ganz richtig, meine Liebe. Ihr habt Rene sich selbst überlassen, euch auf diese Weise der Beihilfe zum Mord schuldig gemacht. Ihr wart zu feige, ihm zu Hilfe zu eilen, nachdem ganz offensichtlich in diesem Haus etwas Böses vor sich ging. Noah erinnerte sich noch genau daran, dass er euch auf seiner Flucht aus dem Haus am

Waldrand hat stehen sehen, während mein Bruder im Sterben lag.«

Anna bemerkte das Zucken von Lexis Fingern, die jetzt den Schaft der Hacke wieder fest umklammerten. Plante sie etwa, jetzt zum finalen Schlag anzusetzen?

Falls Lotte noch immer hoffte, diese von Rachegelüsten erfüllte Seele mit ihren Worten beschwichtigen zu können, täuschte sie sich gewaltig.

Lexi, oder wer auch immer die Irre war, würde erst von hier verschwinden, wenn sie sich für das Unrecht, das ihrer Familie und ihr widerfahren war, revanchiert hatte. Schaudernd wurde es Anna klar, dass es nun an ihr war, das noch irgendwie zu verhindern.

Lotte war bereits dem Tod näher als dem Leben und von Tammi war sowieso keine Hilfe zu erwarten.

In Gedanken ging Anna ihre Optionen durch. Für Lotte und Lexi war sie nach wie vor bewusstlos. Vielleicht hielten die beiden sie auch für tot. Immerhin hatte diese Kristallschale sie am Kopf erwischt.

Damit hatte sie zumindest das Überraschungsmoment auf ihrer Seite.

Doch Lexi hatte diese verfluchte Spitzhacke, während sie nur ihre bloßen Hände hatte.

Anna sog vorsichtig die Luft ein, schätzte ihre Chancen ab.

Diese Wahnsinnige stand mit dem Rücken zu ihr. Sie musste sie überrumpeln und schneller entwaffnen, als sie reagieren konnte.

Den Blick fest auf ihr erstes Ziel gerichtet, zählte Anna stumm bis drei, dann zuckte sie blitzartig hoch, packte mit ihrer rechten Hand nach der Hacke, stieß mit der linken so heftig gegen Lexis Kniekehle, dass diese für die Zeitspanne eines Wimpernschlages das Gleichgewicht verlor.

Als Anna endlich aufrecht stand, packte sie den Schaft der Hacke mit beiden Händen, stieß blitzschnell damit nach vorne, wo sie Lexi in der Leibesmitte traf.

Es war, als würde sie zusehen, nicht selbst agieren.

Aber sie zog es durch, bekam mit, wie Lexi aufschrie, wie sie wankte, nutzte den Moment, um ihr die Hacke gänzlich zu entwinden, und holte erneut aus.

Blut spritzte ihr entgegen, als sie Lexi seitlich am Hals traf. Sie zog die Waffe zurück, setzte zu einem weiteren Schlag an, traf sie diesmal an der Schulter.

Der kurze Schwindel in ihrem Kopf schwand, sie sah wieder klar, beobachtete mit bereitgehaltener Spitzhacke, wie die Verrückte vor Lotte in die Knie ging und ein Heulen ausstieß.

»Was zur Hölle ist hier los?«

Anna fuhr herum, starrte in Adams Gesicht.

Er sah vollkommen entsetzt aus und Anna wurde klar, dass er diese Situation vollkommen falsch interpretierte. »Nicht, warte«, versuchte sie, ihn zu stoppen, als sie bemerkte, dass er sie fixierte und vermutlich gerade überlegte, wie er ihr die Spitzhacke abnehmen und sie damit außer Gefecht setzen konnte, bevor sie noch mehr Unheil anrichten konnte.

Die Gedanken wirbelten in ihrem Kopf herum.

Sie musste ihm verständlich machen, dass nicht sie es war, von der die Gefahr ausging.

»Lexi …«, kam Lotte ihr schwach zur Hilfe. »Sie war es. Sie hat das alles getan. Ihr Name ist in Wahrheit Ariane Schindler, sie plant, uns alle umzubringen.«

NEUNUNDZWANZIG
LODGE

Lotte

Lotte konnte den Blick nicht von Paul wenden, der bei jeder Bewegung leise zischte. Sein Hinterkopf, an den er sich immer wieder fasste, musste höllisch schmerzen. »Was genau ist da draußen passiert?«, fragte sie.

Paul räusperte sich. »Viel weiß ich nicht mehr. Nur noch, dass wir eine Weile bergab gelaufen sind. Lexi – oder Ariane, wie sie richtig heißt – war hinter mir, als mir wie aus dem Nichts schwummerig wurde. Ehe ich mich versah, knickten mir die Beine weg. Danach erinnere ich mich an nichts. Nur, dass plötzlich Adam vor mir stand und mir half, aufzustehen.«

»Und danach? Seid ihr gleich zum Haus zurück?«

»Eigentlich wollte ich noch nach Lexi suchen. Doch wo sollte sie schon sein? Allein in der Dunkelheit. Ich vermutete, dass sie auch zurück zur Lodge ist.«

»Also seid ihr auch zurückgelaufen?«

Paul nickte, warf Adam einen Hilfe suchenden Blick zu.

Dieser senkte betreten den Kopf.

»Was?«, stieß Lotte aus. »Nun rede schon weiter!«

»Wir haben Tamara gesehen … das, was von ihr übrig ist.«

Lotte wurde noch kälter. »Sie ist … tot?«

»Sie hat ihr das Gesicht zu Brei geschlagen …«

Lotte starrte von Paul zu dessen falscher Geliebter am Boden. Hatte das unbändige Verlangen, ihr dasselbe anzutun.

»Nicht«, mahnte Paul, der ihrem Blick gefolgt war. »Du musst jetzt stillhalten!« Paul sah sie an, legte den Kopf schräg, als wolle er abwägen, ob sie bereit war. »Ich ziehe jetzt die Kompresse zu.«

»Nun mach schon«, keuchte sie.

Er zog an beiden Enden des Stoffstreifens um ihren Leib, während Adam mit seiner Handfläche zusätzlich gegen die Wunde presste.

Ein Kreischen entfuhr ihr, als ein heißes Stechen ihr die Luft aus den Lungen presste.

»Jetzt noch die Schulter und dann das Bein«, erklärte Paul.

Lotte nickte, sah zu Adam auf. »Du musst auf Ariane aufpassen. Wir haben sie zwar heftig erwischt, aber man weiß ja nie, was sie tut wenn sie zu sich kommt ... Sie ist vollkommen durchgeknallt.«

Anna trat zu ihnen, legte ihre Hand auf Adams Schulter. »Ich übernehme. Kümmere du dich um die Irre.«

Er stand auf, ging zu Ariane, hockte sich mit grimmigem Blick neben sie auf den Boden. »Erklärt mir mal jemand, was genau hier eigentlich los war? Wieso ist dieses Weibsbild derartig ausgetickt?«

Lotte seufzte schwer. »Weil sie davon überzeugt ist, dass wir den Tod ihres Bruders zu verantworten haben. Dabei war er unseretwegen einfach nur zur falschen Zeit am falschen Ort.«

Kopfschüttelnd versuchte Adam, die kryptische Antwort zu verdauen. »Das soll alles gewesen sein?«

Lotte schluckte, warf Paul einen Blick zu, der sich

stumm an ihren Verletzungen zu schaffen machte. Sie konnte ihm deutlich ansehen, wie nahe es ihm ging, dass er die Mörderin ihrer Freunde mit hierher geschleppt hatte.

»Es war nicht deine Schuld, okay? Hätte sie dich nicht um ihren Finger gewickelt, wäre ihr etwas anderes eingefallen, um an uns ranzukommen. Niemand hätte sie aufhalten können. Wie du siehst, noch nicht einmal die Polizei. Und das, obwohl sie drei weitere Menschen ermordet hatte, ehe sie mit dir herkam.«

Ihr Blick glitt zu Adam, der sie anstarrte und nur einen Namen ausstieß. »Penelope, was ist mit ihr?«

Lotte seufzte, nickte ergeben. »Sie ist tot, Adam, so leid es mir tut, dir das sagen zu müssen. Ariane hat sie zuerst umgebracht. Sie ist ihr nach, als sie wegen eures Streits aus dem Haus gerannt ist. Wir anderen waren alle schon angetrunken, bekamen deswegen nichts mit.«

»Aber ihre Nachrichten ...«

»Stammen in Wahrheit von Ariane, die ihr Handy an sich genommen hat.«

»Und Florian?«, fragte Paul leise, während er die Kompresse um ihren Schenkel festzog, was sie vor Schmerzen zusammenzucken ließ.

»Auch ihn hat sie erschlagen, genau wie Rosi. Das mit Killians Skiern ist ebenfalls Ariane gewesen. Zuvor hatte sie Tammi im Kühlraum eingeschlossen und später die Böschung runtergestoßen.«

Adam stieß hart mit dem Fuß gegen die noch immer am Boden zusammengekrümmt liegende Ariane, was diese mit einem Jaulen kommentierte. »Sie kommt zu sich. Was sollen wir jetzt mit ihr machen?«, fragte er und sah aus, als würde er ihr am liebsten mit bloßen Händen das Genick brechen.

»Nichts«, gab Lotte zurück. »Uns bleibt nichts anderes übrig, als das Wetter auszusitzen und sobald es uns möglich ist, die Polizei zu rufen. Es obliegt trotz allem niemandem von uns, sie für ihre Taten zu bestrafen.«

Ein Hämmern ertönte von unten. Aufdringlich, laut, ungeduldig.

Lottes Blick traf Pauls, dann sah sie zu Adam, danach schließlich zu Anna. »Erwarten Sie jemanden?«

Die junge Frau schüttelte den Kopf, stand auf. »Ich geh nachsehen.«

»Nein«, sagte Adam, hielt sie am Arm zurück. »Was, wenn diese Wahnsinnige nicht alleine war und Hilfe hatte?«

Annas Blick glitt zu Ariane am Boden, dann wieder zu Adam, schließlich zu ihr. Die junge Frau schien dasselbe zu denken wie sie …

»Lass Anna los, Adam. Jemand, der so viel Hass und Abscheu in sich trägt wie Ariane Schindler, würde jeden Moment seiner Rache voll auskosten und mit niemandem teilen wollen.«

DREISSIG
LODGE

2. JANUAR 2023

Viviane

»Scheint so, als wäre niemand da«, sagte Viviane.

»Versuch es noch mal«, bat Kai, der aus allen Poren schwitzte und hechelte wie ein alter Hund. Dabei sah er genauso furchtbar aus, wie sie sich fühlte.

»Sagtest du nicht, dass du regelmäßig Sport treibst?«, zog sie ihn auf, um die Spannung zu lockern.

Grummelnd streckte er ihr seinen Mittelfinger entgegen.

»Was sollen wir machen?«, fragte sie, seine Provokation ignorierend. »Die Tür eintreten?«

»Mit welcher Berechtigung? Wir haben nicht das Geringste in der Hand.«

»Bis auf die Aussagen von Tamara Winklers Eltern, die seit gestern vergeblich versucht haben, ihre Tochter zu erreichen.«

Kai grunzte. »Aufgrund des Wetters liegt der gesamte Ort lahm. Wegen des Lawinenabgangs haben wir es ja kaum bis nach Graun geschafft.«

»Ganz zu schweigen vom Aufstieg hier hoch«, fiel Viviane ein.

»Ein paar Mal dachte ich, mein letztes Stündlein hätte

geschlagen. Wir sind mehr gerutscht, als gelaufen. Dass wir nicht abgestürzt sind, war mehr Glück als sonstwas.«

»Aber wir haben es geschafft«, bestätigte Viviane. »Und jetzt will ich auch mit den Leuten reden.«

Kai tippte auf seine Armbanduhr. »Die schlafen wahrscheinlich, so wie das jeder normale Mensch um diese Zeit machen sollte.«

Viviane hörte den Vorwurf aus seinen Worten heraus, sah ihn ungeduldig an. »Sobald wir den Fall aufgeklärt haben und wissen, dass die Leute da drin okay sind, kannst du von mir aus zehn Tage am Stück durchpennen, doch jetzt ...« Sie holte Luft, wollte schon Anlauf nehmen, um sich mit Wucht gegen das Holz zu werfen, als plötzlich die Tür aufschwang.

Eine junge Frau stand auf der Schwelle, starrte ihnen schweigend entgegen. Sie wirkte, als stünde sie unter Schock, oder wie jemand, der gerade eine harte Zeit hatte. Hohlwangig, blass, mit tiefen Schatten unter den Augen. »Wer sind Sie, was wollen Sie?«, fragte sie, als habe sie keine Kraft mehr.

»Wir sind von der Kriminalpolizei München«, erklärte Viviane, ohne sich namentlich vorzustellen, als sie die Flecken auf der Kleidung der jungen Frau bemerkte.

»Ist das Blut auf Ihrer Kleidung?«, fragte Kai, der die Flecken ebenfalls bemerkt hatte. Sein Körper wirkte angespannt. Aus dem Augenwinkel registrierte Viviane, wie seine Hand sich langsam in Richtung seines Holsters bewegte.

»Das können Sie sich sparen«, kam es von der jungen Frau. »Kommen Sie rein, sehen Sie selbst.« Sie trat beiseite, sah von Kai zu ihr, machte eine Kopfbewegung nach oben. »Sie sind alle im ersten Stock, und das Miststück ...« Sie brach ab, schüttelte den Kopf. »Entschuldigen Sie bitte, aber ich bin noch ziemlich durch den Wind. Wir haben es geschafft, Ariane Schindler unschädlich zu machen. Der Rest ist Ihr Problem.«

Viviane gab Kai mit einer Handbewegung zu verstehen, dass er sich entspannen sollte, stieg vor ihm die Treppe nach oben in den ersten Stock.

»Das letzte Zimmer links«, wies die junge Frau ihnen den Weg. »Ich bin übrigens Anna, die Hauswirtschafterin. Die Leute da drin sind unsere Gäste.«

»Danke«, sagte Viviane, bevor sie die angegebene Tür aufstieß. Doch bei dem sich ihr bietenden Anblick sog sie scharf den Atem ein. Überall war Blut. Zwei offensichtlich schwer verletzte Frauen lagen am Boden, neben jeder von ihnen kniete ein Mann. Beide starrten ihnen finster entgegen.

»Die Herrschaften sind von der Polizei«, stellte Anna, die hinzugetreten war, sie vor. »Ich glaube, der Name Ariane Schindler sagt den beiden etwas.«

Der ältere der beiden Männer stand auf, wollte ihnen die Hand entgegenstrecken, zog sie jedoch wieder zurück, als ihm auffiel, dass sie voller Blut war. »Wir erklären Ihnen alles, das verspreche ich. Doch jetzt müssen wir die beiden Frauen dringend in ein Krankenhaus schaffen.«

Viviane sah die ältere der am Boden liegenden Frauen an. »Wer sind Sie?«

»Lotte Graf«, gab die Frau zurück. »Und ich nehme an, dass Sie nach ihr suchen.« Ihr Kopf deutete zu der jüngeren Frau, die ein kleines Stück weiter weg ebenfalls am Boden lag. »Das ist Ariane Schindler. Sie hat versucht, jeden einzelnen meiner Freunde umzubringen, und hat es fast geschafft. Sie hat sich in den irrwitzigen Gedanken verrannt, dass wir alle ihren Bruder auf dem Gewissen haben.«

»Sie reden von Rene Schindler? Dem jungen Mann, der die Friedrichs tötete?«

Lotte Graf nickte. »Nur, dass nicht Rene die Friedrichs getötet hat. Es war Julia, die ältere Tochter. Sie hatte Hilfe von Noah, einem weiteren alten Freund von uns. Er hatte damals eine heimliche Beziehung mit Julia Friedrich, von der keiner wusste. Ihretwegen hatte mich Noah damals verlassen. Die kleine, nette Julia hat ihm völlig den Kopf verdreht und ihn dazu überredet, sie vor ihrer Familie zu retten, die sie wohl misshandelte. Angeblich war sie über viele Jahre hinweg von ihrem älteren Bruder geschlagen und missbraucht worden. Ihr Vater duldete dies, weil sie ihn in allem an seine erste Frau erinnerte. An Julias Mutter, die ihn wegen eines anderen verlassen hat.«

»Damals wurde auch ein Kleinkind getötet«, warf Kai ein.

»Julia hasste die neue Frau ihres Vaters ebenso wie deren Kind – ihre Halbschwester. Ariane wusste das alles von Noah … Er konnte wohl nicht mehr länger mit seiner Schuld leben und hat sich ihr anvertraut. Es wäre gut, wenn sie dieses Monster«, ... Lotte warf einen verächtlichen Blick auf die Verletzte am Boden ... »am Leben erhalten würden, damit sie alles, was sie inzwischen in ihrem Schmerz herausgebrüllt und gestanden hat, wiederholen kann.«

Viviane schüttelte ungläubig den Kopf. »Wieso ist sie nicht einfach zur Polizei gegangen? Sie hätte nur zu uns zu kommen brauchen, dann hätten Noah und Julia ihre gerechte Strafe bekommen.«

Arianes Körper am Boden fing an zu zittern. Es dauerte eine Weile, ehe allen klar wurde, dass sie lachte.

»Was soll das?«, fuhr Viviane sie an. »Warum lachen Sie? Ihretwegen sind mehrere Menschen tot! Wie haben Sie sich das eigentlich vorgestellt? Dachten Sie wirklich, Sie kämen ungeschoren davon?«

»Sie wollte alles mir in die Schuhe schieben«, erklärte Lotte. »Sie hatte es so geplant, dass am Ende alle denken, ich sei wegen der Last der Schuldgefühle durchgedreht und hätte deshalb meine Freunde ermordet.«

Die junge Frau am Boden drehte den Kopf, sodass Viviane ihr Gesicht sehen konnte. Ihre Augen funkelten voller Zorn, ihr Mund zuckte schmerzverzerrt.

»Das wäre wenigstens echte Gerechtigkeit für meinen

Bruder gewesen.« Ariane sog die Luft ein, stöhnte. »Rene ist tot, während euch bis auf Noah und Julia nichts passiert wäre. Das konnte ich einfach nicht zulassen.«

Viviane fiel auf, dass ein schmales Rinnsal Blut aus Arianes Mund lief. Sie musste wirklich dringend in ein Krankenhaus, genau wie Lotte.

»Sie haben den Tod Ihres Bruders gerächt und sind selbst zur Mörderin geworden«, sagte Viviane. »Somit sind Sie nicht besser als Noah und Julia.«

»Damit muss ich dann wohl leben«, gab Ariane schwach zurück. »Doch im Moment fühlt es sich einfach großartig an. Ich habe es fast geschafft.«

Viviane wandte sich angewidert von ihr ab und fing Lottes Blick auf.

»Wie haben Sie uns überhaupt gefunden? Und warum erst jetzt?«, fragte Lotte.

Viviane hob die Schultern. »Wir sind seit Tagen damit beschäftigt, eine Verbindung zwischen Noahs und Julias Ermordung zu finden. Dabei sind wir auf den damaligen Fall gestoßen, bei dem Rene Schindler als Täter galt. So kamen wir auf Ariane, seine Schwester. Danach war es ein Leichtes, auch die Namen von Noahs ehemaligen Freuden herauszufinden.« Viviane stoppte, bemerkte Kais verkniffenen Gesichtsausdruck.

Sie ahnte, was ihm gerade durch den Kopf ging, und musste sich ein Grinsen verkneifen. »Wir wollten mit Ihnen allen über damals reden, doch wir konnten niemanden erreichen. Dann hatten wir das Glück, dass bei den Winklers jemand ans Telefon ging, uns sagte, wo Sie sich aufhalten. Nennen Sie es Intuition meinerseits, ein mieses Bauchgefühl, das ich hatte, wann immer ich an Ariane dachte. Nur deswegen hab ich meinen Kollegen bekniet, auf seinen dringend benötigten Schlaf zu verzichten und mich stattdessen hierher zu begleiten.«

EPILOG

EINE WOCHE SPÄTER …

ANNA

Die letzten Tage waren auch für Anna anstrengend und aufreibend gewesen, doch letzten Endes war für Lotte, Paul, Adam und sie noch alles gut ausgegangen. Die Polizisten hatten mithilfe eines Funknotrufs Hilfe herbeigerufen. So konnten Lotte und Ariane noch rechtzeitig ins nächstgelegene Krankenhaus gebracht werden, wo sich beide mehreren Notoperationen unterziehen mussten.

Doch während es Ariane inzwischen besser ging, sie mittlerweile sogar zurück nach München hatte überführt werden können, musste Lotte noch immer im Krankenhaus in der Nähe ausharren, bis sie stabil genug war, um ebenfalls abreisen zu können.

Paul, ihr Noch-Ehemann, war ihr die ganze Zeit über nicht von der Seite gewichen, während Adam gemeinsam mit der hiesigen Polizei und der Bergrettung rund um die Uhr unterwegs gewesen war, um nach den Leichen von Killian, Florian und Penelope zu suchen.

Killian und Penelope hatten sie mittlerweile gefunden. Was Florian anging, mussten sie nach wie vor darauf hoffen, dass Ariane sich doch noch bereit erklärte, zu reden.

Doch wie Anna erfahren hatte, war das bisher nicht geschehen. Sie schwieg beharrlich.

Auch sie selbst hatte mehrere Befragungen der Polizei über sich ergehen lassen müssen, aber nur notdürftig bei der Aufklärung der letzten Fragen helfen können.

Die Beamten mussten sich eben gedulden, bis auch Lotte vernehmungsfähig war. Von Paul wusste sie immerhin, dass sie sich keine Sorgen zu machen brauchte, was ihre Beteiligung an den Vorfällen von damals anging.

Die einzig wahren Schuldigen an den Geschehnissen von damals und heute waren Julia und Noah. Selbst Ariane war – betrachtete man es mit gebührendem Abstand – nur ein Opfer der Umstände, was natürlich nicht entschuldigte, dass sie all diese Menschen kaltblütig umgebracht hatte. Die junge Frau war eine gepeinigte Seele, die allen Halt im Leben verloren hatte und verzweifelt an dem Gedanken festhielt, dass nur Rache ihrem Dasein noch Sinn verlieh.

Anna lief die letzten Meter bis zum Ufer des Sees, blieb direkt vor dem alten Kirchturm stehen, der seltsam verloren aus dem Wasser ragte.

Sie erinnerte sich, dass sie als Kind immer eine Gänsehaut bekommen hatte, wenn ihre Eltern mit ihr hierhergekommen waren, um die Vögel zu füttern, die sich im Frühjahr und Sommer in der Nähe des Wassers tummelten. Doch heute spürte sie nur Dankbarkeit und Ehrfurcht.

Mittlerweile war sie absolut sicher, dass sie sich das Läuten der Glocke von Altgraun nicht nur eingebildet hatte.

Sie lächelte beim Gedanken daran, was diese Erkenntnis bedeutete:

Wo Legenden wahr wurden, war auch genügend Raum für Wunder …

Sie sah das Bild ihrer Mutter vor Augen.

Sie und ihr Vater waren erleichtert gewesen, ihr einziges Kind nach dem wettertechnisch schlimmsten Silvester und Neujahr der letzten Jahre wohlbehalten in die Arme schließen zu dürfen.

Doch trotz der tagelangen Sorge um sie hatte ihre Mutter wirklich gut, ja erholt ausgesehen. Fast schien es, als gewähre das Universum ihnen als Ausgleich für ihre Strapazen in der Lodge noch ein wenig mehr gemeinsame Zeit, was Anna natürlich mehr als dankbar annahm.

Doch selbst wenn es irgendwann so weit sein sollte – und der Moment würde ganz sicher kommen – wusste Anna jetzt, dass sie keineswegs so schwach war, wie sie bislang stets angenommen hatte. Ganz im Gegenteil. Nach all diesen entsetzlichen Vorfällen war sie sich ihrer Stärke endlich mehr als gewiss.

Was hatte Adam beim Abschied zu ihr gesagt?

Die Welt braucht noch viel mehr starke Frauen wie Sie … Frauen, die sich als Lämmer verkleidet inmitten eines Rudels Wölfe wagen und am Ende sogar das Alphatier das Fürchten lehren.

Ein wenig schade fand sie es zwar, dass er nach einer kurzen Annäherung in höchster Gefahr wieder zu dem Abstand haltenden Sie zurückgekehrt war. Aber auch sie hatte das Recht auf Träume und würde ihrem Adam noch begegnen.

ENDE

GEWINNSPIEL

Liebe Leserin, lieber Leser, ***Deine perfekten Freunde*** ist mein 45. Thriller. Und natürlich freue ich mich sehr, dass es stetig mehr Leser werden :-)

Deswegen möchte ich auch diesmal wieder unter jenen meiner Leser, die nicht bei Facebook oder Instagram sind, ein Gewinnspiel veranstalten. Verlost werden insgesamt mehrere Preise (Buchpakete, Amazon-Gutscheine und vieles mehr) unter all meinen Newsletter-Abonnenten.

Wer mitmachen möchte und bereits meinen Newsletter abonniert hat, muss nichts weiter tun, da er automatisch im Lostopf ist und dies auch bei künftigen Veröffentlichungen sein wird. Alle anderen schreiben mir bitte eine Mail an:

autorin@daniela-arnold.com

und landen somit in meinem Newsletter-Verteiler und im Lostopf.

DANKSAGUNG

Ich danke meiner grandiosen Coverdesignerin Kristin Pang, für das tolle Cover! Auf eine weiterhin so fruchtbare Zusammenarbeit!

Ich danke meiner Lektorin Inca Vogt und meiner Korrektorin Ilka Bredemeier. Ihr habt wieder einmal eine wunderbare Arbeit geleistet. Danke für das tolle Teamwork mit euch.

Ich danke Inca Vogt, dafür, dass sie meinen Büchern ein so wundervolles Innendesign verpasst.

Ich danke all jenen Lesern und Kollegen, die mich bei der Coverauswahl und sonstigen Problemchen unterstützt haben. Ich drücke euch von Herzen und bestimmt kann ich das auch ganz bald wieder in der Realität. Hoffen wir auf nächstes Jahr, was Buchmessen angeht.

Ich danke euch Bloggern da draußen, für all das, was ihr für uns Autoren macht. Eure Arbeit und Mühe ist so wertvoll – danke sehr!

Ich danke meinen Kollegen für das offene Ohr in Hinsicht auf Klappentext-Bastelarbeiten (das ist wirklich keine meiner Stärken). Besonderer Dank geht vor allem auch an Inca Vogt, die neben dem Buch-Layout auch noch mit wachsamen Augen über den gesamten Text geht und im Zuge dessen, schon so manchen Klopper entdeckt hat.

Ich danke meinem Sohn, der, obwohl er meine Bücher nicht liest, dennoch Verständnis hat, wenn ich mich tagelang im Büro verbarrikadiere und zickig bin wie … (mir fällt gar kein Vergleich ein, so schlimm ist das manchmal)

Nicht zuletzt, danke ich meinen Freunden, die mich aufbauen, wenn ich am Boden bin.

Eventuelle Fehler, die meinen Protagonisten bei der Ermittlung unterlaufen sind, gehen übrigens einzig und allein auf meine Kappe oder sind meiner Fantasie geschuldet. Im Übrigen habe ich mir auch in diesem Roman wieder einige künstlerische Freiheiten genommen – welche selbstverständlich nicht verraten werden.

Über Mails mit Anregungen und Kritik freue ich mich unter:

autorin@daniela-arnold.com

LESEPROBE WEITERER BÜCHER

DAS PENTHOUSE

THRILLER

Daniela Arnold

ÜBER DAS BUCH

Sie sind Nachbarinnen.
Vielleicht sogar Freundinnen.
Leben beinahe Tür an Tür, in einem luxuriösen Apartmenthaus im Herzen Londons.

Doch eine von ihnen ist eine eiskalte Mörderin.
Und auch die andere verbirgt ein finsteres Geheimnis.
Ein Geheimnis, das die Frauen auf grauenvolle Weise miteinander verbindet.

Wird eine von beiden am Ende überleben?
Und wenn ja, zu welchem Preis?

PROLOG

»Weißt du, was ich als Erstes mache, wenn ich es endlich geschafft habe?«

Peter warf ihr einen Seitenblick zu, grinste. »Endlich wieder eine Zehn-Kilometer-Joggingrunde?«

Alma blies entrüstet die Wangen auf. »Spinnst du? Rat weiter!«

»Alle Fenster im Haus putzen?« Er gluckste.

Auch sie musste sich ein Grinsen verkneifen, doch dann schüttelte sie den Kopf, knuffte ihn in die Seite. »Du kennst mich, versuch es noch mal.«

Er umklammerte das Lenkrad fester, sah aus, als würde er ernsthaft nachdenken, doch seine zuckenden Mundwinkel verrieten ihn. »Okay, jetzt hab ich es. Du gibst alle Leggins weg, die du dir in den letzten sieben Monaten gekauft hast, weil dir alle anderen Hosen zu eng geworden sind.«

Kichernd legte sie die Hände auf ihren beeindruckenden Bauch. »Das war schon dicht dran.«

»Aha, wie dicht?«

Sie seufzte theatralisch. »He, denk mal nach. Was vermisse ich gerade ganz fürchterlich?«

»Spontansex auf dem Küchentisch?«

»Hach, du vielleicht. Ich nicht, nicht, wenn ich hinterher die blauen Flecken habe. Aber Küche geht schon mal in die richtige Richtung.«

»Na sag schon.« Schmunzelnd warf er ihr einen Blick zu, bevor er wieder auf die Straße vor ihnen blickte.

»Ich werde mir ein Glas Wein gönnen und dazu endlich wieder ein Steak essen, das nicht zäh wie eine Schuhsohle gebraten ist.«

Er blickte sie betroffen an. Als er sich wieder auf die Straße vor ihnen konzentrierte, bemerkte sie, dass seine Ader am Hals angeschwollen war, wie immer, wenn ihn etwas beschäftigte. »Hast du unseren Hochzeitstag trotzdem ein wenig genossen?«

Sie schluckte. Das hätte sie nicht sagen sollen. »Bist du mir böse, weil ich es nicht länger ausgehalten habe?«

Er schüttelte den Kopf, nahm eine Hand vom Lenkrad, suchte ihre Hand, drückte sie sanft. »Wir hatten ein wundervolles Essen, ein paar Stunden zu zweit und ein riesiges komfortables Bett – was zum Henker soll daran schlecht gewesen sein?«

Immer noch pochte ihr Gewissen, er hatte sich so viel Mühe gegeben und dann hatte sie darauf bestanden, alles abzubrechen und nach Hause zu fahren. »Ich hab es verdorben, oder?«, fragte sie kleinlaut. »Du hast das Zimmer für die ganze Nacht gebucht, bestimmt mit Frühstück, das wir meinetwegen verpassen.«

Er hob die Schultern. »Ich hab gelesen, dass das Frühstücksbuffet und alle À-la-Carte-Angebote eh nur mittelmäßig sind.«

Sie wusste, dass er ihr zuliebe schwindelte. Das Hotel, das er für ihren siebten Hochzeitstag ausgesucht hatte, war eine Fünf-Sterne-Unterkunft am Meer mit Wellnesstempel, Pool und allem Luxus, den man sich nur wünschen konnte. Das Frühstück in diesem Haus war bestimmt fürstlich und dann machte sie solche Mätzchen. »War es wirklich okay für dich, dass wir vorzeitig abgereist sind?«

»Ganz ehrlich? Du hast mir nur eine Entscheidung abgenommen. Mich hat es auch nach Hause gezogen. Ist doch echt widerlich gewesen, dieser ganze Luxus, das überfreundliche Personal – wer hält so was schon aus?« Er zwinkerte ihr zu. »Geht es dir denn inzwischen etwas besser?«

Sie horchte in sich hinein, schluckte. »Ich weiß nicht. Seit ich dieses kleine Würmchen in mir trage, fühlt es sich manchmal an, als würde mein Körper nicht mehr mir gehören, als führte selbst mein Kopf ein Eigenleben.«

»Das sind die Hormone, Schatz. Das weißt du doch.«

Sie schüttelte den Kopf. »Nein, das ist was anderes. Kennst du dieses Gefühl von Dringlichkeit, dass man nicht fassen kann?«

»Ist wirklich alles in Ordnung mit dir, hast du Schmerzen?«

Sie schüttelte vehement den Kopf. »Nein, es ist anders und es hat auch nichts mit Hormonen zu tun oder damit, dass ich schwanger bin. Dieses Gefühl ist mir neu und es ist beängstigend. Es ist, als würde mein Bauch ahnen, dass etwas Schlimmes passiert, verstehst du?«

Peter sah sie irritiert an. »Deine Ärztin sagte doch, es sei alles okay bei dir. Andernfalls wären wir doch gar nicht erst gefahren.«

Alma schluckte. »Ich weiß auch nicht, ich will einfach nur nach Hause. So rasch wie möglich.«

Eine Weile herrschte Schweigen im Wagen. »Zehn Minuten noch«, durchbrach Peter die Stille und warf ihr einen kurzen Blick zu. Auch er wirkte plötzlich verkrampft.

»Was ist, Peter?«

»Jetzt hast du mich tatsächlich angesteckt mit deiner Unruhe. Aber wir sind ja gleich da.«

Ihre Brust verkrampfte sich. »Oh Gott, was wenn ...«

»Beruhig dich, Schatz«, unterbrach Peter sie hastig. »Du wirst sehen, alles ist in bester Ordnung. Wir sind ja nicht zum ersten Mal weg gewesen. Es wird genauso sein wie immer, da bin ich absolut sicher.«

»Aber so viele Stunden waren wir noch nie weg, höchstens mal zum Dinner ...« Alma brach ab, zwang sich, ruhig zu atmen, sah zur Seitenscheibe hinaus. Eine Weile starrte sie einfach nur in die Dunkelheit. Doch als sie sich den Lichtern der Stadt näherten und sie die vertrauten Häuserfassaden erkannte, schloss sie die Augen. Ihre Anspannung nahm zu.

»Verdammte Scheiße …«, stieß Peter aus, trat auf die Bremse.

Sie riss die Augen auf, drehte sich nach vorn, sah zuerst hektisch blinkende Lichter, dann den Menschenauflauf. Sie schnappte erschrocken nach Luft. »Um Himmels willen, was ist das?«

»Ich weiß es nicht, Schatz.«

Sie konnte nur nach vorne starren, ans Ende der Straße, von der aus eine Schotterzufahrt zu ihrem Haus führte, dahin wo diese grellen Lichter alles erhellten. »Nein, nein, bitte nicht«, flüsterte sie.

Ein Polizist kam auf sie zu, hob den Arm, bedeutete Peter, stehen zu bleiben.

Peter kurbelte die Scheibe hinunter.

»Bitte drehen Sie um«, sagte der Polizist. »Wir mussten die Durchfahrt sperren.«

»Was ist passiert?« Peters Stimme klang gepresst.

»Das darf ich Ihnen nicht sagen. Bitte wenden Sie einfach oder fahren Sie rückwärts. Falls Sie Anwohner sind, dann muss ich Sie bitten, heute woanders zu parken.«

»Hören Sie«, brach es aus Alma hervor. »Sagen Sie mir, was los ist. Wir wohnen dahinten … Bitte … Ich muss wissen, was passiert ist.«

Der Polizist riss die Augen auf. »Sie wohnen in der alten Villa mit dem großen Wintergarten?«

Alma nickte. Ihr gesamter Körper vibrierte vor Anspannung. »Was ist da? Sagen Sie es mir.«

»Was ist los, Officer?« Peters Stimme zitterte.

Der Officer sah sich unbehaglich um, dann wieder zu

ihnen. Als er schließlich sprach, verstand Alma anfangs nur Wortfetzen.

Notruf … Wahrscheinlich ein Einbruch oder Überfall…

Sie sah den Officer an, schüttelte fassungslos den Kopf. Dann reagierte sie, schnallte sich los, öffnete die Tür, sprang hinaus, rannte los. Vorbei an den Gaffern, an zwei weiteren Polizisten, die sie aufzuhalten versuchten.

Sie hörte ihre Stimmen, aber die Haltrufe und Warnungen drangen nicht zu ihr durch.

Nur weiter.

Sie hatte es fast bis zum Gartentor geschafft, als sie innehielt. Mit aufgerissenen Augen starrte sie auf die geöffnete Haustür. Sie sah zwei Sanitäter, die eine Liege hinaustrugen.

Ihr Atem setzte aus, als sie das zusammengekrümmte Bündel Mensch sah.

Da war Blut!

Viel zu viel Blut …

Sie sackte auf die Knie, stieß einen Schrei aus.

Dann spürte sie einen scharfen Schmerz im Leib, ein wenig später Feuchtigkeit zwischen den Beinen.

Sie tastete mit der Hand in ihren Schritt, da war noch mehr Blut. Blut auf ihren Fingerspitzen.

Dann wurde es schwarz um sie.

LONDON

Das Herz schlug ihr bis zum Hals, als sie in den Aufzug nach oben stieg. Kurz überlegte sie, einfach die Flucht zu ergreifen, sich unpässlich zu melden und einen anderen Termin auszumachen, doch dann glitten die Türen zu und die Chance war vertan.

Sie stieß einen leisen Seufzer aus, strich eine imaginäre Falte an ihrem Rock glatt, als ihr Blick auf ihrem Spiegelbild an der gegenüberliegenden Aufzugswand verharrte.

Frustriert schüttelte sie den Kopf, fragte sich, welchem Idioten es eingefallen sein mochte, die Wände des Aufzugs mit Spiegeln zu bedecken, sodass man zwangsweise sich selbst betrachten musste, während man in dieser klaustrophobisch engen Kabine eingesperrt war. *Konfrontationstherapie mit meinen eigenen Dämonen*, schoss es ihr durch den Kopf. Nur, dass sie diese Konfrontation im Moment am wenigsten brauchte.

Ihr brach der Schweiß aus. Früher hatte es ihr nicht das Geringste ausgemacht, mit Aufzügen zu fahren, zu Geschäftsterminen zu erscheinen, doch inzwischen … und ausgerechnet heute.

Ein Stockwerk hatte sie geschafft.

Elf lagen noch vor ihr.

Sie bemerkte, dass ihr Atem flacher wurde. Ihre Handflächen begannen zu kribbeln. Sie konzentrierte sich auf ihre Atmung, versuchte, den Blick von ihrem Abbild wegzureißen, doch es gelang ihr nicht.

Sie schluckte.

Unbeholfen strich sie sich eine Strähne ihres schwarzen Bobs hinters Ohr, starrte sich selbst ins Gesicht. Sie war dünn geworden, sah geradezu ausgemergelt aus. Bis vor drei Jahren hätte man sie als gut aussehend, vielleicht sogar schön bezeichnet, doch mittlerweile war davon kaum noch etwas übrig. Ihre Wangenknochen stachen hart aus ihrem Gesicht hervor, was ihre müden dunkelblauen Augen und die tiefen Schatten darunter nur umso stärker betonte. Ihre Haut, einst gesund und rosig, wirkte jetzt beinahe grau. Vielleicht hätte sie doch ein wenig Make-up auflegen sollen.

Noch drei Stockwerke …

Die weiße Bluse klebte ihr unangenehm am Rücken und sie bemerkte Feuchtigkeit unter den Achseln. Hoffentlich fing sie während des Gesprächs nicht an, nach Schweiß zu müffeln …

Als der Aufzug endlich stoppte, die Türen aufglitten, stürzte sie aus der Kabine, sog gierig Luft in ihre Lungen.

Die junge Frau am Empfang sah ihr mit einer Mischung aus Professionalität und Gleichgültigkeit entgegen. »Ich nehme an, Sie haben einen Termin?«

Sierra nickte. »Elf Uhr. Mein Name ist Smith. Sierra Smith.«

Die junge Frau studierte den Bildschirm vor sich, nickte. »Bitte nehmen Sie doch kurz Platz. Amanda telefoniert noch. Sobald sie frei ist, wird sie Sie hereinbitten.«

Sie nickte, lief zu der beeindruckenden Sitzgruppe an der gegenüberliegenden Fensterwand. Dort ließ sie sich auf einem der Sofas nieder, blickte hinaus, betrachtete die anderen Wolkenkratzer, die wie Fremdkörper in den Himmel ragten. Sie liebte die Stadt, doch dieser Teil von London war ihr immer ein wenig suspekt gewesen.

Deswegen hatte sie auch noch nie darüber nachgedacht, sich eines dieser schicken Luxusapartments im Gott weiß wievielten Stockwerk eines Wolkenkratzers zu kaufen.

Nicht, dass sie es sich nicht hätte leisten können …

»Sierra, meine Liebe, was für eine Freude, dich zu sehen.« Amanda Hawkins, wie immer perfekt gekleidet und frisiert, schwebte auf sie zu.

Sierras Blick streifte ihre High Heels und fragte sich – nicht zum ersten Mal – wie es ihre Agentin schaffte, in diesen Dingern zu laufen, ohne sich den Hals zu brechen.

Sie stand auf, ließ sich von Amanda in einer überschwänglichen Geste umarmen, folgte ihr dann brav in deren überdimensioniertes Büro. Ihre Agentin klappernd, sie hinterherschleichend, in ihren praktischen Sneakers. So unscheinbar, wie sie sich fühlte.

Dieses Gefühl verstärkte sich, als sie der stets perfekt geschminkten Agentin gegenübersaß. Das würde heute keine einfache Geschichte werden. Allein Amandas Blick ließ sie Übles ahnen.

»Ich habe mit dem Verlag gesprochen«, begann Amanda dann auch mit einem Seufzer.

»Und, sind sie einverstanden?«

»Tja, sie sind nicht begeistert, so viel vorab. Immerhin bist du seit Jahren im Geschäft, bringst jedes Jahr einen neuen Band heraus, auf den deine Leser bereits sehnsüchtig warten. Du weißt, was das bedeutet. Du wirst sie bitter enttäuschen und einige Leser verlieren, während andere dir locker den hart erarbeiteten Rang ablaufen.«

»Das tut mir echt leid, aber …«

»Nicht, warte«, unterbrach Amanda sie mit einer Handbewegung. »Wir haben hin und her überlegt. Wobei feststeht, dass wir den Lesern nicht zumuten können, auf den übernächsten Band nicht nur ein Jahr, sondern zwei Jahre warten zu müssen …« Sie brach ab, schüttelte den Kopf. »Das ist schlicht keine Option! Aber natürlich haben wir dann doch eine Lösung gefunden.«

»Sammelbände, eine Sonderausgabe«, schlug Sierra halbherzig das vor, was ihr selbst eingefallen war, um die Wartezeit zu überbrücken.

»Nein, viel besser. Was hältst du davon, wenn wir dir einen Co-Autor an die Seite stellen? Ihr besprecht euch, du gibst ihm den nötigen Input, ihr entwickelt den Plot und dann legt er los. Er schreibt deine Story, so wie du sie haben willst, und du überarbeitest sie am Ende nur noch und erledigst die Feinarbeit. Das hätte zwei Vorteile: Du gewinnst Zeit und kannst dich darauf konzentrieren, wieder ganz die Alte zu werden. Und das Entscheidende: Die Leser müssen nicht länger als nötig auf Nachschub von dir warten.«

Sierra starrte ihre Agentin an. In ihrem Kopf drehte sich alles. Hatte sie das richtig verstanden? »Ihr wollt mich ersetzen?«, fragte sie entsetzt. »Ihr wollt irgendeinen Fremdautoren beauftragen, meine Serie fortzusetzen?«

Amanda verzog das Gesicht. »Doch nicht auf Dauer. Nur so lange, bis du wieder fit bist.« Sie hielt inne, musterte sie. »Hör zu, Liebes. Wir alle verstehen, dass du nach allem, was passiert ist, angeschlagen bist. Was du durchmachst, ist furchtbar, dafür haben wir vollstes Verständnis. Doch hinter deinen Büchern steckst am Ende nicht nur du, sondern ein ganzes Team, eine komplette Marketing-Abteilung und ein Budget, das bereits investiert ist. Die Kataloge für die Buchhändler sind längst gedruckt, Werbeplätze gebucht – das alles zu verschieben, kostet allein zigtausende Pfund.«

Sierra stieß ein bitteres Lachen aus. »Es geht also nur ums Geld? Bitte, wenn es das ist. Ich zahle meinen Vorschuss zurück. Dann macht niemand irgendwelche Verluste, okay?«

»Liebes, darum allein geht es doch gar nicht. Wir sitzen heute hier zusammen, um eine Lösung zu finden, mit der alle leben können. Auch du.«

»Ein Co-Autor kommt nicht in Frage«, schoss Sierra zurück. »Lou und Donna sind meine Protagonisten, ich habe sie geschaffen und werde einen Teufel tun und sie irgendeinem fremden Schmierfinken überlassen.«

Amanda stieß einen Seufzer aus. »Was schlägst du stattdessen vor? Hast du vielleicht noch eine andere Geschichte in der Schublade, irgendeinen alten Roman, den man nur umschreiben und bearbeiten müsste, damit er in deine Reihe passt?«

Sierra verdrehte die Augen. »Na klar habe ich ein paar unveröffentlichte Manuskripte in der Schublade, so wie die meisten Schriftsteller. Aber was denkst du, wieso die in meiner Schublade vor sich hin dümpeln?« Sie stoppte, sah Amanda gereizt an. »Die Dinger liegen dort, weil ich sie aussortiert, abgebrochen habe oder schlicht für nicht gut genug halte. Die kann ich nicht mal eben umschreiben, damit der Verlag sie in eine bestehende Serie einfügen kann. Wie du weißt, bauen meine Bücher aufeinander auf, genau wie die Entwicklung der Charaktere.«

Amanda lehnte sich zurück, faltete die Hände. »Eine andere Möglichkeit sehe ich nicht, so leid es mir tut. Entweder das oder du stimmst zu, mit einem Co-Autor zu arbeiten.«

Sierra funkelte ihre Agentin an. »Was ist mit Chris?«

»Was soll mit ihm sein?«

»Er bekam einen Aufschub. Ihr habt seinen neuen Thriller um mehr als ein Jahr verschoben.«

Amanda sog die Luft scharf ein. »Chris hatte einen Unfall beim Skifahren in den Alpen. Er lag im Koma.«

»Ja und?«

»Sierra, siehst du denn nicht, dass das etwas völlig anderes ist? Die Presse wusste davon, seine Leser ebenfalls. Das ist etwas, wofür sie Verständnis haben. Da fiebern sie mit dem verunglückten Autor mit und warten auch mal etwas länger.«

»Okay, ich liege nicht im Koma. Aber das, was ich durchmache, dürfte doch auch nachvollziehbar sein. Dafür müssten die Leser auch Verständnis haben.«

»Nein, so funktioniert das bei dir leider nicht. Im Gegensatz zu dir veröffentlicht Chris unter seinem Klarnamen. Du hingegen hast damals darauf bestanden, unter einem geschlossenen Pseudonym zu schreiben. Niemand kennt die echte Person hinter den Bestsellern von Milla Baxter. Niemanden interessiert Sierras tragische Geschichte, weil kein Mensch sie kennt.«

Eine Weile herrschte Schweigen in dem riesigen Büro, dann war es Amanda, die das Schweigen brach. »Hör mal, Liebes, ich verstehe dich, wirklich. Es geht dir nicht gut, das kann ich sehen. Umso dringlicher rate ich dir, über die Idee mit dem Co-Autor nachzudenken. Du wirst sehen, das ist alles halb so schlimm.«

Sierra schüttelte heftig den Kopf, sah Amanda schließlich fest an. »Wie lange?«

»Was meinst du?«

»Wie viel Zeit könntest du für mich maximal rausschlagen?«

Amanda hob die Schultern, sah sie unschlüssig an. »Ich weiß nicht, vielleicht zwei, allerhöchstens drei Monate. Aber auf gar keinen Fall ein ganzes Jahr oder länger …«

»Gut.« Sierra stand auf, starrte Amanda an. »Drei Monate. Das ist es, worum ich dich bitte. Drei Monate, dann hast du das Manuskript auf deinem Schreibtisch liegen.«

Amanda blinzelte perplex. »Sagtest du nicht, dass du noch nichts hast? Kein einziges Wort?«

»Ja, das sagte ich. Was ist? Willst du meine Geschichte in zwölf Wochen auf dem Tisch haben?«

Sierra hob die Schultern, legte all ihre Konzentration in den Versuch, stark und überzeugend zu wirken, auch wenn sie in Wahrheit kurz davor stand, zu kollabieren. Ihr war speiübel, alles in ihr zog sich zusammen. Doch sie hielt Samanthas ungläubigem Blick stand.

Was verspreche ich da?

Ihre Agentin schien sich ähnliche Fragen zu stellen. Ihre Augenbrauen wanderten nach oben. »Das ist dein Ernst?«

»Ja! Drei Monate!«

Sie straffte ihren Rücken, marschierte mit entschlossener Miene auf die Tür zu. Auf halbem Weg blieb sie stehen, drehte sich der immer noch verwirrt dreinblickenden Amanda zu. »Und?«

Ein Seufzen. Dann nickte ihre Agentin. »Alles klar, drei Monate. Aber ich warne dich. Du hast keinen verdammten Tag länger Zeit!«

Als Sierra aus dem Aufzug trat und im Stechschritt auf den Ausgang zusteuerte, hatte sie das Gefühl, jeden Augenblick auseinanderzubrechen. Sie hielt inne, sog die Luft ein, zwang sich dann, langsam in Richtung Parkplatz zu laufen.

Nach allem was sie innerhalb kürzester Zeit verloren hatte, war es am Ende nur noch ihre Arbeit, das Schreiben, gewesen, das sie am Leben gehalten hatte. Bereits acht Wochen nach der schlimmsten Tragödie ihres bisherigen Lebens hatte sie wieder am Schreibtisch gesessen, den Vorgängerteil der Serie beendet, das anschließende Drumherum ums Lektorat hinter sich gebracht und sich gleich dem nächsten Buch gewidmet. Jenem, das jetzt kurz vor der Veröffentlichung stand. Danach hatte sie sich ihre jährliche Schreibpause von einem Monat genehmigt, um anschließend wieder voll durchstarten zu können.

Am Ende war es anders gekommen.

Sie hatte Nächte damit zugebracht, auf ihren leeren Notizblock zu starren, hatte nicht mal einen ordentlichen Plot hinbekommen. Kurz hatte sie sogar darüber nachgedacht, es mit einer KI zu versuchen, doch das hatte sich für sie falsch angefühlt. Als sie dann doch noch eine zündende Idee gehabt hatte, war sie erleichtert gewesen. Doch das war es auch gewesen, über die zündende Idee war sie nie hinausgekommen. Ihre Blockade bestand noch immer.

Seit Monaten saß sie täglich vor ihrem Laptop, hämmerte auf die Tastatur ein, nur um am Abend alles Geschriebene wieder zu löschen. Zum ersten Mal in ihrem Leben passierte ihr das, worüber sie bei anderen früher nur hatte lächeln können. Sie hatte eine handfeste Schreibblockade.

Am Ende hatte sie aufgegeben und Amanda eine Mail geschickt, die in einem wahren Mailbombardement und schlussendlich dem heutigen Termin gipfelte.

Drei Monate …

Sierra legte den Kopf in den Nacken. Selbst in ihren besten Zeiten hätte sie niemals ein Buch so kurzfristig hinbekommen. Sie war keiner dieser Schreiberlinge, die sich hinsetzten und lostippten, um dann tatsächlich so etwas wie eine Geschichte zu erstellen. Sie war eine Autorin, die sorgsam über jedes einzelne Wort nachdachte, das sie zu Papier brachte. In jedem Buchstaben, den sie in die Tastatur ihres Laptops hämmerte, steckte ein winziger Teil ihres Selbst. Während des Schreibprozesses gab sie stets alles. War eine verfluchte Perfektionistin, etwas, was sie jetzt komplett ausbremste.

Was hatte sie da nur geritten?

In drei Monaten einen neuen Teil der Serie hinzubekommen, war nahezu unmöglich.

Und doch hatte sie keine andere Wahl, als es zu versuchen. Entweder das oder …

Ein Ruck ging durch ihren Körper. Sie strauchelte, stolperte gegen einen schwarzen SUV, schaffte es nur mit Mühe, sich auf den Beinen zu halten, registrierte erst jetzt den Mann neben sich, der heftig am Gurt ihrer Handtasche riss.

Sie schrie auf, doch niemand schien von der Situation Notiz zu nehmen, was typisch für London war. Jeder hatte mit sich selbst genug zu tun, hetzte weiter, gefangen in eigenen Nöten und Befindlichkeiten.

»Lass los, du Fotze«, zischte der Typ – ein verloddert

aussehender Mann um die zwanzig. Sein Fuß schoss vor, traf sie am Oberschenkel. Ein Schmerz, heiß und stechend, fuhr durch ihr Bein. Sie ließ nicht los, klammerte sich an ihre Tasche, schrie weiter.

»Entweder du lässt los oder ich stech dich ab«, zischte ihr Angreifer, griff mit der zweiten Hand in seiner Jackentasche.

Sierra zweifelte keine Sekunde, dass er es ernst meinte. Sie gab auf, ließ los, überließ ihm seine Beute.

Sie sackte zwischen zwei Autos zu Boden, brach in Tränen aus.

Printed in France by Amazon
Brétigny-sur-Orge, FR

19750997R00148